中國語言文字研究輯刊

十 編

許 錟 輝 主編

第 5 冊

《嶽麓書院藏秦簡（壹）‧占夢書》研究（下）

龐 壯 城 著

花木蘭文化出版社

國家圖書館出版品預行編目資料

《嶽麓書院藏秦簡（壹）‧占夢書》研究（下）／龐壯城 著 --
初版 -- 新北市：花木蘭文化出版社，2016〔民 105〕
目 4+194 面；21×29.7 公分
（中國語言文字研究輯刊 十編；第 5 冊）
ISBN 978-986-404-536-5（精裝）
1. 簡牘文字 2. 占夢 3. 研究考訂
802.08   105002064

ISBN-978-986-404-536-5

中國語言文字研究輯刊
十 編　　第 五 冊　　　　　　ISBN：978-986-404-536-5

《嶽麓書院藏秦簡（壹）‧占夢書》研究（下）

作　　者　龐壯城
主　　編　許錟輝
總 編 輯　杜潔祥
副總編輯　楊嘉樂
編　　輯　許郁翎
出　　版　花木蘭文化出版社
社　　長　高小娟
聯絡地址　235 新北市中和區中安街七二號十三樓
　　　　　電話：02-2923-1455 ／傳眞：02-2923-1452
網　　址　http://www.huamulan.tw 信箱 hml810518@gmail.com
印　　刷　普羅文化出版廣告事業
初　　版　2016 年 3 月
全書字數　314557 字
定　　價　十編 12 冊（精裝）　台幣 30,000 元

《嶽麓書院藏秦簡（壹）·占夢書》研究（下）

龐壯城　著

目次

上　冊

謝　誌

凡　例

簡稱表

第壹章　緒　論 ······················· 1

　第一節　研究動機與目的 ··············· 1

　第二節　研究概況 ··················· 2

　　一、名詞界定 ···················· 3

　　二、《嶽麓書院藏秦簡（壹）・占夢書》研究文獻

　　　　回顧 ····················· 4

　　三、中國夢文化研究回顧 ·············· 6

　第三節　研究材料 ··················· 8

　　一、傳世文獻 ···················· 8

　　二、出土文獻 ···················· 10

　第四節　研究方法及觀點 ··············· 12

　　一、研究方法 ···················· 13

　　二、研究觀點 ···················· 13

第貳章　《嶽麓書院藏秦簡（壹）・占夢書》釋讀 ····· 17

　第一節　《嶽麓書院藏秦簡（壹）・占夢書》之形制與

　　　　編聯 ····················· 17

　第二節　《嶽麓書院藏秦簡（壹）・占夢書》之排序 ··· 19

　　一、「占夢理論」之排序 ··············· 19

　　二、「夢徵與夢占」之排序 ·············· 20

　第三節　「占夢理論」釋讀 ·············· 25

　第四節　「夢徵與夢占（一）」釋讀 ·········· 60

　第五節　「夢徵與夢占（二）」釋讀 ·········· 129

　第六節　「夢徵與夢占（三）」釋讀 ·········· 162

第參章　《嶽麓書院藏秦簡（壹）・占夢書》內容分析

　　　　（一） ···················· 177

　第一節　淺論嶽麓簡《占夢書》前之夢文化與夢學理

　　　　論 ····················· 177

　　一、先秦夢文化之探索 ··············· 178

　　　（一）商代之夢文化 ··············· 178

　　　（二）西周時期之夢文化 ············· 181

　　　（三）春秋時期之夢文化 ············· 186

　　　（四）秦代之夢文化 ··············· 190

（五）漢代之夢文化 ················· 191
二、先秦時期之夢學理論 ·············· 194
（一）迷信之夢學理論 ··············· 194
（二）理性之夢學理論 ··············· 202
第二節 《嶽麓書院藏秦簡（壹）‧占夢書》之「成書」
·························· 211
一、外部動機——文明制度 ············· 212
（一）人智勃興 ·················· 212
（二）巫權開放 ·················· 214
二、內在理路——歷史思維 ············· 216
（一）表徵禍福，殷鑑吉凶 ············· 216
（二）引譬連類，明理徵義 ············· 218
第三節 《嶽麓書院藏秦簡（壹）‧占夢書》之「占夢
術」 ························ 222
一、占夢術之「形式」 ··············· 223
（一）象徵析夢 ·················· 223
（二）五行辨夢 ·················· 225
（三）測字解夢 ·················· 227
二、占夢術之「原理」 ··············· 230
（一）直解 ···················· 232
（二）轉釋 ···················· 234
（三）反說 ···················· 235

下 冊
第肆章 《嶽麓書院藏秦簡（壹）‧占夢書》內容分析
（二） ······················· 239
第一節 《嶽麓書院藏秦簡（壹）‧占夢書》之「夢徵」
類別 ······················ 239
第二節 嶽麓簡《占夢書》「植物類」夢徵析義 ····· 241
第三節 嶽麓簡《占夢書》「動物類」夢徵析義 ····· 245
一、動物 ····················· 245
二、動物所屬物 ·················· 261
第四節 嶽麓簡《占夢書》「人物類」夢徵析義 ····· 264
一、人物 ····················· 265
二、人物行爲 ··················· 266
（一）兼含死亡類夢徵 ··············· 267
（二）兼含音樂類夢徵 ··············· 270

　　　　（三）兼含服飾類夢徵⋯⋯⋯⋯⋯⋯⋯⋯⋯276
　　　　（四）兼含飲食類夢徵⋯⋯⋯⋯⋯⋯⋯⋯⋯281
　　　　（五）其他⋯⋯⋯⋯⋯⋯⋯⋯⋯⋯⋯⋯⋯⋯286
　　三、人體器官⋯⋯⋯⋯⋯⋯⋯⋯⋯⋯⋯⋯⋯⋯⋯300
　第五節　嶽麓簡《占夢書》「器物類」夢徵析義⋯⋯⋯306
　第六節　嶽麓簡《占夢書》「其他類」夢徵析義⋯⋯⋯318
　　一、地形⋯⋯⋯⋯⋯⋯⋯⋯⋯⋯⋯⋯⋯⋯⋯⋯⋯318
　　二、天氣⋯⋯⋯⋯⋯⋯⋯⋯⋯⋯⋯⋯⋯⋯⋯⋯⋯325
　　三、殘缺類⋯⋯⋯⋯⋯⋯⋯⋯⋯⋯⋯⋯⋯⋯⋯⋯327
　第七節　嶽麓簡《占夢書》「欲食類」夢占析義⋯⋯⋯327
　　一、「欲食」之意義⋯⋯⋯⋯⋯⋯⋯⋯⋯⋯⋯⋯⋯327
　　二、動物類夢徵⋯⋯⋯⋯⋯⋯⋯⋯⋯⋯⋯⋯⋯⋯329
　　二、其他類⋯⋯⋯⋯⋯⋯⋯⋯⋯⋯⋯⋯⋯⋯⋯⋯336
　第八節　《嶽麓書院藏秦簡（壹）・占夢書》之「夢占」
　　　　⋯⋯⋯⋯⋯⋯⋯⋯⋯⋯⋯⋯⋯⋯⋯⋯⋯⋯⋯343
　　一、嶽麓簡《占夢書》之「夢占」類別⋯⋯⋯⋯⋯343
　　　　（一）吉凶類⋯⋯⋯⋯⋯⋯⋯⋯⋯⋯⋯⋯⋯⋯343
　　　　（二）祭祀類⋯⋯⋯⋯⋯⋯⋯⋯⋯⋯⋯⋯⋯⋯344
　　　　（三）官事（職務）類⋯⋯⋯⋯⋯⋯⋯⋯⋯⋯347
　　　　（四）憂慮類⋯⋯⋯⋯⋯⋯⋯⋯⋯⋯⋯⋯⋯⋯348
　　　　（五）獲得某物（收穫）類⋯⋯⋯⋯⋯⋯⋯⋯350
　　　　（六）死傷病類⋯⋯⋯⋯⋯⋯⋯⋯⋯⋯⋯⋯⋯351
　　　　（七）天氣類⋯⋯⋯⋯⋯⋯⋯⋯⋯⋯⋯⋯⋯⋯353
　　　　（八）婚嫁類⋯⋯⋯⋯⋯⋯⋯⋯⋯⋯⋯⋯⋯⋯353
　　　　（九）失去某物類⋯⋯⋯⋯⋯⋯⋯⋯⋯⋯⋯⋯354
　　　　（十）言語類⋯⋯⋯⋯⋯⋯⋯⋯⋯⋯⋯⋯⋯⋯355
　　　　（十一）其他類⋯⋯⋯⋯⋯⋯⋯⋯⋯⋯⋯⋯⋯355
　　二、由夢占看「古人之不安與需求」⋯⋯⋯⋯⋯⋯356
　　　　（一）古人之不安⋯⋯⋯⋯⋯⋯⋯⋯⋯⋯⋯⋯356
　　　　（二）古人之需求⋯⋯⋯⋯⋯⋯⋯⋯⋯⋯⋯⋯357
　　三、由夢占看「夢者之身分與性別」⋯⋯⋯⋯⋯⋯359
　　　　（一）夢者之身分⋯⋯⋯⋯⋯⋯⋯⋯⋯⋯⋯⋯359
　　　　（二）夢者之性別⋯⋯⋯⋯⋯⋯⋯⋯⋯⋯⋯⋯361

第伍章　結　論⋯⋯⋯⋯⋯⋯⋯⋯⋯⋯⋯⋯⋯⋯⋯⋯363
　　一、前賢草創，後出轉精⋯⋯⋯⋯⋯⋯⋯⋯⋯⋯363
　　二、中西合觀，各別其義⋯⋯⋯⋯⋯⋯⋯⋯⋯⋯364
　　三、千載殘卷，獨具一格⋯⋯⋯⋯⋯⋯⋯⋯⋯⋯364

四、研究困境，未來展望 ·················· 365

附論：《嶽麓書院藏秦簡（壹）・占夢書》與西方理論
······································ 367

第一節　原邏輯思維與原初民族 ············· 367
一、原初民族之原邏輯思維 ··············· 367
二、神秘互滲 ·························· 369
三、原邏輯思維對「夢」之作用 ············· 373
第二節　精神分析理論及其解夢應用之侷限 ······ 377
一、西格蒙德・弗洛伊德（Sigmund Freud）之精
神分析理論 ······················ 379
（一）夢：願望之「偽裝」 ··············· 379
（二）夢之形成機制：「凝縮」與「移置」··· 380
（三）夢之解釋方法：自由聯想 ············ 385
二、卡爾・古斯塔夫・榮格（Carl Gustav Jung）
之夢學理論 ······················ 386
（一）集體潛意識 ····················· 386
（二）集體潛意識之內容：「主題」與「原型」
································ 389
（三）集體潛意識之研究方式：推理論述 ··· 391
三、西方現代夢學理論解夢之應用侷限 ········ 393
（一）記夢資料之性質 ·················· 394
1. 史傳類記夢資料 ··············· 394
2. 民俗類記夢資料 ··············· 399
（二）記夢資料之詳略 ·················· 401

附錄一：引用資料 ······················ 409
附錄二：《嶽麓書院藏秦簡（壹）・占夢書》總釋文
（原釋）························· 421
附錄三：《嶽麓書院藏秦簡（壹）・占夢書》總釋文
（改釋）························· 425

第肆章 《嶽麓書院藏秦簡（壹）・占夢書》內容分析（二）

第一節 《嶽麓書院藏秦簡（壹）・占夢書》之「夢徵」類別

在文字考釋、字形隸定之後，便能更進一步地分析嶽麓簡《占夢書》。占夢書最重要的就是所記錄的「夢徵」與「夢占」。與後代的占夢書相比，嶽麓簡《占夢書》所呈顯的系統性較低。即使透過編聯與排序，仍然有許多夢例無法歸納；加之簡文殘缺，部分夢例甚至無法通讀，實為可惜。

為了有效地呈現嶽麓簡《占夢書》的特色，並與後代占夢書比較，此處採用「主題」的方式，加以分類。以「夢徵」為主，按照其個別的意義可分為[註1]：

「植物類」：由夢徵為「植物」者組成。

「動物類」：由夢徵為「動物」者組成。又分為「動物」以及「動物所屬物」二類。前者指單純的動物，不涉及動作或是物品；後者則

[註1] 此以本書第貳章第四節「『夢徵與夢占（一）』釋讀」、第貳章第五節「『夢徵與夢占（二）』釋讀」與第貳章第六節「『夢徵與夢占（三）』釋讀」，為分類對象。

指屬於動物所使用的物品。

「人物類」：由夢徵爲「人物者」組成。又分爲「人物」、「人物行爲」，以及「人體器官」。其一指單純的人物，不涉及動作或是物品；其二指具備行爲的人物，又可細分爲「音樂類」、「飲食類」，以及其他散見的行爲；其三指人體的器官部位。

「器物類」：由夢徵爲「器物」者組成。器物亦屬於「人」所使用，但由於數量較多，故未納入「人物類」，而是單獨成類。

除以上四種類別外，更置「其他類」一項，用以歸納可解釋但難以歸類的夢例，如「地形」、「氣候」等類。而嶽麓簡《占夢書》簡 27 至 46〔註 2〕，雖然夢徵不同，但由於夢占皆爲「鬼神求索」，故另置「欲食類」一項，加以歸納。並以夢徵爲別，分爲「動物」與「他物」二類。

此種分類方式，只是爲圖討論方便。嶽麓簡《占夢書》中的許多夢例，往往不使用多種夢徵，如簡 28：

夢見大反兵、黍、粟，亓（其）占自當也。

簡文雖有「大反兵」、「黍」、「粟」三種事物，但因性質相近，且未涉及複雜的行爲、動作，所以較容易歸類，可以納入「器物類」討論。

又如簡 34：

女子而夢以亓（其）帬被（披）邦門及游渡江河，亓（其）占大貴人。

簡文首先設定夢者爲「女性」，然後有「以其繞領衣物披於邦門」與「游泳過江」這兩動作。雖然夢例是以人物爲主（女性），但接連出現的兩個行爲動作，是夢占的重要依據，所以仍要納入「人物類」中的「人物行爲」一項。

又如簡 18：

夢蛇入人口，肙（抽）不出（肙（育），不出），丈夫爲祝，女子爲巫。

夢例首先出現了「蛇」，後描述該蛇「進入人口」，抽不出來，或是繁殖而不出來。雖然出現了「人口」，但一系列的文字都是用以說明蛇的行爲。故納入「動

〔註 2〕相當於本書第貳章第六節「『夢徵與夢占（三）』釋讀」的部分。

物類」中的「動物行爲」，而非「人物類」中的「人體器官」。

　　複雜的文字，使用多種夢徵，所以有分類上的困難。然而簡單的夢例，亦未必容易分類。如簡 19：夢燔亓（其）席蓐，入湯中，吉。

簡文說明焚燒草蓆、草墊，加灰燼於熱水等行爲。並未出現人物一類的用詞，但「焚燒」與「加水」這兩行爲，亦只有人能爲之。儘管出現的器物類夢徵較多，此則簡文仍應納入「人物類」中的「人物行爲」。

　　透過將「夢徵」與作爲分類依據，可以化嶽麓簡《占夢書》原先的雜亂於整齊，凸顯古人對事物的多樣認識，以及占夢活動的分布、影響範圍。

　　以下則依照類別對各類夢徵進行分析，以簡爲序，說明嶽麓簡《占夢書》中的夢徵在傳世文獻中的根源，以及與後世占夢書的對照關係。

第二節　嶽麓簡《占夢書》「植物類」夢徵析義〔註3〕

　　「植物類」的夢徵共三則，分別爲「桃」、「李」與「棗」。

簡 31：夢見桃，爲有苛憂。

意指，夢見桃子或是桃樹，將有瑣碎的憂慮。

　　「桃」爲植物，古人以之爲低賤的植物。《韓非子‧外儲說》云：

> 孔子御坐於魯哀公，哀公賜之桃與黍，哀公：「請用。」仲尼先飯
> 黍而後啗桃，左右皆揜口而笑，哀公曰：「黍者，非飯之也，以雪
> 桃也。」仲尼對曰：「丘知之矣。夫黍者五穀之長也，祭先王爲上
> 盛。果蓏有六，而桃爲下，祭先王不得入廟。丘之聞也，君子以賤
> 雪貴，不聞以貴雪賤。今以五穀之長雪果蓏之下，是從上雪下也，
> 丘以爲妨義，故不敢以先於宗廟之盛也。」〔註4〕

韓非藉孔子之口，說明魯哀公等人「以貴雪賤」，本末倒置的行爲，「果蓏有六，而桃爲下，祭先王不得入廟」一言，恐非捏造，應當是韓非的觀念。若然，則「桃」的形象在《韓非子》一書中，已可分爲魯哀公等人以爲的「貴」，以及孔

〔註3〕以下則依照類別對各類夢徵進行分析，以簡爲序，說明嶽麓簡《占夢書》中的夢徵
　　　在傳世文獻中的根源，以及與後世占夢書的對照關係。並製作成表，以利文後討論
　　　流傳關係。

〔註4〕〔戰國〕韓非子撰，陳奇猷校注：《韓非子集釋》，頁 689～690。

子（韓非）以爲的「賤」二種形象。然而桃的低賤形象，是相對「黍」而言；就桃的本身而言，它仍然是好的，只是與祭祀價值極高的「黍」相比，桃則顯得低賤許多

桃雖然「祭先王不得入廟」，但仍屬於祭祀的物品，是以《呂氏春秋‧仲夏紀》云：

天子以雛嘗黍，羞以含桃，先薦寢廟。〔註5〕

以正好成熟的「桃」，進獻宗廟，舉行祭祀，與《韓非子》略同。而「桃」的意義，也不僅止於祭祀，連帶地成爲美德的象徵。《文始眞經‧六七》云：

好仁者多夢松柏桃李。〔註6〕

《文始眞經》即《關尹子》，爲戰國至漢所作，也是託古之言。然而此時的「桃」，儼然有「仁德」的形象存在，此或由後人塑造所致。

原釋引《太平御覽》，以爲「桃」爲吉祥之物，雖與《韓非子》相反，但並非空穴來風，而是承襲《呂氏春秋》、《文始眞經》一脈而來。

《夢林玄解‧五穀》亦以「桃」爲吉，其曰：

蟠桃吉。占曰：「蟠桃是仙家之菓，夢得此者爲壽徵；夢啖之者生貴

子；若夢人取去者，主損失；夢人送進者，利西行」〔註7〕

「蟠桃」雖爲神話傳說的產物，但其本來就是以「桃」爲原型，之後發展所致，故仍可視爲「桃」。《夢林玄解‧天》又曰：

上天摘得蟠桃食大吉。占曰：「瑤岩有奇種，華食幾千秋，俄從至尊

處，摘食海天壽。孕婦夢之必產壽星，老人夢之必綿永算，大吉。」

〔註8〕

此夢占爲大吉，雖然有夢「上天」的原故，但也不能排除「蟠桃」爲吉兆。〔註9〕

〔註5〕〔戰國〕呂不韋編，陳奇猷校注：《呂氏春秋》，頁242。

〔註6〕〔周〕尹喜著：《文始眞經》，四部叢刊三編景明本，頁12。

〔註7〕〔宋〕邵雍撰：《夢林玄解》，頁480。

〔註8〕〔宋〕邵雍撰：《夢林玄解》，頁7。

〔註9〕《夢林玄解‧五穀》曰：「道人贈桃吉。其占曰：『桃仙菓道人，有仙風道骨者，夢此謀爲有成，功名有就，壽得長生，利獲十倍之兆也；孕婦夢之者，生男大貴；病人夢之，不藥自愈。」參〔宋〕邵雍撰：《夢林玄解》，頁480～481。

簡文以爲「夢桃」，將有憂慮，與後世不同，前者爲凶，後者爲吉。這是因爲嶽麓簡《占夢書》運用了「反說」的占夢術原理。

茲將「桃」的形象流傳圖，列表如下，以利對照〔註10〕：

簡32：夢見李，爲復故吏。

意指，夢見李子或李樹，將再次被任命原官職。

「李」爲植物，然少見於典籍。《墨子·兼愛》云：

> 投我以桃，報之以李。〔註11〕

墨子此言，是強調投報之間的兼愛精神，愛人者人必愛之。藉由桃李的價值差別，凸顯兼愛的精神。「桃」在秦漢時期的形象，實爲好。但藉由《墨子》的記載，更加凸顯出「李」的價值是更好的，因爲「李勝於桃」。所以《文始眞經·六七》云：

> 好仁者多夢松柏桃李。〔註12〕

與桃相同，「李」也屬於「仁德」的象徵。

《夢林玄解·果樹》曰：

> 李吉。占曰：「李爲菓之珍，芳姿自絕倫，仁人乃得兆，蘭桂立丹宸。」

〔註13〕

其以「夢李」爲吉，與簡文同。

簡文以爲「夢李」，將會復職，與後世相同，皆有好的意義，這是運用了「轉釋」的占夢術原理。茲將「李」的形象流傳圖，列表如下，以利對照：

〔註10〕此表按照引用書籍之年代排序，列出「夢徵」於是書中的意義。並將嶽麓簡《占夢書》也納入此時間軸上以觀察流變。如果嶽麓簡《占夢書》中有特別說明夢徵之意義，則如實列出。若無，則先列「夢占」，後述書名，最後將「占夢術原理」列入。

〔註11〕〔清〕孫詒讓著，孫以楷點校：《墨子閒詁》，頁115。

〔註12〕〔周〕尹喜著：《文始眞經》，四部叢刊三編景明本，頁12。

〔註13〕〔宋〕邵雍撰：《夢林玄解》，頁501。

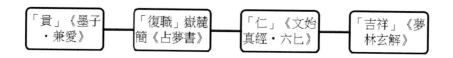

簡 34：夢見棗，得君子好言。

意指，夢見棗或棗樹，將會得到有德者的美言。

「棗」爲植物，其營養價值極高。《韓非子・外儲說》云：

> 秦大饑，應侯請曰：「五苑之草著、蔬菜、橡果、棗栗，足以活民，
> 請發之。」〔註14〕

應侯所請求的這些植物，都是「草木著地而生」，極容易種植，且能使百姓度過饑荒的食物；但也因此，「棗」成爲常見，實用價值極低的植物。與「桃」、「李」相較，低劣許多。

「夢棗」亦多見於文獻，如「夢見棗樹繁赤，亦口舌事」（P.3105 號草木部）〔註15〕、「夢見棗樹繁，亦口舌」（S.2222 號、P.3685 號林木章）〔註16〕，然皆爲凶兆。《夢林玄解・五穀》曰：

> 人贈棗貞吉否凶。占曰：「求名夢此，蚤有譽於天下；求利夢此，財
> 百倍而稱心；求子夢此，即得男而大貴；病患夢此，災悔除而康寧；
> 惟逃竄夢之無路；官事夢之受刑」〔註17〕

惟逃竄者及處官事者夢「人贈棗」爲凶。又曰：

> 棗吉。占曰：「棗應心而色多變，乃變化之象。而棗早同音，兆之者
> 名成于早，利得于早，婚姻早諧，子嗣早招，喜至必重重也。惟病
> 訟兩端不宜兆之。束下又束，凡事不宜放縱也。」〔註18〕

是知「棗」爲病、訟不宜的徵兆，與上述逃竄者、處官事者夢之爲凶相近。

嶽麓簡《占夢書》的「棗」，其實與敦煌殘卷、《夢林玄解》相同，皆爲凶兆；只是運用了「反說」的占夢術原理，故「得君子好言」。敦煌殘卷則是以「轉

〔註14〕〔戰國〕韓非子撰，陳奇猷校注：《韓非子集釋》，頁771。

〔註15〕鄭炳林：《敦煌寫本解夢書校錄研究》，頁316。

〔註16〕鄭炳林：《敦煌寫本解夢書校錄研究》，頁316。

〔註17〕〔宋〕邵雍撰：《夢林玄解》，頁480。

〔註18〕〔宋〕邵雍撰：《夢林玄解》，頁501。

釋」的方法，順勢推衍出「有口舌」的凶占。《夢林玄解》與嶽麓簡《占夢書》同，亦由「反說」，而得「有譽於天下」的吉占。

茲將「李」的形象流傳圖，列表如下，以利對照：

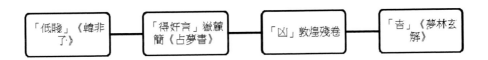

綜上所述，茲將嶽麓簡《占夢書》中「植物類」夢徵，與敦煌殘卷、《夢林玄解》的關係，列表如下〔註19〕：

簡號	簡　文	與敦煌殘卷之關係	與《夢林玄解》之關係	備註
31	夢見桃，爲有苛憂。		夢徵意義相同。	
			反說→轉釋	
32	夢見李，爲復故吏。		夢徵意義相同。	
			轉釋	
34	夢見棗，得君子好言。	夢徵意義相同。	夢徵意義不同。	
		反說→轉釋	反說	

第三節　嶽麓簡《占夢書》「動物類」夢徵析義

「動物類」的夢徵，因其夢徵意義又可細分爲「單純的動物」，以及「動物所屬物」。

一、動　物

簡13：夢有夬（喙）去（卻）魚身者，乃有內（納）資。

意指，夢見魚類卻有鳥嘴，則可納貨進財。

自古，「魚」便是財富的徵兆。《詩經‧小雅‧無羊》云：

牧人乃夢，眾維魚矣，旐維旟矣。大人占之，眾維魚矣，實維豐年。

〔註19〕 表格於「與敦煌殘卷之關係」、「與《夢林玄解》之關係」二欄，皆分爲上下兩列。
　　　　上列說明嶽麓簡《占夢書》與二書在「夢徵」上的同異；下列說明嶽麓簡《占夢書》與二書在「占夢術原理」上的同異。若無法對照，則於二欄留白。

〔註20〕

與嶽麓簡《占夢書》相同，這也是以魚爲夢徵，而且爲「豐年」之占，與簡文「乃有內（納）資」意義頗近。蓋古代以農業爲主，若收穫豐富，錢糧自然增加，歉收則反。

《山海經‧西山經》除言及「文鰩魚」之樣貌、習性外，更曰：「其味酸甘，食之已狂，見則天下大穰。」〔註21〕由「見則天下大穰」，可知「文鰩魚」乃豐年之象徵。高昌儀認爲：

> 民間常以魚爲占，認爲「文鰩魚」見則大穰，是豐年之兆，今海人也說豐歲則魚大上。〔註22〕

「大穰」、「魚大上」皆爲豐收之徵，與簡文「乃有內（納）資」當有關係。

古人常以夢魚爲吉，《夢林玄解‧龜魚》曰：

> 魚屬巽，其見於夢，豈特詩人眾魚之夢，應豐年而已哉。漢武帝夢魚求去鉤而獲珠〔註23〕，胡妻夢魚躍水盆而生姪〔註24〕，太守劉之亨夢魚乞命〔註25〕，與邑阿失里夢魚禁捕者無異也〔註26〕。〔註27〕

〔註20〕〔清〕阮元用文選樓藏本校勘嘉慶二十年重刊宋本：《十三經注疏附校勘記‧詩經》，頁939。

〔註21〕袁珂：《山海經校注》，頁44。

〔註22〕馬昌儀：《古本山海經圖說》，頁187。

〔註23〕《藝文類聚》云：「人釣魚於原，綸絕而去，魚夢於武帝，求去其鉤。明日，帝戲於池，見大魚銜索，帝曰：『豈非昨所夢乎？』」取魚，去其鉤而放之。」參〔唐〕歐陽詢撰，汪紹楹校：《藝文類聚》，頁1356。

〔註24〕《齊東野語》云：「胡致堂寅字明仲，文定公安國之庶子也。將生，欲不舉。文定夫人夢大魚躍盆水中，急往救之，則已溺將死矣，遂抱以爲己子。」參〔宋〕周密撰：《齊東野語》明正德刻本，頁49。

〔註25〕《太平御覽》引《南史》云：「梁南郡太守劉之亨嘗夢二人姓李，詣之乞命，未之解也。其明日仲夏有遺生鯉魚二頭，之亨曰：『必夢中所感也。』乃放之。其夜又夢來謝恩云：『當令君延算。』」參〔宋〕李昉等奉敕編：《太平廣記》（臺灣，商務印書館，1975年），頁4291-2。

〔註26〕《夷堅支志》云：「曹州定陶縣之北有陂澤，民居其傍者，多采螺蚌魚鱉之屬鬻以瞻生。虜亮正隆二年中春，女真人阿失里爲邑宰，夢一客綠袍烏幘皂靴韡帶握手板入謁曰：『吾種族世居治下，子孫蕃衍皆獲依仁芘。不幸爲細民捕殺充食，

是知古代與魚相關之夢甚多，且多爲吉兆。

　　這種「有喙之魚」雖不必爲《山海經》所指的「文鰩魚」、「豪魚」，但兩者或有關係。此因「文鰩魚」、「豪魚」皆「赤喙」也。而透過《詩經》、《山海經》以魚爲夢徵之夢的啓示，可知古人以爲某些特定魚類與農業收成息息相關，更加證明簡文「乃有內（納）資」與「夬（喙）去（卻）魚身」有其相關性。

　　《詩經》、嶽麓簡《占夢書》、《夢林玄解》皆以「魚」爲吉兆，而所用的占夢術原理亦皆爲「轉釋」。

　　茲將「魚」的形象流傳圖，列表如下，以利對照：

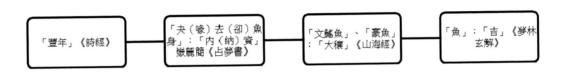

「豐年」《詩經》　→　「夬（喙）去（卻）魚身」：「內〈納〉資」嶽麓簡《占夢書》　→　「文鰩魚」、「豪魚」：「大穰」《山海經》　→　「魚」：「吉」《夢林玄解》

簡 18：夢蛇入人口，育（抽）不出（育（育），不出），丈夫爲祝，女子爲巫。

意指，夢見蛇類進入人的口中，抽不出來（繁殖，而不出來），如此則男子爲祝，
　　　女子爲巫。

　　「蛇」作爲夢徵，起源極早。《詩經‧小雅‧斯干》云：

　　　吉夢維何，維熊維羆，維虺維蛇。〔註28〕

直接說明「蛇」是一吉祥的夢徵。對於蛇作爲徵兆一事，小草（劉釗）認爲：

　　　《左傳》文公十六年曰「有蛇自泉宮出，入于國，如先君之數。」
　　　魯人認爲聲姜薨與蛇出泉臺有關，故毀泉臺。在歷代史書的《五行

且又轉售於人，將使無噍類矣。願賢令尹慈憐少加禁止，則恩流無窮，當思所報。』失里夢中諾之，而不暇扣其何物居於何所。旦起深念，不能曉測。明夜複夢。遍詢士吏，及訪道術人酌詳亦莫知所謂。迨春暮天清氣暄，澤邊相率什百爲群，脫衣入水，網箕羅取，數倍常日，忽暝霧迷，空波涌如山，雷聲振動，一巨物長六七丈，狀若蛟螭，噴薄雲煙，摧壞岸滸，冷氣慘烈逼人，人皆捨棄所獲，爭赴平地。已爲巨物攫挐者十二三，溺死者殆半，眾始悟邑宰之夢，自是無復敢漁。」參〔宋〕洪邁撰：《夷堅支志》，清景宋鈔本，頁 51。

〔註27〕〔宋〕邵雍撰：《夢林玄解》，頁 710～711。

〔註28〕〔清〕阮元用文選樓藏本校勘嘉慶二十年重刊宋本：《十三經注疏附校勘記‧詩經》，頁 937。

志》、《祥瑞志》和各種筆記小說中，有不少關於「蛇妖」或「蛇孽」的記載，記錄了「蛇」的出現、活動、變化等表示的某種徵兆，預示的某種後果。明張岱《夜航船》卷十四九流部「道教」條載：「漢周亞夫爲河南守，許負相之，曰：『君後三年爲侯。八年爲宰相，持國秉政。九年當餓死。』亞夫笑曰：『既貴如君言，又何餓死？』負指其口曰：『蛇入口故耳。』後果然。」說的就是「蛇入口」預示著人將餓死的徵兆。就連兵書中也會涉及到「蛇」這一占驗物象，如唐易靜的《兵要望江南》就有「占蛇」篇，記錄了「蛇」與軍事活動或戰爭勝敗的關係。〔註29〕

傳世文獻亦有關於「蛇夢」之記載，如敦煌殘卷則有「夢見蛇入懷，有貴子」（S.2222 號魚鱉章）〔註30〕、「蛇在懷中，有男女」（S.620 號龍蛇篇）〔註31〕、「蛇入人穀道中，富貴」（S.620 號龍蛇篇）〔註32〕等內容，皆可與此簡相參照。

《夢林玄解·耳鼻》曰：

> 耳中蛇，吉。其占曰：「蛇者，然蛇其象屬土，裸蚤之長曲折，善聽聞。心中有驚疑者夢之，有吉無凶；夢蛇出于兩耳者，辨音律，聞遠近，達四聰也；長蛇壽徵也，夢此大吉：病中夢蛇入耳，不祥。」
>
> 〔註33〕

雖然沒有「蛇入口中」的夢徵，但這一「耳中蛇」夢，也可作參考。由此可知《夢林玄解》以「蛇」爲吉兆，如「虺蛇，吉。」〔註34〕

《詩經》、嶽麓簡《占夢書》、敦煌殘卷、《夢林玄解》皆以「蛇」爲吉兆，而所用的占夢術原理亦皆爲「轉釋」。

茲將「蛇」的形象流傳圖，列表如下，以利對照：

〔註29〕小草：〈《嶽麓書院藏秦簡》（壹）考釋一則〉，復旦網，2011 年 3 月 7 日。

〔註30〕鄭炳林：《敦煌寫本解夢書校錄研究》，頁 344。

〔註31〕鄭炳林：《敦煌寫本解夢書校錄研究》，頁 344。

〔註32〕鄭炳林：《敦煌寫本解夢書校錄研究》，頁 344。

〔註33〕〔宋〕邵雍撰：《夢林玄解》，頁 220。

〔註34〕其占曰：「詩云：『維虺維蛇，女子之祥。』虺蛇陰物，穴處，柔弱隱伏。凡夢之者生女必賢，且得貴壻。」參〔宋〕邵雍撰：《夢林玄解》，頁 562。

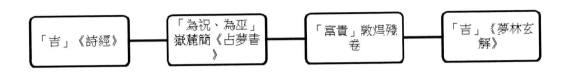

簡19：夢蛇則蟄（蜂）蠆赫（螫）之，有芮（退）者。

意指，夢見蛇，而遭蜂、蠍類之類毒物所螫，夢者將遭受毀謗，職位有廢退
　　之殃。

　　此簡夢徵雖然以「蛇」為先，然而於前一簡相同，皆以「蛇」為吉兆。
故此簡進而討論附屬的「蟄（蜂）蠆」。《論衡‧累害》曰：

　　　動百行，作萬事，嫉妬之人，隨而雲起，枳棘鉤掛容體，蠚蠆之黨，
　　　啄螫懷操，豈徒六哉？六者章章，世曾不見。夫不原士之操行有三
　　　累，仕宦有三害，身完全者謂之潔，被毀謗者謂之辱，官升進者謂
　　　之善，位廢退者謂之惡。完全升進，幸也，而稱之；毀謗廢退，不
　　　遇也，而訾之，用心若此，必為三累三害也。〔註35〕

「位廢退者謂之惡」為一累，「毀謗廢退，不遇也」則為一害，則三類三害中有
二者具有「退」的意思，而「退」則具有貶義，帶有不好的意思。而造成此種
累害人受罪的情況，則是由「蠚蠆之黨，啄（喙），螫懷操（慘）」所致。

　　「蠚蠆」為蜂一類的毒蟲。《國語‧晉語‧智伯國諫智襄子》云：

　　　蟻蜂蠆，皆能害人。況君相乎！〔註36〕

這是說明體型雖小的蟻蜂蠆這類毒物，能以毒害人，更何況是手握軍國重權的
帝王宰輔。利用蟻蜂蠆的毒，對比君相使用權力不當所致的下場。

　　又如《列子‧說符》云：

　　　虎狼蝮蛇及蜂蠆之蟲，皆賊害人。〔註37〕

亦是強調蜂蠆一類的蟲物，能夠害人。上述二書所言，皆與《論衡》相似。

　　嶽麓簡《占夢書》雖以「蛇」為吉兆，然而若夢見蛇遭到蜂蠆所螫，因
為吉兆（蛇）受到攻擊（蟄（蜂）蠆赫（螫）之），所以產生凶占。這是利用
「轉釋」的原理。

〔註35〕〔漢〕王充，黃暉撰：《論衡校釋》，頁11～12。

〔註36〕上海師範大學古籍整理組校點：《國語》，頁503。

〔註37〕楊伯竣撰：《列子集釋》，頁270。

茲將「蠚（蜂）蠆」的形象流傳圖，列表如下，以利對照：

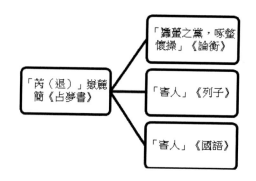

簡 16：夢見味臊之獂、豚、狐，若爲男子則娶妻，爲女子則嫁人。

意指，夢見味臊的獂、豚、狐，若爲男子則娶妻，爲女子則嫁人。

《夢林玄解・百獸》曰：

> 獂冀望山中之獸，吉。其占曰：「貂類，似狸而五尾。其聲奪眾首，
> 食之可以治癉。夢是獸者，應試得捷報，行人有喜信，疾病遇良醫。」

〔註 38〕

由《山海經》袁珂注云「獂正作獂」，可知「獂」、「獂」相通；然《夢林玄解》以「獂」爲貂屬動物，似又與豕屬的「獂」不同。是以嶽麓簡《占夢書》與《夢林玄解》根據的夢徵，所得出的夢占，來源應不相同。

「豚」，古人多用之祭祀。《墨子・魯問》云：

> 魯祝以一豚祭，而求百福於鬼神。〔註 39〕

以「一豚」爲祭品，卻要求鬼神百般庇護，這是「施人薄而望人厚」，不是好事。但可見「豚」作爲祭品，確有其實。《孟子・滕文公下》云：

> 陽貨矙孔子之亡也，而饋孔子蒸豚。〔註 40〕

「豚」非大牲，所以要蒸熟。亦證「豚」爲祭品。又如《國語・楚語・屈建祭父不薦芰》云：

> 士有豚犬之奠。〔註 41〕

〔註 38〕　〔宋〕邵雍撰：《夢林玄解》，頁 532。

〔註 39〕　〔清〕孫詒讓著，孫以楷點校：《墨子閒詁》，頁 438。

〔註 40〕　〔清〕阮元用文選樓藏本校勘嘉慶二十年重刊宋本：《十三經注疏附校勘記・孟子》，頁 5896。

「豚犬之奠」是「士」專用的祭祀物品。而作爲祭品的「豚」，除了價值受人注意之外，亦有人注意此種動物的特性。《史記‧仲尼弟子列傳》云：

> 子路性鄙，好勇力，志伉直，冠雄雞，佩猳豚。〔註42〕

以雄雞冠、佩猳豚爲服飾。是因爲這些動物皆有象徵著「勇」。子路好勇，所以以之爲冠帶。「勇」是「豚」蓬勃生命力的象徵，可能與「母神信仰」有關，所以在嶽麓簡《占夢書》中成爲「婚嫁」的根據。

「狐」，作爲動物，是一經濟價值極高的動物。《史紀‧趙世家》云：

> 吾聞千羊之皮不如一狐之腋。諸大夫朝，徒聞唯唯，不聞周舍之鄂鄂，是以憂也。〔註43〕

這是簡子以「羊」、「狐」之對比，爲周舍辯護的說詞。一張狐皮的價值，遠非千張羊皮可比，可知其價值之高。《晏子春秋‧景公使梁丘據致千金之裘晏子固辭不受》亦言：「景公賜晏子狐之白裘，元豹之茈，其貲千金。」〔註44〕以千金來衡量狐裘的價值，凸顯「狐」的價值極高。

嶽麓簡《占夢書》雖以「貒、豚、狐」爲婚嫁之徵兆，雖然無法確切知曉「貒」的象徵爲何，然而「豚」可用爲祭祀，又頗富生命力；「狐」則是價值極高的動物，可能都是簡文「娶妻」、「嫁人」的根據。雖然無法得知這些「婚嫁類」的夢占的吉凶歸屬，然其應用到「轉釋」的原理，應是可信的。

茲將「貒、豚、狐」的形象流傳圖，列表如下，以利對照：

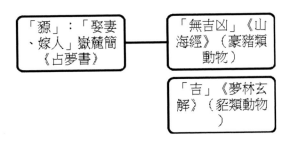

「貒」在嶽麓簡《占夢書》中應屬於吉祥的徵兆，然而在《山海經》中，卻失

〔註41〕上海師範大學古籍整理組校點：《國語》，頁533。

〔註42〕〔漢〕司馬遷撰：《史記》，頁2191。

〔註43〕〔漢〕司馬遷撰：《史記》，頁1792。

〔註44〕吳則虞編著：《晏子春秋》，頁486。

去其吉凶意義；直到《夢林玄解》，又賦予其吉祥的意義，然《夢林玄解》的「貐」與嶽麓簡《占夢書》的「貐」，實為兩種不同動物。仍待更進一步探究其意義與物種的變換關係。

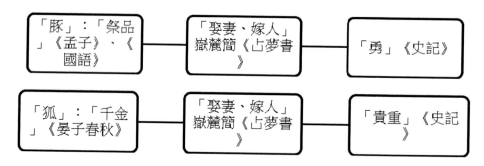

簡 37：夢見眾羊，有行千里。

意指，夢見羊群，將出嫁至遙遠的地方。

「羊」，為古人祭祀所用的物品。《管子‧形勢》云：

> 山高而不崩，則祈羊至矣；淵深而不涸，則沈玉極矣。〔註45〕

這是以羊祭祀高山，以玉幣祭祀泉水。此種與天地四方有關的祭祀，其實已凸顯出作為祭祀物的羊的貴重。又如《禮記‧曲禮》云：

> 天子以犧牛，諸侯以肥牛，大夫以索牛，士以羊豕。〔註46〕

以大夫配羊，與《國語‧楚語‧屈建祭父不薦芰》所言「大夫有羊饋」〔註47〕相同。而羊在祭祀中的地位，僅次於天子、諸侯所用的「牛」。這或許是「羊」之所以為貴重的原因。

簡文註明「眾羊」，與簡 41「夢見羊者，傷（殤）欲食」不同，反映出其嶽麓簡《占夢書》已然意識到「羊的多寡」對於夢占有不同的影響。在敦煌殘卷中，「夢羊」與「夢羊群」也有所分別，如「夢見羊者，主得好妻」（P.3908號六畜禽獸章）〔註48〕、「夢見騎羊，有好婦」（S.2222號雜事六畜章）〔註49〕、

〔註45〕李勉註譯：《管子》，頁 14。

〔註46〕〔清〕阮元用文選樓藏本校勘嘉慶二十年重刊宋本：《十三經注疏附校勘記‧禮記》，頁 2744。

〔註47〕上海師範大學古籍整理組校點：《國語》，頁 533。

〔註48〕鄭炳林：《敦煌寫本解夢書校錄研究》，頁 337。

〔註49〕鄭炳林：《敦煌寫本解夢書校錄研究》，頁 337。

「夢見騎羊，得奴婢，一云好婦」（S.620號豬羊篇）〔註50〕、「牽羊大吉」

〔註51〕。此皆爲「夢羊」，爲吉兆，且與婚姻有關。

　　「夢羊群」則如「夢見群羊，有客」（S.620號豬羊篇）〔註52〕、「夢見群羊，

百事皆吉」（S.620號六畜章）〔註53〕，亦爲吉兆。《夢林玄解‧六畜》曰：

　　　萬羊大吉。占曰：「牧羊山野，趙民比王侯之富，牧羊坻上蘇卿佐帝

　　　相之忠。羊爲畜類之屬，於卦爲兌，於辰爲未，凡夢之爲生男，爲

　　　生貴女，爲牧民之象。人君夢萬羊，必得賢佐士庶。夢萬羊者大貴。」

　　〔註54〕

夢「萬羊」，與夢「單獨羊隻」的占卜相近，皆以羊爲「祥瑞」的徵兆，僅吉祥

的程度有別。

　　嶽麓簡《占夢書》、敦煌殘卷與《夢林玄解》對於羊的數量皆有區分，且皆

以羊爲吉祥的「徵兆」。雖然無法得知「婚嫁類」的夢占的吉凶歸屬，然其應用

到「轉釋」的原理，應是可信的。

　　茲將「羊」的形象流傳圖，以「單複數」區分，列表如下，以利對照：

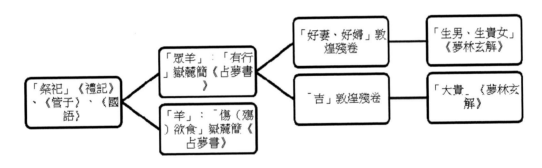

「婚嫁類」的夢占，原本是以嶽麓簡《占夢書》中「夢眾羊」爲根據；而「祭

〔註50〕鄭炳林：《敦煌寫本解夢書校錄研究》，頁337。

〔註51〕其占曰：「夢此爲一陽來復之瑞徵，平康富貴夢之，生貴子；流離顛沛夢之，家道

　　　興，病痊訟息怨解。」參〔宋〕邵雍撰：《夢林玄解》，頁540。

〔註52〕鄭炳林：《敦煌寫本解夢書校錄研究》，頁337。

〔註53〕鄭炳林：《敦煌寫本解夢書校錄研究》，頁337。

〔註54〕其更舉例：「黃帝夢人執千鈞之弩驅羊萬群。曰：『千鈞之弩，力也。驅羊萬群，

　　　能牧民爲善者也。』得力牧。」又「唐‧李德裕嘗夢行晉山，有牧羊者數十輩迎

　　　拜曰：『此君所食萬羊。』後果爲相。」眞僞未可知，然以「夢羊群」爲吉則無疑。

　　　參〔宋〕邵雍撰：《夢林玄解》，頁539～540。

祀類」的夢占，則是以「夢羊」爲根據。到了敦煌殘卷、《夢林玄解》時，以「夢眾羊」的夢占，除了原先的「婚嫁類」，又分化出「吉凶類」的夢占。而原先以「夢羊」爲「祭祀類」的夢占根據，已不知所傳。

簡38：夢見虎、豹者，見貴人。

意指，夢見虎豹一類的猛獸，將會遇見身分地位較高的人。

「虎」、「豹」爲凶惡的動物。《韓非子・人主》云：

> 虎豹之所以能勝人執百獸者，以其爪牙也。當使虎豹失其爪牙，則
> 人必制之矣。〔註55〕

韓非子以虎豹的爪牙，比喻國君的權勢。而國君主持國家，就如同虎豹「勝人執百獸」，其強大可知。又如《戰國策・西周・秦令樗里疾以車百乘入周》云：

> 今秦者，虎狼之國也，兼有吞周之意。〔註56〕

此以虎狼的貪婪凶惡，比喻秦國的吞周的企圖。然而，物以稀爲貴，正因虎豹兇惡，所以亦屬十分珍貴的動物，而其往往棲息於深山遠林之中。《呂氏春秋・有始覽》云：

> 山大則有虎豹熊螇蚔，水大則有蛟龍黿鼉鱣鮪。〔註57〕

凶猛的特性，加上所居偏遠，使得「虎、豹」越趨貴重。《管子・小匡》云：

> 桓公知諸侯之歸己也，故使輕其幣而重其禮，故使天下諸侯以疲馬
> 犬羊爲幣，齊以良馬報，使諸侯以縷帛布、鹿皮四分以爲幣，齊以
> 文錦虎豹皮報。〔註58〕

諸侯以縷帛布、鹿皮進貢給齊桓公，而爲凸顯「輕幣眾禮」，使諸侯歸心，桓公則贈以虎豹皮。可知在當時，虎豹的價值遠高於縷帛布、鹿皮二種，以虎豹爲尊的涵義隱然可見。

夢猛獸，常見於在古代，如「夢見大蟲者，加官祿」（P.3908 號六畜禽獸

〔註55〕〔戰國〕韓非子撰，陳奇猷校注：《韓非子集釋》，頁1118。

〔註56〕諸祖耿編撰：《戰國策集注匯考：增補本》（南京，鳳凰出版社，2008年12月），頁70。

〔註57〕〔戰國〕呂不韋編，陳奇猷校注：《呂氏春秋》，頁722。

〔註58〕李勉註譯：《管子》，頁393。

章）〔註59〕、「夢見虎狼，身得興官」（S.620 號野禽獸篇）〔註60〕等，皆以夢虎類的猛獸爲吉兆，並對官事有利。而「夢見虎狼不動，必見君子」（S.620 號野禽獸篇）〔註61〕，此一「必見君子」之占，與此簡「見貴人」同。

然夢虎類猛獸，也非皆爲吉占，「夢見騎虎，吉，或官事」（S.620 號野禽獸篇）〔註62〕與「夢見騎虎，憂官事」（S.2222 號禽獸章）〔註63〕，皆爲騎虎之夢，卻得相反說占；又如「夢見被虎食，大凶」（S.620 號野禽獸篇）〔註64〕與「夢見虎食者，大吉」（S.2222 號禽獸章）〔註65〕，皆爲虎食之夢〔註66〕，卻也有相反的占卜結果。

《夢林玄解‧百獸》分「虎」爲「騶虞」、「黑虎」、「白虎」，其曰：

> 騶虞，大吉。占曰：「仁獸名，白虎黑文，不食生物者也。夢此者，主聖明在上，澤被蒼生，德及庶類臣察，大法而小廉，將士威武而不殺；孕育夢此，必生非常偉人，當世無比。」〔註67〕

> 黑虎，吉。占曰：「玄壇之神，勇猛之物。軍士夢此，戰勝攻取，無往不利；常人夢此，膽壯氣豪，凡事大亨；胎孕夢此，生子剛毅，才堪爲將。」〔註68〕

> 白虎，貞吉否凶。占曰：「白虎爲西方之神，爲武將之象，爲肅殺之氣，爲刑獄之主，爲凶喪之兆。凡夢之者，因時因事而占之。」〔註69〕

夢見「騶虞」、「黑虎」，皆爲吉兆；夢見「白虎」則「因時因事而占之」，但也

〔註59〕鄭炳林：《敦煌寫本解夢書校錄研究》，頁339。

〔註60〕鄭炳林：《敦煌寫本解夢書校錄研究》，頁339。

〔註61〕鄭炳林：《敦煌寫本解夢書校錄研究》，頁339。

〔註62〕鄭炳林：《敦煌寫本解夢書校錄研究》，頁339。

〔註63〕鄭炳林：《敦煌寫本解夢書校錄研究》，頁339。

〔註64〕鄭炳林：《敦煌寫本解夢書校錄研究》，頁339。

〔註65〕鄭炳林：《敦煌寫本解夢書校錄研究》，頁339。

〔註66〕鄭炳林：《敦煌寫本解夢書校錄研究》，頁339。

〔註67〕〔宋〕邵雍撰：《夢林玄解》，頁522。

〔註68〕〔宋〕邵雍撰：《夢林玄解》，頁522～523。

〔註69〕〔宋〕邵雍撰：《夢林玄解》，頁523。

不排除有「占爲吉兆」的可能。

敦煌殘卷並無「豹」的夢例。然《夢林玄解‧百獸》曰：

> 豹入宅中吉。占曰：「得此夢者，武人有建功加爵之慶，文士有中式
> 捷報之喜，孕婦生文成武就之男；尋常夢此，有官事，防寇盜。」

〔註70〕

「夢豹」亦得吉占，然其程度遠小於「夢虎」，且限定夢者的身分，不過《夢林
玄解》仍以之爲吉。又如「船載鱗介飛禽走獸」〔註71〕，占曰：「虎豹有武，將
遇吉。」若夢見船上裝載虎豹，則爲吉。與此簡相同。

嶽麓簡《占夢書》以虎豹爲尊貴，所以有遇見貴人的可能；與部分敦煌
殘卷的夢例相同。但敦煌殘卷亦有以虎豹爲凶的夢例，可能是以虎豹本身的
凶惡特性爲根據。《夢林玄解》雖無遇見貴人類的夢占，但也是以虎豹爲吉祥
的徵兆，僅偶爾因時事的不同，或許或得到凶占。

茲將「虎、豹」的形象流傳圖，列表如下，以利對照：

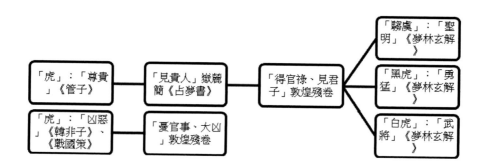

「虎」的「尊貴」特性，保留在嶽麓簡《占夢書》、敦煌殘卷，而到了《夢林玄
解》，「虎」的類別則更加細分，以配合諸多夢占。而其「凶惡」的特性，則可
見於敦煌殘卷。

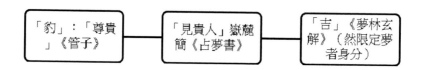

〔註70〕〔宋〕邵雍撰：《夢林玄解》，頁525。

〔註71〕〔宋〕邵雍撰：《夢林玄解》，頁325。

簡 39：夢見熊者，見官長。

意指，夢見熊一類的猛獸，將會遇見官員一類的人物。

　　與前述的「虎、豹」相同，熊亦為凶猛、稀少的生物。《淮南子‧兵略》云：

　　　　虎豹便捷，熊羆多力。〔註72〕

既然與虎豹並稱，則這些動物的凶猛特性一覽無遺。然而「熊」也具有吉祥的徵兆。《詩經‧小雅‧斯干》曰：

　　　　乃寢乃興，乃占我夢。吉夢維何，維熊維羆。〔註73〕

《正義》云：「以熊羆四足而毛謂之獸」、「生男女之徵」，所以夢之吉祥。「熊」自古即為祥瑞之徵。《夢林玄解‧百獸》曰：

　　　　熊羆大吉。占曰：「陽物在山。強力壯毅，夢之者生男必貴。」

　　　　〔註74〕

此同於《詩經》、嶽麓簡《占夢書》。

　　但「夢熊」也不是都為吉兆，如「夢見騎熊群聚，必征討事」（S.620 號野獸禽獸篇）〔註75〕，便以熊為軍旅兵卒之事，此或由《山海經‧熊山》而來，其曰：

　　　　有穴焉。熊之穴，恒出神人。夏啟而冬閉。是穴也，冬啟乃必有兵。

　　　　〔註76〕

以熊山之穴為兵器征伐之徵，與敦煌殘卷之夢頗同，這或許是「夢熊」為凶兆的原理。

　　茲將「熊」的形象流傳圖，列表如下，以利對照：

〔註72〕〔漢〕劉安，劉文典撰：《淮南子》，頁 507。

〔註73〕〔清〕阮元用文選樓藏本校勘嘉慶二十年重刊宋本：《十三經注疏附校勘記‧詩經》，頁 937。

〔註74〕〔宋〕邵雍撰：《夢林玄解》，頁 531。

〔註75〕鄭炳林：《敦煌寫本解夢書校錄研究》，頁 340。

〔註76〕袁珂：《山海經校注》，頁 159。

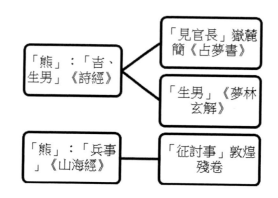

嶽麓簡《占夢書》以及《夢林玄解》以「熊」爲吉兆，然而前者主反映在「官事」上；後者承繼《詩經》，以熊爲生男的徵兆。敦煌殘卷則以「熊」爲凶，認爲是「兵事」的象徵，或許是受到《山海經》的影響也未知。

簡 40：夢見蚰者，魅君（群）爲祟。

意指，夢見蟲類，此因鬼群作祟所致。

　　「蚰」，指昆蟲。昆蟲於古代，常用指較微小的生物，並無複雜的吉凶意義。如《荀子‧富國》云：

　　　　昆蟲萬物生其間，可以相食養者。〔註77〕

「昆蟲」與「萬物」實爲同義，皆指生物。《淮南子‧原道》云：

　　　　秋風下霜，倒生挫傷，鷹鵰搏鷙，昆蟲蟄藏，草木注根。〔註78〕

這是以昆蟲生物的作息，說明天地四時運行的道理。昆蟲於此，也沒有特別的吉凶意義。然《管子‧小稱》云：

　　　　禽獸昆蟲之地，皆待此而爲治亂。〔註79〕

此是「禽獸昆蟲之地」類比中國以外的偏遠地區。作者認爲這些地區混亂不堪，故待治。昆蟲與禽獸並舉，透露出負面的意義。

　　嶽麓簡《占夢書》有許多「野獸」的夢例，如「貒豚狐」、「羊」、「虎豹」、「熊」、等等，種類繁多，然以「昆蟲」爲夢徵者較少，僅簡 19「螫（蜂）蠆」。

〔註77〕李滌生：《荀子集釋》，頁 208。

〔註78〕〔漢〕劉安，劉文典撰：《淮南子》，頁 17。

〔註79〕李勉註譯：《管子》，頁 567。

簡文以「夢蚰」爲夢徵，或許表明古人對「昆蟲」一類的夢關注較少，所以紀錄亦少。而用「蚰」統稱「昆蟲」的夢，或即此理。

反之，敦煌殘卷有多種昆蟲的夢例〔註80〕，但也有以「蟲」爲夢徵的例證，如「夢見小蟲，大富貴」（S.620號魚鱉篇）〔註81〕、「夢見小蟲，吉；大蟲，兇」（S.620號雜蟲篇）〔註82〕、「夢見身上蟲出，大吉」（P.3908號人身梳鏡章）〔註83〕，除以「大蟲」爲凶外（此「大蟲」可能並非昆蟲，而指野獸），「夢蟲」皆爲吉。

《夢林玄解》所載「夢蟲」之事，較之上述二書，又更加繁複，如「螽斯，大吉」〔註84〕、「養蠶，大吉」〔註85〕、「蜂採花，貞吉」〔註86〕、「蜘蛛，吉」〔註87〕等等，蟲的類別增加，行動也越趨複雜，與嶽麓簡《占夢書》以及敦煌殘卷，不可相比。

雖然嶽麓簡《占夢書》、敦煌殘卷以及《夢林玄解》三書皆有記載「夢蟲」一事，且皆以轉釋爲原理，但僅嶽麓簡《占夢書》以蟲爲凶，其餘二書皆以蟲爲吉。茲將「蚰」的形象流傳圖，列表如下，以利對照：

〔註80〕 如「夢見百蟲自滅，小口衰」（P.3908號龍蛇章）、「夢見蜘蛛網，事難」（S.620號魚鱉篇）、「夢見蚊子作群行，大吉」（S.620號雜蟲篇）等等。參鄭炳林：《敦煌寫本解夢書校錄研究》，頁342。

〔註81〕 鄭炳林：《敦煌寫本解夢書校錄研究》，頁342。

〔註82〕 鄭炳林：《敦煌寫本解夢書校錄研究》，頁342。

〔註83〕 鄭炳林：《敦煌寫本解夢書校錄研究》，頁342。

〔註84〕 其占曰：「螽斯百子，衍慶一家，夢兆大吉。生男榮華，無論飛來飛去，縱是亨佳，子孫繁盛福壽增加。」參〔宋〕邵雍撰：《夢林玄解》，頁566。

〔註85〕 其占曰：「蠶者，絲綸之所自生也。夢養之者，其將世掌絲綸之美乎？」參〔宋〕邵雍撰：《夢林玄解》，頁567。

〔註86〕 其占曰：「此勤勞王事，有大人主張之夢兆也。爲公家甘心服事，見事無私，有險在前，見險而止，同寅協力，密切不二，繁華在前，守正無邊。」參〔宋〕邵雍撰：《夢林玄解》，頁568。

〔註87〕 其占曰：「蜘蛛虛巧勝于蠶，張羅布網向空簷，夢中滿腹絲綸縛，剛火聰明養聖賢。」參〔宋〕邵雍撰：《夢林玄解》，頁576。

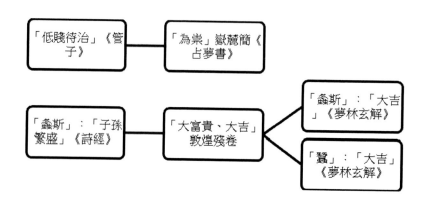

嶽麓簡《占夢書》中的「蚰」其實並未特指何種昆蟲。此種以昆蟲整體爲凶的觀念，實與《管子》相近。敦煌殘卷以「蟲」爲吉，《夢林玄解》亦同（雖然更加細分昆蟲的類別），此原因可能承襲自《詩經》中有關「螽斯」的描述。

綜上所述，茲將嶽麓簡《占夢書》中「動物類」夢徵的「動物」一項，與敦煌殘卷、《夢林玄解》的關係，列表如下：

簡號	簡　　文	與敦煌殘卷之關係	與《夢林玄解》之關係	備　註
13	夢有夬（喙）去（卻）魚身者，乃有內（納）資。	夢徵意義相同	夢徵意義相同	
		轉釋	轉釋	
18	夢蛇入人口，育（抽）不出（育（育），不出），丈夫爲祝，女子爲巫。	夢徵意義相同	夢徵意義相同	
		轉釋	轉釋	
19	夢蛇則蛬（蜂）蠆赫（螫）之，有芮（退）者。			
16	夢見味臊之貈、豚、狐，若爲男子則娶妻，爲女子則嫁人。			
37	夢見眾羊，有行千里。	夢徵意義不同（轉移至「羊」）。	夢徵意義不同（轉移至「羊」）。	敦煌殘卷中，有相近的夢例。
		轉釋	轉釋	
38	夢見虎、豹者，見貴人。	夢徵意義更豐富（加入凶兆）。	夢徵意義更豐富（加入凶兆），又更細分多種動物。	敦煌殘卷中，有相近的夢例。
		轉釋	轉釋	

39	夢見熊者，見官長。	夢徵意義不同（加入凶兆）。	夢徵意義更豐富	
		轉釋	轉釋	
40	夢見蚘者，魋君（群）爲祟。	夢徵意義不同（加入凶兆）。	夢徵意義不同（加入凶兆）；又更細分多種動物。	

二、動物所屬物

簡 17：夢巢中產毛者，丈夫得資，女子得鬵。

意指，夢見巢穴中生出了毛髮，男子得財，女子得炊具（姻緣）。

「巢」，是動物的居處。《孟子‧滕文公下》云：

> 下者爲巢，上者爲營窟。〔註88〕

巢雖作爲人類的居所，但其本指動物所住。「毛」，指獸毛或毛髮一類物，如《左傳‧僖公十四年》「皮之不存，毛將安傳」〔註89〕、《禮記‧檀弓下》「古之侵伐者，不斬祀，不殺厲，不獲二毛」〔註90〕，皆以毛爲毛髮。

雖無「巢」得相關夢例，但後世占夢書多載「產毛」之事，如「堯夢見身上生毛，六十日得天子」（P.3281 號+P3685 號）〔註91〕、「臀中生長毛，吉」〔註92〕、「肘腋生赤毛，凶」〔註93〕、「腹上生毛，凶」〔註94〕等。「毛」的意義，吉凶並具。《夢林玄解‧身體》云：

〔註88〕　〔清〕阮元用文選樓藏本校勘嘉慶二十年重刊宋本：《十三經注疏附校勘記‧孟子》，頁 5897。

〔註89〕　〔清〕阮元用文選樓藏本校勘嘉慶二十年重刊宋本：《十三經注疏附校勘記‧左傳》，頁 3911。

〔註90〕　〔清〕阮元用文選樓藏本校勘嘉慶二十年重刊宋本：《十三經注疏附校勘記‧禮記》，頁 2822。

〔註91〕　鄭炳林：《敦煌寫本解夢書校錄研究》，頁 219。

〔註92〕　其占曰：「臀有毛長，壽徵也。夢生長毛，安居恒產之兆。臀上無毛，後面光循。此推之吉凶可見」參〔宋〕邵雍撰：《夢林玄解》，頁 265。

〔註93〕　其占曰：「赤屬火，慚怒容色赤，毛獸形。夢此者親近用力之人有非心也。」參〔宋〕邵雍撰：《夢林玄解》，頁 243～244。

〔註94〕　〔宋〕邵雍撰：《夢林玄解》，頁 249。

> 毛者，血氣之餘。肺主皮毛，蓋肺之餘氣也。夢生毛，為文明之象，
> 又為掩閉之象。〔註95〕

「生毛」，是文明的氣象，這是生育、繁衍的象徵。但「過多」，就帶有掩閉、遮蓋的意思。此或即敦煌殘卷將「毛」解為吉凶皆具的原因。

　　嶽麓簡《占夢書》以「巢中產毛」預言進財、婚姻的占卜，可能與「母神信仰」有關，故以「轉釋」為原理，但無法得知「婚嫁類」的夢占的吉凶歸屬。

簡18：【夢】□有毛者，有□也。

意指，夢到某有毛髮，則會有某發生

　　此簡亦是以「毛」為夢徵，但簡文殘缺，是以無法得知其正確意義與吉凶。

　　茲將「巢、毛」的形象流傳圖，列表如下，以利對照：

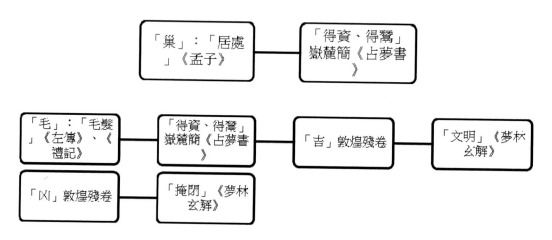

「毛」作為毛髮的使用，可追溯至《左傳》、《禮記》，但並未有吉凶意義存在。至嶽麓簡《占夢書》始將「毛」與好事相配合，這或許也影響到敦煌殘卷、《夢林玄解》。然而敦煌殘卷、《夢林玄解》中的「毛」其意義更加豐富，部分夢占皆以毛為「凶」。

簡21：夢見雞鳴者，有萬（禱）未賽（塞）。

意指，夢見雞鳴，表示有禱祠尚未酬神。

　　「雞鳴」，用指「雞的鳴叫」。《孟子‧公孫丑上》云：

〔註95〕〔宋〕邵雍撰：《夢林玄解》，頁203。

雞鳴狗吠相聞而達乎四境。〔註96〕

而「雞鳴」又有報時的功能，故又多指時間。《孟子‧盡心上》云：

雞鳴而起，孳孳爲善者，舜之徒也。〔註97〕

此以「雞鳴」爲時間，用以說明人之早起爲善。是知「雞鳴」，在秦漢時期並未有特別意義。

宋‧洪邁《夷堅丁志‧千雞夢》曰：

新安郡士人，夢雞數百千隻，飛翔廷中。時方應舉，疑非沖騰之物，以告所善者。或曰：「世謂雞爲五德，今若是其多者，千得萬得也，可爲君賀。」果登科。〔註98〕

此以「雞」爲夢徵。《太平御覽》引夢書曰：「雞爲武吏，有冠距也。夢見雄雞，憂武吏也。衆雞入門，吏所捕也。群鬪舍中，驚兵怖也。」〔註99〕則將雞分爲雌雄，以雄雞爲「凶」。

《夢林玄解‧六畜》曰：

雞，貞吉。其占曰：「雞者，羽蟲之屬，於五行屬木，於八卦屬巽，於十二辰屬酉。其初鳴也，天將曉也，故曰司晨。牝雞無晨，雌雞啼者必災殃。凡夢雞者，淹寒之中有亨祥，亨祥不可忘戒懼。」

〔註100〕

又如「雌雞啼，貞吉」〔註101〕、「雞鳴高樹上，吉」〔註102〕、「雞鳴水中，貞吉

〔註96〕〔清〕阮元用文選樓藏本校勘嘉慶二十年重刊宋本：《十三經注疏附校勘記‧孟子》，頁 5832。

〔註97〕〔清〕阮元用文選樓藏本校勘嘉慶二十年重刊宋本：《十三經注疏附校勘記‧孟子》，頁 6019。

〔註98〕〔宋〕洪邁撰：《夷堅丁志》，清光緒十萬卷樓叢書本，頁 107。

〔註99〕〔宋〕李昉等奉敕編：《太平御覽》，頁 4206-1。

〔註100〕〔宋〕邵雍撰：《夢林玄解》，頁 533～534。

〔註101〕其占曰：「夢此，有女中丈夫之象。而夢之者宜正不宜私，宜靜不宜動。作事者夢之，須防女子多言。」此義近「牝雞司晨」。參〔宋〕邵雍撰：《夢林玄解》，頁 534。

〔註102〕其占曰：「此夢主口舌中得財物之兆，必有音信之事。若以信立身，無一言苟且，必有大得。」參〔宋〕邵雍撰：《夢林玄解》，頁 534。又，《居家必用事類全集》載「夢雞在樹上得財吉」或與此夢占有關。參〔元〕佚名撰：《居家必用事類全集》，

否凶」〔註103〕。雖與此簡夢徵不同，但卻以雞爲吉兆，可互相參照。

茲將「雞、雞鳴」的形象流傳圖，列表如下，以利對照：

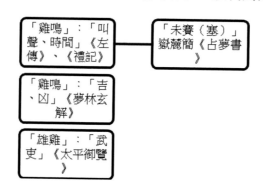

簡文的「雞鳴」，亦較無吉凶意義，只是用以提醒夢者，需要進行祭祀而已；若夢者忽略祭祀，則可能有凶事發生。但已與雞鳴無關。故嶽麓簡《占夢書》的「雞鳴」意義，與《孟子》等文相近。嶽麓簡《占夢書》與《太平御覽》所引夢書、《夢林玄解》皆以「轉釋」解釋有關「雞」、「雞鳴」的夢徵意義。

綜上所述，茲將嶽麓簡《占夢書》中「動物類」夢徵的「動物所屬物」一項，與敦煌殘卷、《夢林玄解》的關係，列表如下：

簡號	簡　　文	與敦煌殘卷之關係	與《夢林玄解》之關係	備　註
17	夢巢中產毛者，丈夫得資，女子得鬻。	夢徵意義更豐富（加入凶兆）。 轉釋→轉釋、反說	夢徵意義更豐富（加入凶兆）。 轉釋→轉釋、反說	
18	【夢】□有毛者，有□也。			缺乏夢占，無法判斷。
21	夢見雞鳴者，有蕭（禱）未賽（塞）。			夢徵意義更豐富（加入凶兆），又更細分性別。

第四節　嶽麓簡《占夢書》「人物類」夢徵析義

「人物類」的夢徵，因其夢徵意義又可分爲「人物」、「人物行爲」以及

明刻本，頁96。

〔註103〕其占曰：「夢此，有醉後成口舌之禍。若其作事以順動，而朋類之來，亦得無咎，則反有得利者。」參〔宋〕邵雍撰：《夢林玄解》，頁534。

「人體器官」。而此三項又可因其關注的焦點加以細分之。

一、人　物

簡 36：眾有司，必知邦端（政）。

夢見有司百工，夢者將主持國政。

　　「有司」，指政府官員；而「眾有司」，則指眾多官員。有司的地位在卿大夫之下，如《大戴禮記‧諸侯遷廟》云：擯者舉手曰：「諸反位。」君反位，祝從在左，卿大夫及眾有司，諸在位者皆反位。〔註104〕

又如《呂氏春秋‧審分覽》云：

　　百官，眾有司也。〔註105〕

「有司」的地位及職務，不言自明。但這些「官職」並未有吉凶的意義。嶽麓簡《占夢書》以之為吉的原因，可以是以官員為尊貴的象徵之故。

　　以「官僚」為夢徵的例子，如「夢見對大官者，喜事」（P.3908 號官祿兄弟章）〔註106〕、「夢見君子，行」（S.620 號佛法仙篇）〔註107〕、「夢見官，大吉」（S.2222 號背、P.2829 號、ДХ.2844 號）〔註108〕。而其占卜結果則吉凶參半。

　　多數「官僚」的夢例，對於身分、裝飾多所描述，如「夢見君王隊杖者，富」（P.3908 號官祿兄弟章）〔註109〕、「夢見戴冠帽者，大貴」（P.3908 號官祿兄弟章）〔註110〕，君王隊杖、戴冠帽者亦皆官僚之代稱。

　　《夢林玄解》無此類「夢官僚」事，多為「夢某人為官」，如：

　　為官。占曰：夢父為官，在堂為鬼，故去為神，現任陞遷利吉；夢子為官，非直叶而應，則于夢為不祥；家有孕婦，未產之前夢之大吉；夢兄弟為官，詳是何官；文士膺榮；平人受危之兆；夢夫為官，

〔註104〕〔清〕王聘珍撰，王文錦點校：《大戴禮記解詁》，頁201。

〔註105〕〔戰國〕呂不韋編，陳奇猷校注：《呂氏春秋》，頁1030。

〔註106〕鄭炳林：《敦煌寫本解夢書校錄研究》，頁320。

〔註107〕鄭炳林：《敦煌寫本解夢書校錄研究》，頁321。

〔註108〕鄭炳林：《敦煌寫本解夢書校錄研究》，頁321。

〔註109〕鄭炳林：《敦煌寫本解夢書校錄研究》，頁320。

〔註110〕鄭炳林：《敦煌寫本解夢書校錄研究》，頁320。

如夢于試期前後，佳兆；患病者不祥。〔註111〕

為官的夢，占卜多為吉兆，與嶽麓簡《占夢書》相同。又如：

為官居位。占曰：「夢身為陽世之官，居陽世之位，主身榮名達，異日必應佳祥，占為上吉；如夢居官位而人世無此官爵位署者，主冥司陰府之兆，吉中伏凶，非喜事也。」〔註112〕

這也是「為官」的夢例，然以陰陽世官分之吉凶，與嶽麓簡《占夢書》相比卻又不同了，可證嶽麓簡《占夢書》「夢官」一類的例證，仍屬簡率。

茲將「有司」的形象流傳圖，列表如下，以利對照：

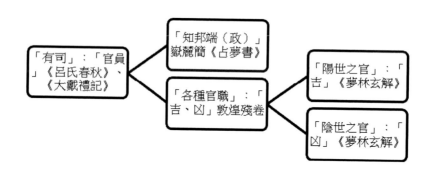

嶽麓簡《占夢書》以「有司」為吉兆；然至敦煌殘卷中，對於官職的區分更加詳細，而占卜的結果也是吉凶皆有。《夢林玄解》則是與嶽麓簡《占夢書》相同，皆以「官」為吉。但其夢徵亦同敦煌殘卷，越趨複雜。

綜上所述，茲將嶽麓簡《占夢書》中「人物類」夢徵的「人物」一項，與敦煌殘卷、《夢林玄解》的關係，列表如下：

簡號	簡 文	與敦煌殘卷之關係	與《夢林玄解》之關係	備 註
36	眾有司，必知邦端（政）	夢徵意義更豐富（加入凶兆），又更細分其所用服飾。	夢徵意義更豐富（加入凶兆），又更細分陰陽世。	
		轉釋	轉釋	

二、人物行為

「人物行為」一項，根據出現夢徵的類別，又可以分為「死亡類」、「音樂

〔註111〕〔宋〕邵雍撰：《夢林玄解》，頁171。

〔註112〕〔宋〕邵雍撰：《夢林玄解》，頁280。

類」、「服飾類」，以及無法歸納的「其他類」。

（一）兼含死亡類夢徵

簡9：春夏夢亡上者，兇（凶）。

意指，春、夏季節中，夢見年長者死亡之人，必將有凶事發生

　　嶽麓簡《占夢書》中有關「年長者」、「年幼者」死亡的夢，傳世文獻中並無相近的例子，可能是嶽麓簡《占夢書》自行發展而來。

　　敦煌殘卷亦有夢家人、親友死亡的夢，如「夢父母亡，富貴」（P.3281 號、S.2222 號雜事章）〔註113〕、「夢父母亡，大吉」（S.2222 背、ДХ.1327 號）〔註114〕，但其占卜結果皆爲「吉兆」，與此簡相反。且並無以時間爲判斷的因素。

　　嶽麓簡《占夢書》簡 15「秋冬夢亡於上者，吉；亡於下者，兇」，則與敦煌殘卷所占相同。推究其因，嶽麓簡《占夢書》的夢占方式以四季爲主，所以簡9、10、15 此三簡夢徵雖同，但夢占卻相反。〔註115〕

　　《夢林玄解‧彝倫》專論君臣、父母、夫妻、兄弟、子孫、師友等與人倫相關之夢，其認爲此類夢之成因在於：

> 此夢精神所通，形於夢寐；或地遠而心通；或形接而性接；或別久
> 而思深……或休徵將至，而神先告；或禍咎將臨，而兆預呈。占者
> 宜精推玄解，不可拘方。凡夢已故者，或懷思所感，或神靈有所指
> 告、有所請索，或又有所責咎，各宜隨其夢兆而推，禍福自明矣。
>
> 〔註116〕

占卜的方式雖然會因人、事、物而有所改變，但此類夢徵皆具備預知「人倫關係變異」的效果，如「夢父母兄弟死者，主疾病」〔註117〕、「若夢父母妻子告死者，有凶無吉」〔註118〕，此二例皆爲凶兆，所指「父母」當爲長者無誤；而

〔註113〕鄭炳林：《敦煌寫本解夢書校錄研究》，頁 322。

〔註114〕鄭炳林：《敦煌寫本解夢書校錄研究》，頁 322。

〔註115〕這種以時節爲重的占夢方式，或許爲敦煌殘卷所不採，而改以簡單明瞭的「反說」
　　　　爲占夢術原理占卜，故以「死亡」爲「吉兆」。

〔註116〕〔宋〕邵雍撰：《夢林玄解》，頁 168～169。

〔註117〕〔宋〕邵雍撰：《夢林玄解》，頁 313。

〔註118〕〔宋〕邵雍撰：《夢林玄解》，頁 313。

「兄弟」有長有幼，並非專指「年長者」或「年幼者」，與此簡「亡上」、簡 10 「亡下」皆有關係。

「夢親族友人死者，當細詳之，其驗不一。」〔註 119〕親族友人有長有幼，故夢親族之死未必皆爲凶兆，此理或爲嶽麓簡《占夢書》諸「亡上、下」所得占卜結果不同的原因。是知嶽麓簡《占夢書》於此類夢徵所用的占夢之理，雖與敦煌殘卷不同，但可能又同於《夢林玄解》。

夢見長者、親人死亡，普遍爲夢者所不樂。弗洛伊德認爲，此種夢的產生，是因爲「夢者童年期曾有過希望那他們死去的願望」〔註 120〕。雖無法驗證嶽麓簡《占夢書》此夢是否即此而來，但弗洛伊德的說法，卻不失爲一種解釋。于大海、豈檳更進一步認爲：

> 兄弟姐妹現在雖然相親相愛，但事實上每個人都曾有過對其兄妹的
> 敵意，特別是在同年時，男孩多夢見父親之死，而女孩則多夢見母
> 親之死，這可能是童年時期的戀父或戀母情結在作祟。〔註 121〕

戀父、戀母情節在男、女性之成長過程，尤以「成年」時期之作用爲大；殺父、殺母的神話情節屢見不鮮，皆爲幼兒獨立成長之必備過程。神話如此，故有可能影響人之潛意識，而呈現於夢中。

茲將「亡上者」的形象流傳圖，列表如下，以利對照：

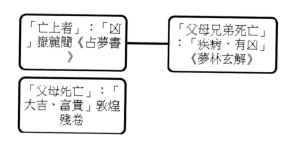

嶽麓簡《占夢書》以「夢長者死亡」爲凶兆，此受到「夢的時間」影響較大，這是「轉釋」的應用。然而敦煌殘卷卻是「反說」爲理，將「夢長者死亡」直接視爲吉兆；《夢林玄解》則仍用「轉釋」，以「夢長者死亡」爲凶兆。

〔註 119〕〔宋〕邵雍撰：《夢林玄解》，頁 313。

〔註 120〕〔奧地利〕弗洛伊德著，呂俊、高申春、侯向群譯：《夢的解析》，頁 301。

〔註 121〕于大海、豈檳：《到夢空間——說出你的秘密》（武漢，華中科技大學出版社，2012 年 2 月），頁 101～102。

簡 10：夢亡下者，吉。

意指，夢見年幼者死亡，必將有吉事發生。

　　與簡 9「春夏夢亡上者，兇（凶）」之占卜結果相反，此簡認為「夢見年幼者死亡，必將有吉事發生」，這是「反說」的之占夢術原理。

　　類似的夢徵、夢占結果如「夢嬰兒死者，除訴訟，鄰里安，產母無恙」〔註122〕。其與此簡之差別在於，《夢林玄解》以夢「嬰兒死」，可得吉兆；然若夢「兒女死」，則「主病除大利」〔註123〕；夢「兄弟死」，則「骨肉有變」〔註124〕。是知簡文「亡下」，並非僅限於兒女、兄弟之類，定義較為寬鬆，可推及親族。

　　茲將「亡下者」的形象流傳圖，列表如下，以利對照：

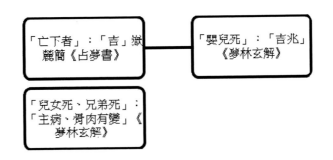

嶽麓簡《占夢書》以「夢右者死亡」為吉兆，此受到「夢的時間」影響較大，這是「轉釋」的應用。《夢林玄解》則「轉釋」、「反說」並用，故「夢幼者死亡」，吉凶皆具。

簡 15：秋冬夢亡於上者，吉；亡於下者，兇（凶），是謂□兇（凶）。

意指，秋、冬季節中，夢見年長者死亡之人，必將有吉事發生，夢見年幼者死亡，必將有凶事發生，此為□凶。

　　簡文意義與簡 9「春夏夢亡上者，兇（凶）」、簡 10「夢亡下者，吉」相同，但占卜結果卻相反，再次驗證嶽麓簡《占夢書》對於夢占的判斷，是以「四時」為主要依據，而非夢徵。

〔註122〕〔宋〕邵雍撰：《夢林玄解》，頁 313。

〔註123〕〔宋〕邵雍撰：《夢林玄解》，頁 175。

〔註124〕〔宋〕邵雍撰：《夢林玄解》，頁 175。

綜上所述，茲將嶽麓簡《占夢書》「人物行為」類夢徵中兼含「死亡類夢徵」之夢例，與敦煌殘卷、《夢林玄解》的關係，列表如下：

簡號	簡　　文	與敦煌殘卷之關係	與《夢林玄解》之關係	備　註
9	春夏夢亡上者，兇（凶）。	夢徵意義相同。	夢徵意義相同。	《夢林玄解》中，有相近的夢例（但去除時間）。
		轉釋→反說	轉釋	
10	夢亡下者，吉。		夢徵意義更豐富（加入凶兆），又更細分身分。	《夢林玄解》中，有相近的夢例（但去除時間）。
			轉釋→轉釋、反說	
15	秋冬夢亡於上者，吉；亡於下者，兇（凶），是謂□兇（凶）。			

（二）兼含音樂類夢徵

簡 11：夢歌於宮中，乃有內（納）資。

意指，夢見於宮殿內歌唱，當進財納貨。

簡 12：夢歌於宮中，乃有內（納）資。

意指，夢見於宮殿內歌唱，當進財納貨。

「歌」，是情感的表達，也是古人的娛樂。「歌」的吉凶，是根據其所發生之場所、時間、以及內容。所以《荀子‧禮論》云：

> 清廟之歌，一唱而三歎也。〔註125〕

荀子讚嘆〈清廟〉的樂曲高潔優雅，令人留念。這是歌的美妙，透露「歌」的美好屬性。但如《管子‧霸形》則以不當的「歌樂」為哀：

> 管子對曰：「此臣之所謂哀，非樂也；臣聞之，古者之言樂於鍾磬之間者不如此，言脫於口，而令行乎天下。游鍾磬之間，而無四面兵革之憂，今君之事。言脫於口，令不得行於天下；在鍾磬之間，而有四面兵革之憂，此臣之所謂哀，非樂也。」桓公曰：「善。」於是

〔註125〕李滌生：《荀子集釋》，頁 422。

伐鍾磬之縣，併歌舞之樂。〔註126〕

有「四面兵革」之憂，卻施行歌舞樂曲之樂，所以管仲以之爲哀。所以「歌」有善美的一面，也有哀惡的一面。端看其所處時事地，所以簡文「內（納）資」的占卜，可能是針對「歌的地點」——「宮中」而發。

「宮」，爲帝王所居，是帝王的權力象徵。《韓非子・八姦》云：

人主樂美宮室臺池、好飾子女狗馬以娛其心，此人主之殃也。〔註127〕

雖然是說明人主將心力、財物花在建築宮殿上的壞處，但也間接證明「宮殿」確實與帝王密切關係。《晏子春秋・內諫》也認爲「君窮民財力，以羨飫食之具，繁鍾鼓之樂，極宮室之觀」〔註128〕，是「行暴之大者」。

追求宮殿的美觀，對君主來說是權力的表現；而宮殿也成爲財富、權力的代表。後世占夢書，「宮闕殿廷」之夢例無數，而其占卜結果多爲吉。今略以表格述之〔註129〕：

夢　　徵	夢　　占
殿陛宮闕，大吉。	凡此兆，主恩榮之事。惟帝王之夢殿陛，當以他物論。……凡夢宮闕殿廷，不見殿名者，有吉無凶。若見其名，宜細詳之。
營造殿廷，大吉。	天子夢之，主中興大治。爲臣夢之，主建立功勳。平民夢之，天下太平之兆。應選者夢之，必高捷，應作工部官。工匠夢之，主有貴人招之大作，得利。
坐大宮中，吉。	上人居高，下人爲官之兆。須詳所坐之宮，是爲何名，吉凶可定矣。
步入深宮內院，吉。	仰帝室之深峋，近天顏於咫尺，觀殿陛之高嵰，見宮苑之禁披，非顯爵於皇都，何燦麗夫履歷，即寤寐之繁華，驗功名之赫矣。
宮中光燭天，大吉。	夢此，主聖君賢相，威嚴勤勵。亂世夢之，天下將治矣。
紫微宮，大吉。	凡夢遊宮禁，主明利吉祥。紫微太極，文翰高明之兆。
夢未央宮	夢此者，福未終，祿未盡，壽未絕，事未輟，業未衰；貧賤夢之，時未逢之吉。

〔註126〕李勉註譯：《管子》，頁430。

〔註127〕〔戰國〕韓非子撰，陳奇猷校注：《韓非子集釋》，頁152。

〔註128〕吳則虞編著：《晏子春秋》，頁101。

〔註129〕此表引文參〔宋〕邵雍撰：《夢林玄解・殿宮》，頁417～421。

部分夢徵雖呈「吉凶未定之兆」，然此涉及夢徵之詳細情況，如「國號」〔註130〕、「宮殿名」〔註131〕、「夢者身分」〔註132〕，故難以直斷。又可知夢見宮闕殿廷，非皆爲吉兆，如夢「殿移動」，其占曰：「主大事更移轉動，分位不寧之兆」〔註133〕；或夢「白虎殿」，其占曰：「夢之不祥。倘遇國喪，當以夢中他事推詳」〔註134〕。前者以宮闕比擬國家，故宮闕移動暗示國家事務舉籌不定，或有災變；後者因殿名「白虎」而有凶兆（此以白虎屬西方，主殺伐、戰爭，爲不祥之徵），故夢白虎殿爲凶；而逢國喪則未必爲凶，這可能是利用「反說」占卜。因爲國喪是不祥之事，若處在不祥的狀態中夢見白虎殿，兩種凶兆，或許可以抵銷，而變成平和之徵兆。

　　簡文「歌於宮中」的吉祥意義可能源自「宮」，故將「宮」的形象流傳圖，列表如下，以利對照：

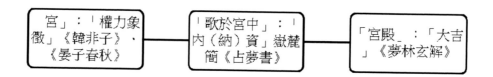

嶽麓簡《占夢書》以「歌於宮中」爲吉，這是應用「轉釋」的原理；《夢林玄解》與此相同，但亦納入「反說」的應用。而《夢林玄解》中對「宮」的分類，遠多於嶽麓簡《占夢書》。

簡 13：夢歌帶軫玄（弦），有憂，不然有疾。

意指，夢見在歌唱時調整弦樂器，夢者當有憂慮，或有疾病。

<hr />

〔註130〕如「王殿上人，吉。」其占曰：「凡夢入王殿中，或吉或凶，當以國號推占。」參〔宋〕邵雍撰：《夢林玄解》，頁421。

〔註131〕如「坐大宮中，吉。」其占曰：「須詳所坐之宮，是爲何名，吉凶可定矣。」參〔宋〕邵雍撰：《夢林玄解》，頁419。

〔註132〕如「營造殿廷，大吉。」，其占雖皆爲吉，然依夢者身分之不同，所得之利亦不同。參〔宋〕邵雍撰：《夢林玄解》，頁418。又如「殿陛宮闕」之夢，開宗明義便曰：「凡此兆，主恩榮之事。惟帝王之夢殿陛，當以他物論。」是知夢雖同，然帝王與他者所占之結果則有不同。參〔宋〕邵雍撰：《夢林玄解》，頁417。

〔註133〕〔宋〕邵雍撰：《夢林玄解》，頁418。

〔註134〕〔宋〕邵雍撰：《夢林玄解》，頁418。

「歌」雖然沒有固定的吉凶意義，然於歌唱中調整弦樂器，對於演出實是一種破壞。因為歌唱與樂器的搭配，講求通順流暢，倘若樂器有恙，演出則容易失敗。以此情況推至「憂慮、疾病」的發生，亦屬合理。

弦樂本屬高貴的音樂，《白虎通德論‧禮樂》云：

搏拊鼓，振以秉，琴瑟，練絲朱弦。鳴者，貴玉聲也。〔註135〕

「貴玉聲」，足以顯示「弦樂」的尊貴美妙。此種音樂若阻塞不通，實屬不祥。

「弦樂器」之夢，如「夢見彈琴，有聲」（P.3281 號、S.2222 號雜事章）〔註136〕、「夢見琴瑟者，主大喜」（P.3908 號佛道音樂章）〔註137〕。

《夢林玄解‧樂器》有琴、瑟的夢例，其曰：

琴。其占曰：「此真太古之元音，與天地六合四時八風五行、五音三百六十日，調攝相通阻，聖帝明王作之，達人雅士習而知之者也。夢之者，氣象必舒，徐容與謀望必愜；夫婦齊眉，家業比陶猗，上下歡洽，左右齊心，絲蘿可託，金蘭堪契。」〔註138〕

「琴」本就有吉祥之意，與嶽麓簡《占夢書》同。又曰：

瑟，貞吉否凶。其占曰：「製度不齊，各有其時。夢之者，每事當思撙節過者、裁之不及者益之。心和氣平，優游閒暇，傳神寫照之象也。瑟與澀音同，凡事俱不能即亨名利，雖在左右得之，亦甚費力。」

以「瑟」音同「澀」，艱困之義，因字音義而得占，屬於「轉釋」。

亦有調整樂器之夢，如「夢中整絃，好事將圓，宜快著鞭」〔註139〕、「夢樂工調瑟，志氣卑卑，樂極生悲」〔註140〕。前者屬「琴」，後者屬「瑟」，符應上述夢占的原因。

簡文「歌帶軫玄（弦）」的負面意義可能源自「軫玄（弦）」，故將「玄（弦）」的形象流傳圖，列表如下，以利對照：

〔註135〕〔漢〕班固纂集：《白虎通德論》，頁12。

〔註136〕鄭炳林：《敦煌寫本解夢書校錄研究》，頁326。

〔註137〕鄭炳林：《敦煌寫本解夢書校錄研究》，頁326。

〔註138〕〔宋〕邵雍撰：《夢林玄解》，頁410～411。

〔註139〕〔宋〕邵雍撰：《夢林玄解》，頁411。

〔註140〕〔宋〕邵雍撰：《夢林玄解》，頁411。

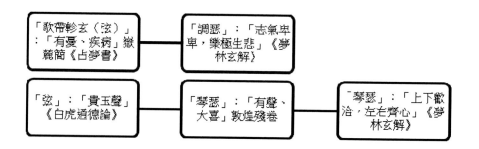

「玄（弦）」指弦樂器，而以「轉釋」的方式獲得「凶」占，未若後世將弦樂器區別爲「琴」、「瑟」等。敦煌殘卷與《夢林玄解》，則以琴瑟爲吉，也都以「轉釋」爲原理。然而《夢林玄解》「調瑟，志氣卑卑，樂極生悲」的夢例，則與嶽麓簡《占夢書》此簡相近。

簡 36：夢伐鼓，聲必長。

意指，夢見伐鼓聲，聲勢必漲大；夢見祭祀伐鼓，聲譽必有所增加。

「伐鼓」，可作爲「鼓聲」，或是「祭祀」。「鼓聲」如《左傳‧莊公十年》云：

> 夫戰。勇氣也。一鼓作氣，再而衰，三而竭。〔註141〕

藉由「鼓聲」可以壯大聲勢，與此簡第一則意義相同。

而「祭祀」則如《左傳‧文公十五年》云：

> 日有食之，天子不舉，伐鼓于社，諸侯用幣于社，伐鼓于朝，以昭
> 事神，訓民事君，示有等威，古之道也。〔註142〕

透過舉行祭祀，可以安撫鬼神百姓，間接地增加聲譽。與此簡第二則意義相同。

「鼓聲」、「祭祀」的夢例，於古可見。「夢鼓聲」者，如「夢見打鼓者，遠信至」（P.3908 號佛道音樂章）〔註143〕、「夢見打鼓，有喜事」（P.3281 號、S.2222 號哀樂章）〔註144〕、「夢見鼓聲樂歡，吉」（ДХ.2844 號）〔註145〕，皆

〔註141〕〔清〕阮元用文選樓藏本校勘嘉慶二十年重刊宋本：《十三經注疏附校勘記‧左傳》，頁 3833。

〔註142〕〔清〕阮元用文選樓藏本校勘嘉慶二十年重刊宋本：《十三經注疏附校勘記‧左傳》，頁 4025。

〔註143〕鄭炳林：《敦煌寫本解夢書校錄研究》，頁 326。

〔註144〕鄭炳林：《敦煌寫本解夢書校錄研究》，頁 326。

以「夢鼓聲」爲吉兆，與此簡第一義相同。

敦煌殘卷將「夢鼓聲」歸於「佛道音樂章」，可見宗教對占夢的影響。徐孝克〈天台山修禪寺智顗禪師放生碑〉即言：「繫珠始訓，親友醉除；夢鼓將鳴，梵魔疑遣。」〔註146〕雖帶文學筆法，也可知道當時佛教以「夢鼓聲」爲除魔的兆諭，所以是吉占。

《夢林玄解‧樂器》云：

> 鼓，吉。占曰：「夢之者，凡事當奮發不可墮其銳氣，則所作如意，乃是勇往直前之象，整頓突起之兆。文人夢之，邁往精進；武士夢之，勳猷蓋世，聲名遠播；貴人夢之，號令嚴明；常人夢之，謀望上前有功；女子夢之，口舌相關；出外夢之，有好信至；病人夢之，有虛驚；小人夢之，主聽令。」〔註147〕

除女子夢鼓外，其餘皆吉；而「武士夢之，勳猷蓋世，聲名遠播」，與簡文第二義相近。

茲將「伐鼓」的形象流傳圖，列表如下，以利對照：

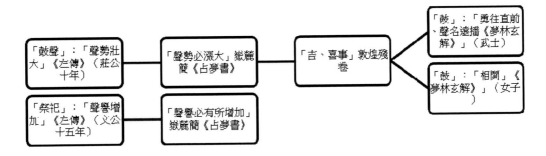

「伐鼓」作爲「鼓聲」、「祭祀」，皆出現於《左傳》，前者可以「壯大聲勢」；後者則「增加聲譽」。嶽麓簡《占夢書》此簡的兩種意義，皆利用「轉釋」，而以「伐鼓」爲吉，可呼應《左傳》。至敦煌殘卷，則僅有「鼓聲」的夢例，但亦透過「轉釋」而爲吉；《夢林玄解》的夢徵、夢占以及占夢術原理，基本上皆同於敦煌殘卷，只是增加了以女性爲夢者的凶占。

綜上所述，茲將嶽麓簡《占夢書》中「人物行爲」類夢徵中兼含「音樂類

〔註145〕鄭炳林：《敦煌寫本解夢書校錄研究》，頁326。

〔註146〕〔清〕嚴可均校輯：《全上古三代秦漢三國六朝文》，頁4081-2。

〔註147〕〔宋〕邵雍撰：《夢林玄解》，頁413。

夢徵」之夢例，與敦煌殘卷、《夢林玄解》，列表如下：

簡號	簡　文	與敦煌殘卷之關係	與《夢林玄解》之關係	備　註
11	夢歌於宮中，乃有內（納）資。		夢徵意義更豐富（加入凶兆），又更細分類別。	
			轉釋→轉釋、反說	
12	夢歌於宮中，乃有內（納）資。		夢徵意義更豐富（加入凶兆），又更細分類別。	
			轉釋→轉釋、反說	
36	夢歌帶軫玄（弦），有憂，不然有疾。	夢徵意義更豐富，又更細分樂器。	夢徵意義更豐富，又更細分樂器。	《夢林玄解》中，有相近的夢例。
		轉釋	轉釋	
36	夢伐鼓，聲必長。（第一義）	夢徵意義相同	夢徵意義更豐富（加入凶兆），又更細分夢者。	敦煌殘卷、《夢林玄解》中，有相近的夢例。
		轉釋	轉釋→轉釋、反說	

（三）兼含服飾類夢徵

簡 20：夢燔洛（絡）遂隋（墜）至手，毄（繫）囚吉。

意指，夢見燒斷捆縛繩索，而後掉落於手上，於犯人爲吉。

「洛（絡）」，古人以之爲繩索，用於綁縛。《史記‧司馬相如列傳》「羈縻」，索隱曰：「羈，馬絡頭也。縻，牛韁也。漢官儀『馬云羈，牛云縻』。言制四夷如牛馬之受羈縻也。」〔註 148〕以「絡」制服馬匹，此簡則是用以「繫囚」，都是以制約其它對象的物品。

對使用者而言，「絡」是權力的代表，因爲可用以控制他人；但對「受制於人」的一方而言，「絡」即具有負面的意義。簡文以夢者「毄（繫）囚」，所以有吉，很有可能考慮到「毄（繫）囚」就是屬於「被控制的」，而夢到控制自己的物品損毀，無疑是好事。換言之，若爲「毄（繫）囚」人夢之，可能代表壞事，但簡文並未明確說明，只能待進一步資料證明。

〔註 148〕〔漢〕司馬遷撰：《史記》，頁 3049。

相近夢例，又如「夢見被系縛，大吉」（S.2222 號化傷章）〔註149〕、「夢見入獄吃杖，并吉」（P.3908 號人身梳鏡章）〔註150〕、「夢見得罰加身，必大富」（S.620 號補禁刑罰篇）〔註151〕，雖未說明夢者的身分，然皆爲吉兆。

茲將「燔洛（絡）」的形象流傳圖，列表如下，以利對照：

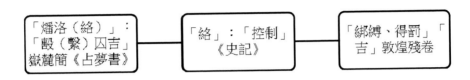

傳世文獻中雖無有關「燔洛（絡）」與「轂（繫）囚」的例證，然嶽麓簡《占夢書》以轉釋的方式，將「燔洛（絡）」與「轂（繫）囚」相互聯繫；此現象亦出現於敦煌殘卷，只是其夢者的身分已不限定於「轂（繫）囚」，故利用「反說」，將「綁縛、得罰」皆視爲吉兆。

簡 26：夢亡亓（其）鉤帶備（服）掇（綴）好器，必去亓（其）所愛。
意指，夢見喪失衣帶服飾所繫的貴重物品，夢者必會喪失所愛。

「鉤帶」爲古人之衣飾，也是身分的象徵。《莊子・達生》曰云：

> 以瓦注者巧，以鉤注者憚。〔註152〕

「鉤帶」皆以金銀所製成，極其貴重。所以「以鉤帶賭者，其物稍貴，恐不中，故心怖懼而不著。」而「鉤帶」之中，亦可藏物、繫物，漢代的〈奏事〉即云：

> 近臣侍側。尚不得著鉤帶入房。防未然也。陛下聖德純備。海內晏
> 然。此國家之明制。必前後備虎賁。〔註153〕

這是有關漢代皇帝的起居安全說明。因爲武器可置於鉤帶內，所以在進入皇帝的居室時，必須取下。將物品置於「鉤帶」之中，與簡文「鉤帶備（服）掇（綴）好器」意近。

〔註149〕鄭炳林：《敦煌寫本解夢書校錄研究》，頁 348。

〔註150〕鄭炳林：《敦煌寫本解夢書校錄研究》，頁 348。

〔註151〕鄭炳林：《敦煌寫本解夢書校錄研究》，頁 348。

〔註152〕〔清〕王先謙撰：《莊子集解》（北京，中華書局，1987 年），頁 159。

〔註153〕〔清〕嚴可均校輯：《全上古三代秦漢三國六朝文》，頁 381-1。

以「衣帶服飾」爲主要夢徵，後世少見。然因夢見「喪失好器」，而得到「失其所愛」的夢占結果，類似的記載，尚如「夢見冠幘飛落者，去冠（官）」（ДХ.10787號）〔註154〕、「夢見衣帶結，事未散」（ДХ.10787號）〔註155〕，皆以「衣物冠帽」的損益狀態爲夢占結果。

茲將「鉤帶、喪失好器」的形象流傳圖，列表如下，以利對照：

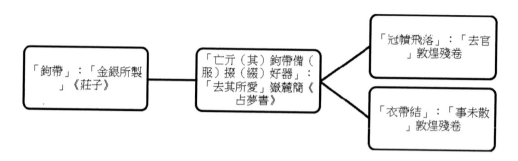

亡其「好器」，本來就是不好、不吉利的事情，嶽麓簡《占夢書》以「轉釋」推論至「失其所愛」也是合理的。敦煌殘卷雖更進一步加入「冠幘」、「衣帶結」，但也是以衣飾的狀態「轉釋」爲吉凶占卜。

簡34：女子而夢以亓（其）帬被邦門及游渡江河，亓（其）占大貴人。

意指，若夢者爲女子，而夢見以其繞領衣物披於邦門，後游泳過江，將爲身分高貴的人或後宮嬪妃。

「帬」，應爲古人貼身之衣物，《說文》即以其爲「繞領」〔註156〕所用。

「以亓（其）帬被邦門」的夢徵實爲特殊，不見於文獻；反而「游渡江河」尚可見，如「夢見浮度大水行速，吉；速，陰之事」（S.620號水篇）〔註157〕、「夢見度江海彼岸，吉」（S.620號水篇）〔註158〕，皆以渡江海爲吉。

由於文獻的缺乏，簡文「以亓（其）帬被邦門」的事件，無法復證於典籍中。只能就「游渡江河」與後世占夢書稍作比較。

茲將「游渡江河」的形象流傳圖，列表如下，以利對照：

〔註154〕鄭炳林：《敦煌寫本解夢書校錄研究》，頁332。

〔註155〕鄭炳林：《敦煌寫本解夢書校錄研究》，頁331。

〔註156〕〔清〕段玉裁著：《說文解字注》，頁361。

〔註157〕鄭炳林：《敦煌寫本解夢書校錄研究》，頁319。

〔註158〕鄭炳林：《敦煌寫本解夢書校錄研究》，頁319。

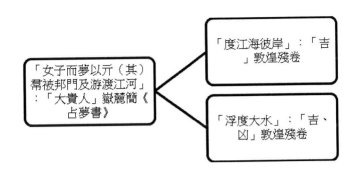

嶽麓簡《占夢書》中的「游渡江河」而得「大貴人」的占卜，實有限制夢者爲「女性」，此吉祥之占卜結果，應是以「轉釋」推導而來。這一連串的行爲，對古人而言有其特殊意義，只是現今無法得知。但很有可能是以「游渡江河」，比喻否極泰來，所以有好結果；敦煌殘卷中的渡江海、度大水，雖未限定夢者的性別，但也是以「度過」，而得到「吉」占。兩者所根據的意義可能相同。

簡 35：多以衣被（披）邦門、市門、城門，貴人知邦端（政），賤人爲筍，女子爲邦巫。

意指，夢見於冬天而以衣物披於邦門、市門、城門之上，若夢者爲尊貴者，將主持國政；夢者爲卑微者，將有盛裝食物類的基層工作；若夢者爲女，將爲邦國之巫。

　　簡文夢「衣披門」的事情，與嶽麓簡《占夢書》簡 34「夢以亓（其）帬被邦門」相似；但簡 34 的夢者爲女性，夢占爲「大貴人」，與此簡的夢占「女子爲邦巫」產生之原因相似。但由於文獻缺乏，簡文「以亓（其）帬被邦門」，無法復證於典籍與後世占夢書。

簡 39：夢衣新衣，乃傷於兵。

意指，夢見穿著新衣裳，會有兵刃之傷。

　　「新衣」的夢例，於敦煌殘卷有三例，如「夢見著新衣者，疾病」（P.3908 號衣服章）〔註159〕、「夢見著新衣者，宜官」（P.3281 號、S.2222 號哀樂章）〔註160〕、「夢見著新衣者，大吉」（ДХ.10787 號）〔註161〕，占多爲凶。

〔註159〕鄭炳林：《敦煌寫本解夢書校錄研究》，頁 331。

〔註160〕鄭炳林：《敦煌寫本解夢書校錄研究》，頁 331。

〔註161〕鄭炳林：《敦煌寫本解夢書校錄研究》，頁 331。

敦煌殘卷雖以「夢新衣」為吉，但只有「夢見著新衣者，疾病」一例，與簡文占得「乃傷於兵」相近。

《夢林玄解‧衣衫》云：

衣破損凶。占曰：「此夢不為吉，凡事有缺失。應舉未成名，出行得重疾，居家欠康寧，居官少安逸，內人生二心。」〔註162〕

《夢林玄解》以「破衣」為凶，與嶽麓簡《占夢書》以「新衣」為凶不同，或許是因為嶽麓簡《占夢書》是以「反說」為「新衣」的占夢術原理：而《夢林玄解》是以「轉釋」為原理有關。

茲將「衣」的形象流傳圖，列表如下，以利對照：

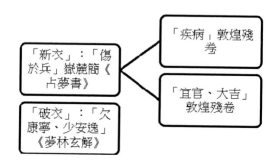

相較之下，嶽麓簡《占夢書》與敦煌殘卷之關係，或許較近。因為兩書皆有以「新衣」為「凶」的夢例；然敦煌殘卷則有增加了以「新衣」為吉的夢例，這是「轉釋」的應用。雖然將《夢林玄解》獨立於二書之外，然以「破衣」為凶，也是「轉釋」的應用，與敦煌殘卷的夢例，有異曲同工之妙。

綜上所述，茲將嶽麓簡《占夢書》中「人物行為」類夢徵中兼含「服飾類夢徵」之夢例，與敦煌殘卷、《夢林玄解》的關係，列表如下：

簡號	簡　文	與敦煌殘卷之關係	與《夢林玄解》之關係	備　註
20	夢燔洛（絡）遂隋（墜）至手，轂（繫）囚吉。	夢徵意義相同，取消對夢者身分的限制。		
		轉釋→反說		
26	夢亡亓（其）鉤帶備（服）掇（綴）好器，必去亓（其）所愛。	夢徵意義更豐富（加入吉兆）。		
		轉釋		

〔註162〕〔宋〕邵雍撰：《夢林玄解》，頁456。

34	女子而夢以亓（其）帬被邦門及游渡江河，亓（其）占大貴人。	夢徵意義更豐富（加入凶兆），取消對夢者性別的限制。		敦煌殘卷有相近的夢例。
		轉釋		
35	冬以衣被（披）邦門、市門、城門，貴人知邦端（政），賤人爲笱，女子爲邦巫。			
39	夢衣新衣，乃傷於兵	夢徵意義更豐富，（加入凶兆）。		敦煌殘卷有相近的夢例。
		轉釋→轉釋、反說		

（四）兼含飲食類夢徵

簡 27：死者食，欲求衣常（裳）。

意指，後者意爲夢見死者飲食，表示死者需要衣裳。

夢見死者飲食，表示死者需要衣裳。

後世「死者食」的夢稀少，大多爲「索食」的夢。《夢林玄解·佛仙僧道有所求索》云：

　　夢索食者，主神缺供養。〔註163〕

「缺供養」與簡文「欲求衣常（裳）」義近。其〈索食〉更曰：「凡夢已亡故者來索食，干人皆當享祀追薦乃獲福吉。」〔註164〕又曰：

　　凡夢索食者，當隨其所索何物，如索五穀，禾黍不豐；如索酒肴，

　　宜清心寡慾；如索菓，子孫殃；如索葷食，當持齋奉佛。〔註165〕

除舉行祭祀外，「索取的食物類別」亦與夢者的吉凶禍福結合。

　　而有關死者「求衣物」的夢例，《夢林玄解·求衣物》云：

　　凡夢已亡故者求衣服，主神像求新或骸骨暴露也。〔註166〕

若「欲求衣」，則其夢徵便與「衣物」相關，非如簡文以「食」爲夢徵。這是後

〔註163〕〔宋〕邵雍撰：《夢林玄解》，頁 145。

〔註164〕〔宋〕邵雍撰：《夢林玄解》，頁 178。

〔註165〕〔宋〕邵雍撰：《夢林玄解》，頁 178。

〔註166〕〔宋〕邵雍撰：《夢林玄解》，頁 178。

世占夢書在夢徵、夢占上更趨一致性之故。

茲將「死者食」的形象流傳圖，列表如下，以利對照：

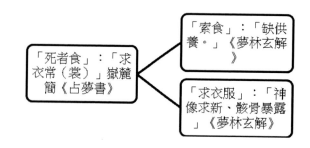

此夢只是用以提醒夢者，需要進行祭祀，要滿足死者的願望；若夢者忽略祭祀，則可能有凶事發生。但已與夢徵無關。簡文將「求衣」作爲夢「死者食」的起因，可能是「食」與「衣」的連結。後世占夢書已將「食」、「衣」分別二類，食爲食、衣爲衣。可知嶽麓簡《占夢書》與《夢林玄解》皆是「轉釋」。

簡 23：夢見肉，憂腸。

意指，夢見肉，腸胃將有不適。

簡文夢徵過於空泛，易生猜測，因爲簡文「肉」字，可能指一切肉類，無分生、熟。視「肉」爲害，《韓非子‧揚權》云：

> 厚酒肥肉，甘口而病形。〔註167〕

美酒佳餚雖然令人心曠神怡，但卻有傷身敗體的可能，容易產生病因。更進一步，《呂氏春秋‧孟春紀》云：

> 肥肉厚酒，務以自彊，命之曰爛腸之食。〔註168〕

將常人眼中的佳餚，定義爲「爛腸之食」，實與簡文「憂腸」相近。只是簡文並未說明「肉」之好壞美惡。

後世占夢書雖亦有「夢肉」的夢例，然多爲「食用」，如「夢見食生肉，凶；熟肉，吉」（P.3281、S.2222 號雜事章）〔註169〕、「夢見食生肉，憂縣官事」（S.2222 號背、P.2829 號、ДХ.2844 號）〔註170〕「食腥肉，貞吉否凶」

〔註167〕〔戰國〕韓非子撰，陳奇猷校注：《韓非子集釋》，頁 121。

〔註168〕〔戰國〕呂不韋編，陳奇猷校注：《呂氏春秋》，頁 21。

〔註169〕鄭炳林：《敦煌寫本解夢書校錄研究》，頁 324。

〔註170〕鄭炳林：《敦煌寫本解夢書校錄研究》，頁 324。

〔註171〕，亦有「獲得肉」之夢，如「夢見得熟肉，大吉」（S.2222 號背、P.2829 號）〔註172〕。此二類夢徵，吉兇兼具。

「生貴子」（P.3908 號飯食章）〔註173〕、「夢見食馬肉者，妻有娠」（P.3908 號飯食章）〔註174〕、「食虎肉，貞吉否凶」〔註175〕等等，茲不勝舉。

茲將「肉」的形象流傳圖，列表如下，以利對照：

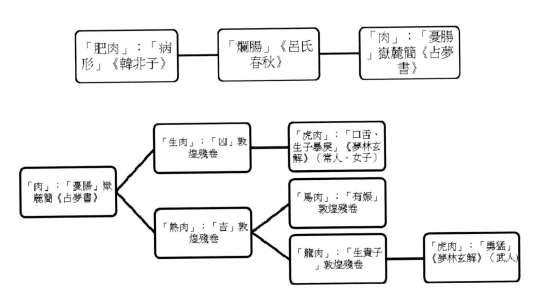

由於分支過多，故以兩圖呈現。上圖是嶽麓簡《占夢書》「以肉為凶」的可能來源。下圖則是該書與敦煌殘卷、《夢林玄解》可能的流傳關係。嶽麓簡《占夢書》「以肉為凶」，可能是因為過度食用傷身之故。故其占卜結果，應由「轉釋」得到。敦煌殘卷與《夢林玄解》雖然都是以「轉釋」為原理，但其夢徵的意義已然不同；直接以肉的「生、熟」、「種類」，區分吉凶。

〔註171〕其占曰：「無馨香之味，有腥膻之氣。文士夢此，學未純熟，尚宜薰陶；武人夢此，力大勇猛，生擒強敵；常人夢此，凡事艱難，費口舌，惹是非之兆；婦女夢此，生子暴戾。」參〔宋〕邵雍撰：《夢林玄解》，頁484。

〔註172〕鄭炳林：《敦煌寫本解夢書校錄研究》，頁324。

〔註173〕鄭炳林：《敦煌寫本解夢書校錄研究》，頁324。

〔註174〕鄭炳林：《敦煌寫本解夢書校錄研究》，頁324。

〔註175〕其占曰：「得此夢者，為自食其力之兆，攘臂而搏諸野，快心而飽其腹，凡事必有勳勞，建功立業，始得厚祿以供所食。詩曰：『不素餐兮。』正謂此也。在女人當生貴子；獵戶無占。」參〔宋〕邵雍撰：《夢林玄解》，頁484。

簡 40：夢見飲酒，不出三日必有雨。

意指，夢見飲酒，三日之內必下雨。

「飲酒」的夢，可以追溯至《莊子‧齊物論》，其云：

夢飲酒者，旦而哭泣；夢哭泣者，旦而田獵。〔註 176〕

飲酒為樂，但清醒後卻是哭泣哀傷，莊子以此說明齊物的道理，卻也透露出對「飲酒」夢之注意。《戰國策‧魏‧文侯與於人期獵》曾提及「飲酒」與「雨」的關係。其云：

文侯與虞人期獵。是日，飲酒樂，天雨。文侯將出，左右曰：「今日飲酒樂，天又雨，公將焉之？」文侯曰：「吾與虞人期獵，雖樂，豈可不一會期哉！」乃往，身自罷之。魏於是乎始強。〔註 177〕

此文主要是表達文侯的重信，而這種態度則影響到魏國的強盛。

「飲酒」與「雨」，未必有密切的關係。但上述文侯與虞人期獵的事件，改自《韓非子‧外儲說》。其云：

魏文侯與虞人期獵，明日，會天疾風，左右止，文侯不聽，曰：「不可。以風疾之故而失信，吾不為也。」遂自驅車往，犯風而罷虞人。
〔註 178〕

相同的故事，在《韓非子》中卻不見「飲酒」與「雨」。有可能是《戰國策》作者鑒於「飲酒」、「雨」兩者的相關性，而更動文本也未可知。或許是從此開始，「飲酒」與「雨」則有密切關係。

「飲酒」的夢例，古代甚多，也多與氣候相關，如「夢見飲酒，天雨欲下」（P.2829 號、S.2222 號背、ДХ.2844 號）〔註 179〕、「夢見飲酒肉，天雨」（S.2222 號器服章）〔註 180〕，夢徵、夢占與此簡完全相同。其餘「飲酒」的夢例，則吉凶並具，如「夢見食酒者，有喜」（P.3908 號飯食章）〔註 181〕、「夢見與人

〔註 176〕〔清〕郭慶藩撰，王孝魚點校：《莊子集釋》，頁 104。

〔註 177〕諸祖耿編撰：《戰國策集注匯考：增補本》，頁 1141。

〔註 178〕〔戰國〕韓非子撰，陳奇猷校注：《韓非子集釋》，頁 665。

〔註 179〕鄭炳林：《敦煌寫本解夢書校錄研究》，頁 325。

〔註 180〕鄭炳林：《敦煌寫本解夢書校錄研究》，頁 325『』。

〔註 181〕鄭炳林：《敦煌寫本解夢書校錄研究》，頁 325。

酒食，口舌」（S.620號食會沐浴篇）〔註182〕。

　　《夢林玄解‧酒漿》所曰：

　　　　酒，貞吉否凶。占曰：「酒之功用載諸經傳，詠於詩歌，不假言矣。

　　　　然能和事，亦能誤事；能治病亦能增病，厥品固有不同，飲之貴適

　　　　其可。凡夢此者，以類推占。」〔註183〕

視「以類推占」爲重，如「飲三白酒，凶」〔註184〕，「飲白酒漿，吉」〔註185〕，
因酒的種類不同，此理爲嶽麓簡《占夢書》及敦煌殘卷所無。

　　茲將「飲酒」的形象流傳圖，列表如下，以利對照：

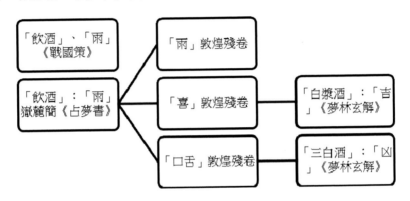

「飲酒」、「雨」兩者的關係，雖然是由嶽麓簡《占夢書》與以連結，然由《戰
國策》與《韓非子》的不同，似乎可見端倪，但需更多資料才能證實。不過應
可相信嶽麓簡《占夢書》是利用「轉釋」之方式。敦煌殘卷，仍與嶽麓簡《占
夢書》相同，以「夢飲酒」爲「下雨」的徵兆，但其夢占增加了吉凶意義，推
測是加入了「反說」；稍後的《夢林玄解》，則仍保持「轉釋」的用法，更進一
步地以酒的種類區分吉凶。

　　綜上所述，茲將嶽麓簡《占夢書》中「人物行爲」類夢徵中兼含「飲食類

〔註182〕鄭炳林：《敦煌寫本解夢書校錄研究》，頁325。

〔註183〕〔宋〕邵雍撰：《夢林玄解》，頁469。

〔註184〕其占曰：「熟米細麯泉水所釀成者，謂之三白。夢飲此酒者，其名義非佳兆，一白
　　　　主霜雪天寒地凍，一白主喪服執杖披麻，一白主水災田園荒廢。」參〔宋〕邵雍
　　　　撰：《夢林玄解》，頁469。

〔註185〕其占曰：「醴也，味甚甘美，不善飲者設此以待之。得是夢者，出外遇賢，主居
　　　　常有嘉賓相接以禮飲，不及亂也；兒童出痘疹夢此者，漿頂滿足不須服藥。」參
　　　　〔宋〕邵雍撰：《夢林玄解》，頁469。

夢徵」之夢例，與敦煌殘卷、《夢林玄解》的關係，列表如下：

簡號	簡 文	與敦煌殘卷之關係	與《夢林玄解》之關係	備 註
27	死者食，欲求衣常（裳）。		夢徵意義更豐富，（加入凶兆）。	《夢林玄解》有相近的夢例。
			轉釋	
23	夢見肉，憂腸。	夢徵意義不同；加入凶兆；種類更多。	夢徵意義不同；加入凶兆；種類更多。	
		轉釋	轉釋	
40	夢見飲酒，不出三日必有雨。	夢徵意義更豐富（加入凶兆）。	夢徵意義不同；加入凶兆；種類更多。	敦煌殘卷有相近的夢例。
		轉釋→轉釋、反說	轉釋	

（五）其 他

簡6：春，夢飛登丘陵，緣木生長燔（繁）華（花），吉。

意指，在春季夢見飛翔而登於丘陵之上，看見攀爬樹木生長之繁盛花朵，是吉利的。

「飛登」，並非常人能為。只有鳥類，或是具有羽翼者才能飛翔於天。《莊子・人間世》云：

> 聞以有翼飛者矣，未聞以無翼飛者也。[註186]

是知在莊子的認知中，人是不能飛翔的。必須透過其它方式才能「飛」。於是《淮南子・俶真》，才以「夢」作為人能飛的途徑：

> 譬若夢為鳥而飛於天，夢為魚而沒於淵，方其夢也，不知其夢也，
> 覺而後知其夢也。[註187]

夢中為鳥，所以能飛。與簡文「飛登」略近。在古代，只要能夠「飛翔」，都是很特殊、榮耀的事件。《史記・趙世家》云：

> 四年，王夢衣偏裻之衣，乘飛龍上天，不至而墜。[註188]

[註186] 〔清〕郭慶藩撰，王孝魚點校：《莊子集釋》，頁150。

[註187] 〔漢〕劉安，劉文典撰：《淮南子》，頁47。

[註188] 〔漢〕司馬遷撰：《史記》，頁1824。

乘飛龍上天，實則與「飛翔」相同。吉祥無比。但是趙王卻「不至而墜」，所以變成不祥之夢。

　　夢「飛、登高、居高」皆爲吉兆；夢「草木花朵生長繁盛」，亦屬吉兆，如「夢見花發者，身大貴」（P.3908 號山林草木章）〔註189〕、「夢見草木茂盛，宅旺」（P.3908 號山林草木章）〔註190〕；而「夢花落者，妻拜，凶」（P.3908 號山林草木章）〔註191〕、「夢見拔草，憂官事」（P.3105 號草木部、S.2222 號、P.3685 號林木章）〔註192〕。

　　繁盛爲吉，凋落爲凶，與此簡不同。簡文或許是因爲「飛登丘陵」一句而得吉兆，並非僅因「繁盛花朵」而爲吉。

　　茲將「飛登、燔（繁）華（花）」的形象流傳圖，列表如下，以利對照：

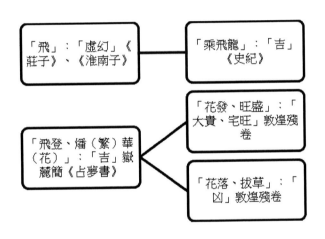

古人雖然以「飛」爲吉祥，但也知道這是虛幻的事件，不可能發生在現實中；對此，《莊子》、《淮南子》皆有明確的認知。《史記》更利用這點，以「夢乘飛龍上天」，附會史實。嶽麓簡《占夢書》以在「春天」夢「飛登」、「燔（繁）華（花）」爲吉兆，除了承繼「飛翔」的吉象意義外，與其利用「時間」、「轉釋」的占夢術原理有關。至敦煌殘卷，「飛登」的夢徵已不可見，然有關「花朵」的夢占，則又納入了凶兆。但皆是以「轉釋」爲占夢術原理。

〔註189〕鄭炳林：《敦煌寫本解夢書校錄研究》，頁 317。

〔註190〕鄭炳林：《敦煌寫本解夢書校錄研究》，頁 317。

〔註191〕鄭炳林：《敦煌寫本解夢書校錄研究》，頁 317。

〔註192〕鄭炳林：《敦煌寫本解夢書校錄研究》，頁 317。

簡6：夢僞=（爲人）丈（丈／杖），勞心。

意指，夢見爲人製作丈尺或儀式之器物，將憂勞心思。

「丈」，爲「丈尺」，是度量的用具、制度。《左傳‧昭公三十二年》云：

> 己丑，士彌牟營成周，計丈數，揣高卑，度厚薄，仞溝洫，物土方，
> 議遠邇，量事期，計徒庸，慮財用，書餱糧，以令役於諸侯。〔註193〕

此即以「丈」爲營造城郭之量數。

「杖」則爲禮制之徵、盡心力的行爲。《禮記‧問喪》曰：

> 或問曰：「杖者何也？」曰：「竹、桐一也。故爲父苴杖。苴杖，竹
> 也；爲母削杖。削杖，桐也。」或問曰：「杖者以何爲也？」曰：孝
> 子喪親，哭泣無數，服勤三年，身病體羸，以杖扶病也。則父在不
> 敢杖矣，尊者在故也；堂上不杖，辟尊者之處也。」〔註194〕

此言杖於喪禮的功能。因服喪哀戚，哭泣無數，需以杖扶持，方可步行站立。
起初，「杖」與個人身分地位毫無關係，《禮記‧雜記上》「貴賤皆杖」〔註195〕，
是以不分貴賤，人人於喪禮皆得以持杖即位；而後「叔孫武叔朝，見輪人以其
杖關轂而輠輪者，於是有爵而後杖也」〔註196〕，「杖」則被視爲爵位之象徵，
專用於貴族，等同其社會地位。

「杖」用於「喪禮」，其使用規則複雜，依死者與喪家之關係遠近而有所改
變，《禮記‧喪服小記》云：

> 大祥，吉服而筮尸。庶子在父之室，則爲其母不禪，庶子不以杖即
> 位。父不主庶子之喪，則孫以杖即位可也。〔註197〕

〔註193〕〔清〕阮元用文選樓藏本校勘嘉慶二十年重刊宋本：《十三經注疏附校勘記‧左
傳》，頁4619。

〔註194〕〔清〕阮元用文選樓藏本校勘嘉慶二十年重刊宋本：《十三經注疏附校勘記‧禮
記》，頁3593。

〔註195〕〔清〕阮元用文選樓藏本校勘嘉慶二十年重刊宋本：《十三經注疏附校勘記‧禮
記》，頁3385。

〔註196〕〔清〕阮元用文選樓藏本校勘嘉慶二十年重刊宋本：《十三經注疏附校勘記‧禮
記》，頁3385。

〔註197〕〔清〕阮元用文選樓藏本校勘嘉慶二十年重刊宋本：《十三經注疏附校勘記‧禮

此言適子、庶子喪禮用「杖」之節，兩者於宗法制度下身分不同，故庶子母喪不杖。若庶子喪，其父不主喪，其子則可以杖即位；反之，若父主適子之喪，則其子爲避祖，便不得以杖即位。又云：

> 婦人不爲主而杖者：姑在爲夫杖，母爲長子削杖。女子子在室爲父
> 母，其主喪者不杖，則子一人杖。〔註198〕

此言婦人喪禮用「杖」的禮節，如果婦人爲家中的主人，則可以爲夫或子喪以杖即位。否則，家中仍然以姑爲主，由姑以杖即位；婦人若不爲主，仍可以杖，但必「姑不厭婦」也。喪子，若子未成年，則不持正杖。若女子未出嫁而遇父母喪，則由其主喪者持杖，主喪者不杖，方由女子杖。

古代喪禮用杖儀節繁複，《禮記‧檀弓下》載諸侯君主喪，官員之杖法，「公之喪，諸達官之長，杖」〔註199〕；《禮記‧喪服四制》亦云諸侯君主喪，官員之杖法，「三日授子杖，五日授大夫杖，七日授士杖」〔註200〕；《儀禮‧喪服禮》則云妻子之杖法，「父在則爲妻不杖」〔註201〕。是知「杖」在古代禮儀社會中作用甚大。

「杖」除用於喪禮外，也可用於一般儀式，爲古代「禮儀」之徵，如：

> 謀於長者，必操几杖以從之。〔註202〕

「杖」爲長者養身的物品。《禮記‧曲禮上》云：「大夫七十而致事，若不得謝，則必賜之几杖，行役以婦人，適四方，乘安車。」〔註203〕故古代認爲替長者持

記》，頁 3251。

〔註198〕〔清〕阮元用文選樓藏本校勘嘉慶二十年重刊宋本：《十三經注疏附校勘記‧禮記》，頁 3254。

〔註199〕〔清〕阮元用文選樓藏本校勘嘉慶二十年重刊宋本：《十三經注疏附校勘記‧禮記》，頁 2809。

〔註200〕〔清〕阮元用文選樓藏本校勘嘉慶二十年重刊宋本：《十三經注疏附校勘記‧禮記》，頁 3679。

〔註201〕〔清〕阮元用文選樓藏本校勘嘉慶二十年重刊宋本：《十三經注疏附校勘記‧儀禮》，頁 2388。

〔註202〕〔清〕阮元用文選樓藏本校勘嘉慶二十年重刊宋本：《十三經注疏附校勘記‧禮記》，頁 2664。

〔註203〕〔清〕阮元用文選樓藏本校勘嘉慶二十年重刊宋本：《十三經注疏附校勘記‧禮

杖是禮節之一。

《夢林玄解‧喪禮》云：

> 杖吉。其占曰：「夢此者，有所執也，有所倚也，得扶持也，得盡其
> 心，得盡其力，得行禮法制度也。」〔註204〕

此夢徵爲吉，雖與嶽麓簡《占夢書》不同，然其理一也。簡文以「製作」丈尺、
儀式之器，得爲勞心力之占；《夢林玄解》則以之爲得丈尺、儀式之器「輔助」，
故得倚仗、扶持之占。

茲將「丈（丈／杖）」的形象流傳圖，列表如下，以利對照：

「丈（丈／杖）」在《左傳》、《禮記》與《儀禮》中的形象不同，而此二種形象
有可能融會於嶽麓簡《占夢書》。雖然「丈（丈／杖）」於嶽麓簡《占夢書》有
兩種解釋，但利用「轉釋」的原理，可得到相同占卜結果。《夢林玄解》亦與此
同。

簡7：夢登高山及居大石上及見□□……。

意指，夢見登上了高山並在大石上看見了某些事物。

此簡與簡6相同，皆是以「登」作爲夢徵。然簡文殘缺，故無法判斷。

簡9：夢夫妻相反負者，妻若夫必有死者。

意指，夢見夫妻二人相互背德忘恩，妻子與丈夫之間必有一人將會死去。

「夫妻相反負」於傳世文獻中無徵。而夫妻之夢，如「夢見夫妻執手，大
凶」（P.3908 號夫妻花粉章）〔註205〕、「夢見夫妻相拜，主離」（P.3908 號夫妻

記》，頁 2663。

〔註204〕〔宋〕邵雍撰：《夢林玄解》，頁 407。

〔註205〕鄭炳林：《敦煌寫本解夢書校錄研究》，頁 322。

花粉章）〔註206〕，夢徵皆爲和諧之兆，卻占爲凶，此因「反說」之理所致，與嶽麓簡《占夢書》以「相反負」爲「凶」不同。

　　《夢林玄解‧彞倫》：「夢夫妻相迎，諧和也」〔註207〕、「夢夫妻相毆，主琴瑟好合」〔註208〕，占卜結果則吉凶皆具，應用了「轉釋」、「反說」兩種原理。

簡10：夢身柀（疲）枯（苦），妻若女必有死者，丈夫吉。
意指，夢見身體疲勞匱乏，妻子或女兒將死亡，丈夫則吉利。

　　此簡於文獻無徵。然其「轉釋」、「反說」並用，將身體的病徵，理解爲吉、凶。

簡15：夢爲女子，必有失也，女子兇。
意指，夢見化身爲女子，必有過失，因爲女子是凶兆的象徵。

　　嶽麓簡《占夢書》此簡，或許是後代「夢女子爲凶」之濫觴。《漢書‧五行志》云：

> 史記魏襄王十三年，魏有女子化爲丈夫。京房《易傳》曰：「女子化
> 爲丈夫，茲謂陰昌，賤人爲王；丈夫化爲女子，茲謂陰勝，厥咎亡。」
> 一曰：「男化爲女，宮刑濫也；女化爲男，婦政行也。」〔註209〕

男女互化，表示宮刑、婦人干政之事盛行，於帝王、國家有害。《史記‧魏世家》曰：「十三年，張儀相魏。魏有女子化爲丈夫。」〔註210〕然「女子化爲丈夫」其實暗喻「張儀相魏，實有禍心」。《太平御覽‧妖異部》云：

> 十三年，張儀詐得罪於秦，而去相魏，將爲秦而欺奪魏君。是歲魏
> 有女子化爲丈夫者，天若語魏曰：勿用張儀。陰變爲陽，臣將爲君。
> 是時魏王亦覺之，不用張儀。儀免去歸秦。魏無害。〔註211〕

《太平御覽》列此事於「妖異部」，可知其以「女子化爲丈夫」爲不祥徵兆。以

〔註206〕鄭炳林：《敦煌寫本解夢書校錄研究》，頁322。

〔註207〕〔宋〕邵雍撰：《夢林玄解》，頁173。

〔註208〕〔宋〕邵雍撰：《夢林玄解》，頁173。

〔註209〕〔漢〕班固撰，〔唐〕顏師古注：《漢書》，頁1472。

〔註210〕〔漢〕司馬遷：《史記》，頁2271。

〔註211〕〔宋〕李昉等奉敕編：《太平廣記》（臺灣，商務印書館，1975年），頁4072-2。

陰陽交替暗喻國事，《太平御覽》雖經後人整理、詮釋，恐非妄言，有其原本。

《漢書‧五行志》云：

> 哀帝建平中，豫章有男子化爲女子，嫁爲人婦，生一子。長安陳鳳
> 言：「此陽變爲陰，將亡繼嗣，自相生之象。」一曰：「嫁爲人婦生
> 一子，將復一世乃絕。」〔註212〕

晉‧干寶《搜神記》亦載此事，僅些微字句有別〔註213〕。男化爲女，因「自相生」，所以斷絕子嗣，或許「將亡繼嗣」，或許「將復一世乃絕」，皆爲「絕子絕嗣」的徵兆，只在於發生早晚的差別矣。

《漢書》所載「男女互化」事，雖非專言「夢境」，然此種性別變化的情況，僅可能見於夢境。嶽麓簡《占夢書》此簡或與以陰盛爲凶的觀念有關。

《夢林玄解‧男女》曰：

> 男子化女凶。其占曰：「凡男人忽夢身化女子者，主陰禍臨身，陰疾
> 侵人之。」〔註214〕

又曰：

> 凡夢見男子化爲女人者，主作事不成，謀事不遂，訟者不勝，戰者
> 必敗，名利難求，災病將生，皆宜鎮壓解禳方吉也。〔註215〕

「男子化爲女子」，夢者若爲男，於任何事皆爲不祥〔註216〕，可見古人對性別混亂一事之重視。〔註217〕

〔註212〕〔漢〕班固，〔唐〕顏師古注：《漢書》，頁 1472～1473。

〔註213〕其曰：「漢建平中，豫章有男子化爲女子，嫁爲人婦，生一子。長安陳鳳曰：『陽
變爲陰，將亡繼嗣，自相生之象。』一曰：『嫁爲人婦，生一子者，將復一世乃絕
也。』故後哀帝崩，平帝沒，而王莽簒焉。」參〔晉〕干寶撰：《搜神記》（北京，
中華書局，1979 年 9 月），頁 81。

〔註214〕〔宋〕邵雍撰：《夢林玄解》，頁 198。

〔註215〕〔宋〕邵雍撰：《夢林玄解》，頁 198。

〔註216〕若「夢女子化男」，其占則不如「夢男子化女」爲凶，反爲「大吉」。《夢林玄解》曰：
「夢之者，主陰轉爲陽，主作事遂意，疾病除，口舌散，反是無不吉利者。」參〔
宋〕邵雍撰：《夢林玄解》，頁 199。雖與《漢書‧五行志》引京房《易傳》云：「丈
夫化爲女子，茲謂陰勝，厥咎亡」之結果不同，亦可視爲候是占夢書之發展所致。

〔註217〕《搜神記》更載「男女同體」事，其曰：「惠帝之世，京洛有人，一身而男女二體，

茲將「為女子」的形象流傳圖，列表如下，以利對照：

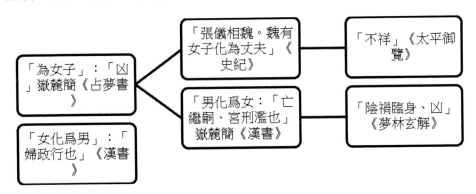

雖然《史記》所載「女化為男」之事為戰國時事，然以成書時代論，仍當以嶽麓簡《占夢書》為先。此種「男女變化」的事件，於《漢書》中較多。《夢林玄解》同於嶽麓簡《占夢書》，皆以「轉釋」，將「男化為女」視為「凶」。

簡 8：吏夢企匕上，亓（其）占□……。
意指，官吏夢見站立在匕首一類的武器上，此夢占為……。

　　然簡文殘缺，故無法判斷。

簡 20：夢人謁門去者，有新蒿未賽（塞）。
意指，夢見有人求見而後離去，此因有新出之禱祠尚未酬神。

　　此簡於文獻無徵；簡文應是利用「轉釋」，將夢徵理解為「新出之禱祠尚未酬神」。

簡 25：夢新（薪）夫焦（樵），乃大旱。
意指，夢見樵夫採薪伐木，則有大旱災。

　　此簡於文獻無徵；簡文應是利用「轉釋」，將夢徵理解為「有大旱災」。

<hr />

亦能兩用人道，而性尤好淫。天下兵亂，由男女氣亂而妖形作也。」參〔晉〕干寶撰：《搜神記》，頁 98。同事更載《晉書‧五行志》，其曰：「惠帝之世，京洛有人兼男女體，亦能兩用人道，而性尤淫，此亂氣所生。自咸寧、太康之後，男寵大興，甚於女色，士大夫莫不尚之，天下相倣效，或至夫婦離絕，多生怨曠，故男女之氣亂而妖形作也。」參〔唐〕房玄齡等撰：《晉書》（臺北，鼎文書局，1980 年），頁 908。《晉書》以為「男寵風盛」實由「惠帝之世，有人身兼男女」而致；二者關係固未可知，然二書皆言「男女之氣亂而妖形作也」，是知時人頗重「男女氣亂」之事。

簡 28：夢乘周〈舟〉船，為遠行。

意指，夢見搭乘舟船類交通工具者，將會遠行。

後世「乘舟」的夢例甚多，如「夢見乘船行，家欲安穩」（S620.號、P.3990號船車遊行死騰篇）〔註218〕、「夢見乘船渡水，得財」（S620.號、P.3990號船車遊行死騰篇、S.2222號舍宅章）〔註219〕、「夢見船沉者，憂身死」（P.3908號舟車橋市谷章）〔註220〕，而「夢見乘船者，或職位轉移，遠行」（S620.號船車遊行死騰篇）〔註221〕，除增加「職位轉移」的占卜外，其它與此簡相同。

《夢林玄解·舟檝》曰：

> 船。其占曰：「舟船者，載萬物，濟百川，安行千里，車騎所不通，得舟以通。危傾頃刻，羽翼不能濟，得檝以濟，維鬼神之德，解風波之險。下涉滄溟，上達天衢，預兆于寤寐，避凶趨吉，不可不察也。」〔註222〕

古人認為舟船可以通往車、騎不能到達的地方，所以「舟船」的夢十分重要。簡文的夢例，或許即由此而產生。

茲將「乘周（舟）船」的形象流傳圖，列表如下，以利對照：

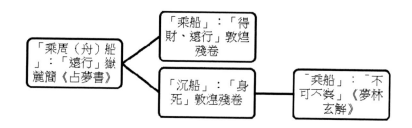

嶽麓簡《占夢書》以「轉釋」的方法，認為「乘周（舟）船」有著「遠行」的意思。至敦煌殘卷，雖然夢徵與夢占的意義皆有擴大，但仍有與嶽麓簡《占夢書》相同的夢例。然而《夢林玄解》僅說明「船」類的夢徵需要十分注意，並未連結任何夢占。

〔註218〕鄭炳林：《敦煌寫本解夢書校錄研究》，頁352。

〔註219〕鄭炳林：《敦煌寫本解夢書校錄研究》，頁353。

〔註220〕鄭炳林：《敦煌寫本解夢書校錄研究》，頁353。

〔註221〕鄭炳林：《敦煌寫本解夢書校錄研究》，頁352。

〔註222〕〔宋〕邵雍撰：《夢林玄解》，頁322。

簡31：夢以弱（溺）灑人，得亓（其）亡奴婢。

意指，夢見以屎尿潑灑人，將會得到其逃亡的奴隸。

　　日常生活，人皆以「屎尿」為惡；「以弱（溺）灑人」，更是對他人的汙辱。《史記‧范雎蔡澤列傳》云：

　　　魏齊大怒，使舍人笞擊雎，折脅摺齒。雎詳死，即卷以簀，置廁中。

　　　賓客飲者醉，更溺雎，故僇辱以懲後，令無妄言者。〔註223〕

魏齊除了對范雎施行肉刑之外，又將范雎置於廁所，令人以「溺」汙辱之。然而「溺」在夢中則為喜事。「夢得屎尿」，皆為吉兆〔註224〕，如「夢見陷廁污衣，得財」（S.620號鬼魅軍旅污辱篇）〔註225〕、「夢見尿屎污衣，大吉」（P.3908號人身梳鏡章）〔註226〕、「夢見糞首、糞汙衣，得財」（S.620號鬼魅軍旅污辱篇）〔註227〕。

　　《夢林玄解‧尿糞》云：

　　　尿流，至吉。占曰：「貧窮有此夢必得無意之財；富貴有此夢必得分

　　　外之物；疾病有此夢必得救難之資。」〔註228〕

又云：

　　　向人撒尿，大吉。占曰：「兆主心寬運通，夢者有急即解，有禍忽消，

　　　有急頓除，有讐便散。」〔註229〕

《夢林玄解》也以「夢得屎尿」為吉〔註230〕。其中「向人撒尿」的夢例，與簡

〔註223〕〔漢〕司馬遷撰：《史記》，頁2401。

〔註224〕《夢林玄解‧尿糞》曰：「人與糞，吉。占曰：『糞雖污穢之物，沙土得之而壯，種植得之而華，出于人腹，施于五穀。夢兆，諸凡方便，使用滿目，與人者不祥。』」參〔宋〕邵雍撰：《夢林玄解》，頁271～272。

〔註225〕鄭炳林：《敦煌寫本解夢書校錄研究》，頁331。

〔註226〕鄭炳林：《敦煌寫本解夢書校錄研究》，頁331。

〔註227〕鄭炳林：《敦煌寫本解夢書校錄研究》，頁331。

〔註228〕〔宋〕邵雍撰：《夢林玄解》，頁271。

〔註229〕〔宋〕邵雍撰：《夢林玄解》，頁271。

〔註230〕其曰：「掃除尿糞，大凶。」以「失大小便」為凶。參〔宋〕邵雍撰：《夢林玄解》，頁272。又，元‧佚名《居家必用事類全集》亦載「夢失大小便，失財」，與《夢林玄解》同占。參〔元〕佚名撰：《居家必用事類全集》，頁123-2。

文如出一轍，只是用字不同，而且皆爲吉兆。

　　簡文「得亓（其）亡奴婢」的占卜結果，雖與上述夢例占爲「得財」不同，然秦漢時期「逃亡」情形嚴重〔註231〕，屬於自身財產之奴隸倘若逃亡，無疑與「失財」無異；故若能重得「逃亡的奴隸」，等同「得財」，故可視爲吉兆。

　　茲將「弱（溺）」的形象流傳圖，列表如下，以利對照：

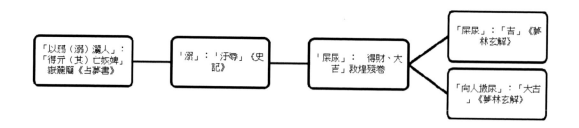

從嶽麓簡《占夢書》、敦煌殘卷，至《夢林玄解》，皆利用「反說」，將「屎尿」視爲得到財物的徵兆。

簡32：夢以泣灑人，得亓（其）亡子。

意指，夢以淚水灑人，將會得到其逃亡的兒子。

　　「泣涕」，實屬悲傷之事。《荀子‧樂論》云：

　　哭泣之聲，使人之心悲。〔註232〕

而能「以泣灑人」，無疑是十分感傷的程度。嶽麓簡《占夢書》則以此爲吉。

〔註231〕戰國、秦代統治者賦予人民的沉重賦稅、煩苛勞役使人民不堪負荷，《孟子‧滕文公上》曰：「爲民父母，使民盼盼然，將終歲勤動，不得以養其父母，又稱貸而益之。使老稚轉乎溝壑。」參〔清〕阮元用文選樓藏本校勘嘉慶二十年重刊宋本：《十三經注疏附校勘記‧孟子》，頁 5871。人民舉債破產，爲當時嚴重問題，不得已只能憑藉「逃亡」逃避。《管子‧輕重甲》曰：「君求焉而無止，民無以待之，走亡而棲山阜。持戈之士，顧不見親，家族失而不分，民走於山中，而士遁於外。」參李勉註譯：《管子》，頁 1133。《孟子》亦曰：「老弱轉乎溝壑，壯者散而四方。」〔清〕阮元用文選樓藏本校勘嘉慶二十年重刊宋本：《十三經注疏附校勘記‧孟子》，頁 5825。故杜正勝認爲：一旦逃亡成功，脫離編戶，便不必負擔賦役和租稅。亡命者或遠走外國他鄉，或隱棲山林。參杜正勝：《編戶齊民》（臺北，聯經出版，2008 年 4 月），頁 411～413。

〔註232〕李滌生：《荀子集釋》，頁 460。

以「哭泣」爲夢，如「夢見哭泣，有喜事」（P.3281、S.2222 號哀樂章）、「夢見哀泣，有慶賀事」（P.3281 號、S.2222 號器服章）、「夢見哭泣，大吉利」（P.3908 號生死疾病章），皆爲吉兆。

《夢林玄解‧起居》云：

哭泣涕淚交垂。占曰：「夢此，反爲吉兆。」〔註233〕

此與敦煌殘卷同，日常生活爲「悲哀」的事，在夢中出現反而爲「喜慶」的徵兆〔註234〕，所以哭聲愈大，則爲大吉，如「夢放聲大哭，涕淚交垂，必獲大吉，快樂之驗。」〔註235〕反之，如果是無聲的哭泣，便爲凶兆，如「夢流淚掩口而走，主兆喪亡」〔註236〕、「夢悲哀無淚，或涕，泣流血，主大凶」〔註237〕。

茲將「泣」的形象流傳圖，列表如下，以利對照：

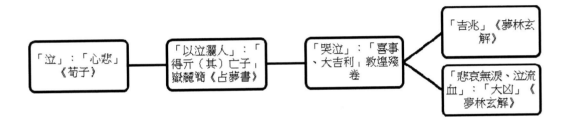

嶽麓簡《占夢書》、敦煌殘卷皆以「哭泣」爲吉兆，這是「反說」的應用。《夢林玄解》更以「哭聲」的音量，作爲吉凶依據，大哭則大吉；哭而無淚，反而爲凶。這也是應用了「反說」的原理。

簡 27：夢死者復起，更爲官（棺）郭（槨）。

意指，夢見死者復生活動，表示死者需要更換棺槨。

此簡於文獻無徵；簡文應是利用「轉釋」，將夢徵理解爲「死者需要更換棺槨」。

《夢林玄解‧喪葬》云：

〔註233〕〔宋〕邵雍撰：《夢林玄解》，頁 321。

〔註234〕此與嶽麓簡《占夢書》簡 31「夢以弱（溺）灑人」同。

〔註235〕〔宋〕邵雍撰：《夢林玄解》，頁 321。

〔註236〕〔宋〕邵雍撰：《夢林玄解》，頁 321。

〔註237〕〔宋〕邵雍撰：《夢林玄解》，頁 321。

　　凡夢亡故者，主陰土不安。〔註238〕

先人墓葬有闕損，所以造成生者的不安，與此簡意思略同。

　　此類夢例，後世甚多，如「夢見死人卻活，主貴」（P.3908 號生死疾病章）
〔註239〕、「死者復生」〔註240〕，但皆以「吉凶」爲占卜結果，與簡文不同。但
也有「墓葬問題」的夢例，如「修整墳塋」〔註241〕。可知，無論古今，墓葬問
題一直爲人所重，若遇棺塚損壞，輕則行事不吉，重則家破人亡。

　　嶽麓簡《占夢書》以「修整墓塚、棺槨」爲夢的起因，後世則將之改爲夢
徵，進而發展出各種「喪葬塚墓」的夢〔註242〕，如「夢見塚墓樹折，有訴」（P.3908
號塚墓棺材凶具章）〔註243〕、「夢見塚墓門棺露發，故事」（S.620 號塚墓棺槨章）
〔註244〕、「夢見棺破，有死亡」（S.620 號塚墓棺槨章）〔註245〕等。

　　茲將「死者復起」的形象流傳圖，列表如下，以利對照：

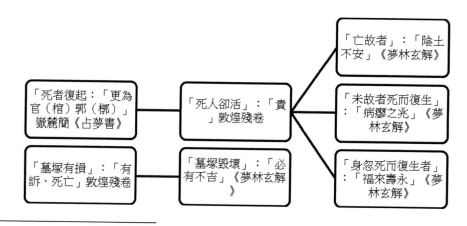

〔註238〕〔宋〕邵雍撰：《夢林玄解》，頁 176。

〔註239〕鄭炳林：《敦煌寫本解夢書校錄研究》，頁 350。

〔註240〕其占曰：「凡夢亡故之靈，自言復生者，是其人再世而已夢之也；夢未故者死而復
　　　　生，主病瘳之兆；身忽死而復生者，福來壽永之瑞徵也。」參〔宋〕邵雍撰：《夢
　　　　林玄解》，頁 314。

〔註241〕其占曰：「凡夢墓塚毀壞，必有不吉。夢整修加土，葺理培植，主立業興家；患病
　　　　夢之，亦爲吉兆；若夢造廠樹屋於祖堂之坵者，家敗人亡。」參〔宋〕邵雍撰：《夢
　　　　林玄解》，頁 314。

〔註242〕敦煌殘卷即有「塚墓棺材凶具章」、「塚墓棺槨章」、「塚墓章」、「棺木部」等相關
　　　　占夢章節。

〔註243〕鄭炳林：《敦煌寫本解夢書校錄研究》，頁 355。

〔註244〕鄭炳林：《敦煌寫本解夢書校錄研究》，頁 355。

〔註245〕鄭炳林：《敦煌寫本解夢書校錄研究》，頁 356。

此夢只是用以提醒夢者，需要進行祭祀，要滿足死者的願望；若夢者忽略祭祀，則可能有凶事發生。嶽麓簡《占夢書》是以「轉釋」爲此夢占的原理；至敦煌殘卷，則以「反說」爲原理，將「死者復活」當作吉兆。《夢林玄解》更將死者區分多樣，而賦予不同的意義，但亦爲「反說」。

綜上所述，茲將嶽麓簡《占夢書》中「人物行爲」類夢徵中兼含「其他類夢徵」之夢例，與敦煌殘卷、《夢林玄解》的關係，列表如下：

簡號	簡　文	與敦煌殘卷之關係	與《夢林玄解》之關係	備　註
6	夢飛登丘陵，緣木生長燔（繁）華（花），吉。	夢徵意義更豐富（加入凶兆）。 轉釋		
6	夢僞＝（爲人）丈（丈／杖），勞心。		夢徵意義相同。 轉釋	《夢林玄解》有相近的夢例。
7	夢登高山及居大石上及見□□……。			
9	夢夫妻相反負者，妻若夫必有死者。			
10	夢身柀（疲）枯（苦），妻若女必有死者，丈夫吉。			
15	夢爲女子，必有失也，女子兇。		轉釋	《夢林玄解》有相近的夢例。
8	吏夢企匕上，亓（其）占□……。			
20	夢人謁門去者，有新萬未賽（塞）。			
25	夢新（薪）夫焦（樵），乃大旱。			
28	夢乘周〈舟〉船，爲遠行。	夢徵意義更豐富（加入凶兆）。 轉釋		敦煌殘卷有相近的夢例。
31	夢以弱（溺）灑人，得亓（其）亡奴婢。	夢徵意義相同。 反說	夢徵意義相同。 反說	敦煌殘卷、《夢林玄解》有相近的夢例。

32	夢以泣灑人，得亓（其）亡子。	夢徵意義相同。	夢徵意義更豐富（加入凶兆）。	敦煌殘卷、《夢林玄解》有相近的夢例。
		反說	反說	
27	夢死者復起，更爲官（棺）郭（槨）。	夢徵意義不同（加入吉兆）。	夢徵意義更豐富（吉凶並具）；又更細分死者身分。	敦煌殘卷、《夢林玄解》有直接以「墓塚」爲夢徵的夢例。
		轉釋→反說	轉釋→反說	

三、人體器官

簡24：【夢】市人出亓（其）腹，亓（其）中產子，男女食力傅死。

意指，夢見市井之人露出其腹部，而其腹部產子，男、女性勞動者將會瀕臨死亡。

「出亓（其）腹」，應是剖腹的意思。不正常的剖腹，有危害人體生命的可能。但「剖腹」也用於形容死狀悽慘。《史記‧春申君列傳》云：

> 本國殘，社稷壞，宗廟毀。刳腹絕腸，折頸摺頤，首身分離，暴骸骨於草澤，頭顱僵仆，相望於境，父子老弱係脰束手爲羣虜者相及於路。鬼神孤傷，無所血食。〔註246〕

「刳腹絕腸，折頸摺頤」，是國家滅亡的情況，當然屬於不祥之事。簡文「出亓（其）腹」，可能也屬於不正常的剖腹現象。此簡與簡23「【夢】□亓（其）腹，見亓（其）肺肝賜（腸）胃者，必有親去之」相似，其夢占結果爲「凶」，可能皆源於此。

古代生產，規則複雜。《史記‧日者列傳》云：

> 產子必先占吉凶，後乃有之。〔註247〕

如果占卜的結果不祥，則「式不收也」。夢中生子的情況，應屬於預料之外的事件，亦爲不正常的現象。導致此簡的結果爲不祥。

〔註246〕〔漢〕司馬遷撰：《史記》，頁，2391。

〔註247〕〔漢〕司馬遷撰：《史記》，頁3218。

後世占夢書有「夢見懷妊，憂病」（ДX.10787 號）〔註248〕、「夢見腹中出經潹，千里石」（ДX.10787 號）〔註249〕、「夢見腹中，得貴人力，或敕」（ДX.10787 號）〔註250〕以及「見人產兒」〔註251〕等類似之夢。

簡 23：【夢】（潰）元（其）腹，見元（其）肺肝賜（腸）胃者，必有親去之。

意指，夢見剖腹，而見得其肺肝腸胃等內臟者，將有親戚背離。

「肺肝腸胃」作爲「腑臟」，早期便與陰陽五行結合，故爲常見之夢徵。相關「見五臟」之夢，《夢林玄解‧腹背》云：

> 剖腹見五臟分明，大吉。其占曰：「人身生于五陰，死于五福，得道于六賊，失于六根。腹剖六根淨，臟明五因清，清且淨，大吉兆也。」〔註252〕

與簡文相反，此爲大吉，或因「五陰」、「六根」爲後世之宗教觀念，故影響此夢之占。類似夢徵尙如：「被人破腹，吉」〔註253〕、「洗腰腹見臟腑，吉」〔註254〕等，其占皆爲吉兆，未如此簡爲凶，此或許爲後世宗教觀念影響所致。

茲將簡 24「出元（其）腹、中產子」與簡 23「（潰）元（其）腹，見元（其）肺肝賜（腸）胃」的形象流傳圖，列表如下，以利對照：

〔註248〕鄭炳林：《敦煌寫本解夢書校錄研究》，頁 357。

〔註249〕鄭炳林：《敦煌寫本解夢書校錄研究》，頁 357。

〔註250〕鄭炳林：《敦煌寫本解夢書校錄研究》，頁 357。

〔註251〕其占曰：「夢見尊長產兒，主小口興旺；夢見卑幼產兒者，主添神；見男子產者，主得子；見女人產者，主得財；如夢妻女產兒，子孫茂盛；夢見父母產兒者，祖業空虛。」此夢多爲吉兆，與簡文不同，或經後世發展所致。」參〔宋〕邵雍撰：《夢林玄解》，頁 295。

〔註252〕〔宋〕邵雍撰：《夢林玄解》，頁 249。

〔註253〕其占曰：「腹被人開，五臟俱見。如遇知心者，夢爲禎祥之兆。」參〔宋〕邵雍撰：《夢林玄解》，頁 250。

〔註254〕其占曰：「心緒分明之象。夢此者，惡去善來，禍消福至，隱者顯，昏者名，受冤者得白。」此占或因「洗」字，而有「洗淨」之義，故爲吉。參〔宋〕邵雍撰：《夢林玄解》，頁 255。

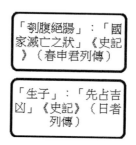

《史記》有關「刳腹絕腸」、「生子」的看法，當然有所依據；也可能保存了嶽麓簡《占夢書》的部分觀念。但鑒於《史記》的成書時代晚於嶽麓簡《占夢書》，故不直接以時間軸之圖表，呈現兩者之關係。

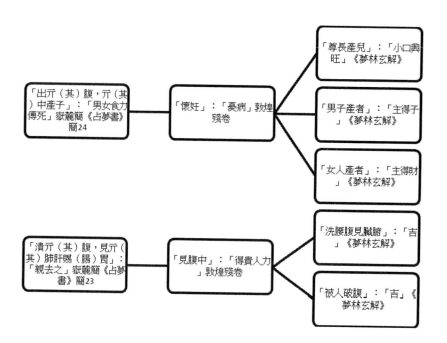

以簡 24 而言，嶽麓簡《占夢書》以「轉釋」為方式，將「剖腹產子」視為凶兆，與敦煌殘卷的夢例相同；然於《夢林玄解》中，對於夢徵的區別更加細微，而占卜結果也都轉變為吉兆，但仍運用「轉釋」的占夢術原理。差別在於，嶽麓簡《占夢書》、敦煌殘卷與《夢林玄解》對生子的看法不同之故。前二書以之為凶，後者以之為吉。所以同樣皆使用「轉釋」，但夢占結果卻呈現相反的狀態。

以簡 23 而言，承繼簡 24 以「剖腹」為凶兆的看法，故有「親去之」的凶占，這也是轉釋的運用。然敦煌殘卷，則改以「反說」的方法，將「剖腹」視為吉兆；《夢林玄解》亦同。

簡 22：夢見項者，有親道遠所來者。

意指，夢見頸後、脖子者，當有親戚遠道而來。

　　「項」，指頸部、脖子。古代多以「延頸」，指伸長脖子，表達期盼的意義。

《荀子‧榮辱》云：

　　窮則不隱，通則大明，身死而名彌白。小人莫不延頸舉踵而願曰：

　　「知慮材性，固有以賢人矣。」〔註255〕

「延頸舉踵」表示民眾之崇拜與企盼。又如《呂氏春秋‧季秋紀》云：

　　聖人南面而立，以愛利民為心，號令未出而天下皆延頸舉踵矣，則

　　精通乎民也。〔註256〕

若施政以「愛民」為本，則不需號令，民眾亦會爭先服從。然「項、頸」與親戚遠道而來的關係，實不明確，無法結二者。

　　《夢林玄解‧喉項》云：

　　項忽長，吉。其占曰：「延頸高眺之象，悠遠久長之兆。官祿位久，

　　任事煩劇，出行遠方，病者身康，有患者不妨。」〔註257〕

此以「項」、「頸」喻為「高眺」、「久長」，故有「官祿位久」、「出行遠方」之占。其中「出行遠方」與簡文「道遠而來」有異曲同工之妙，前者「出行」，後者「來歸」，可相參照。

　　茲將「項」的形象流傳圖，列表如下，以利對照：

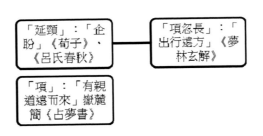

即便《夢林玄解》的說明，可能與《荀子》、《呂氏春秋》中以「延頸」為企盼的用法有關，但仍無法肯定嶽麓簡《占夢書》與上述諸書的關係。但可以確定

〔註255〕李滌生：《荀子集釋》，頁 61。

〔註256〕〔戰國〕呂不韋編，陳奇猷校注：《呂氏春秋》，頁 507。

〔註257〕〔宋〕邵雍撰：《夢林玄解》，頁 237。

的是，嶽麓簡《占夢書》與《夢林玄解》對於「項、頸」，皆是以「轉釋」的方式推論。

簡 22：夢身生草者，死溝渠中。

意指，夢見身上長出草的人，將會死於溝渠之中。

「身上生草」，於傳世文獻中無徵。後世占夢書則有相似夢例，但已不限於「身體」，反而發展至各身體部位，如「腹上有草，吉」〔註258〕、「背生草，吉」〔註259〕、「臍上草生，凶」〔註260〕。

茲將「身生草」的形象流傳圖，列表如下，以利對照：

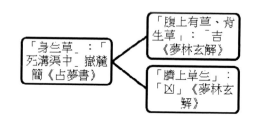

簡文可能是以「測字解夢」的法是處理夢徵。「身上生草」，身當為草所圍繞、處於草中，其狀與「葬」字相似。「葬」字，《說文》：「藏也。從死在茻中。」〔註261〕故可理解此占之理，實因「身上生草」，致形近於「葬」，故將「死溝渠中」。「測字解夢」屬於「轉釋」的占夢術原理。相較於此，《夢林玄解》則分化了生草的「身體部位」，而賦予其不同的吉凶意義，可能運用了「轉釋」與「反說」。

簡 26：夢引腸，必弟兄相去也。

意指，夢見拉長腸道，兄弟必相互背離。

古人以「開腸剖腹」為凶，此已證於前引《史記‧春申君列傳》之文。

〔註258〕其占曰：「草者乙，木為天，乙為文，稿為春芳。學者，有此必成貴士；若商人遠行，夢之兆。」參〔宋〕邵雍撰：《夢林玄解》，頁249～250。

〔註259〕其占曰：「主肝氣有餘。」參〔宋〕邵雍撰：《夢林玄解》，頁252。

〔註260〕其占曰：「草生苗不長，苗長草不生。此田園荒蕪之兆。」參〔宋〕邵雍撰：《夢林玄解》，頁253。

〔註261〕〔清〕段玉裁著：《說文解字注》，頁48。

　　而有關「腸胃」等臟腑之夢極多，如「以腸繫人，吉」﹝註262﹞、「人易腸中物，貞吉否凶」﹝註263﹞等。又如：

　　　　見人易肚腸，吉。其占曰：「肚腸變易，冤仇解散，恩人反叛。」

﹝註264﹞

「恩人反叛」的意思近於簡文「兄弟相去」。雖然夢徵較爲奇異，但「引腸」也是「易肚腸」的前置步驟。因爲要先把腸道拉長、移出，之後才能改換。所以從夢徵、夢占的關係看，這兩個夢或許有關。

　　茲將「引腸」的形象流傳圖，列表如下，以利對照：

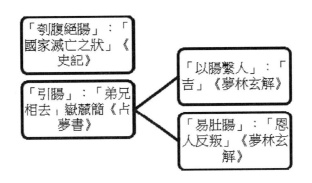

　　《史記》有關「刳腹絕腸」的看法，當然有所依據；也可能保存了嶽麓簡《占夢書》的部分觀念。但鑒於《史記》的成書時代晚於嶽麓簡《占夢書》，故不敢直接以時間軸的圖表，呈現兩者之關係。嶽麓簡《占夢書》以「引腸」爲凶，爲「轉釋」。《夢林玄解》除了有與嶽麓簡相近的夢例外，更增加了以「反說」爲原理的吉占。

　　綜上所述，茲將嶽麓簡《占夢書》中「人物類」的「人體器官」一項之夢例，與敦煌殘卷、《夢林玄解》的關係，列表如下：

簡號	簡　　文	與敦煌殘卷之關係	與《夢林玄解》之關係	備　　註
24	【夢】市人出亓（其）腹，亓（其）中產子，男女食力傳死。	夢徵意義相同。	夢徵意義不同；夢徵區別更細。	敦煌殘卷有相近的夢例。
		轉釋	轉釋	

﹝註262﹞其占曰：「懼人走脱。」參〔宋〕邵雍：《夢林玄解》，頁264。

﹝註263﹞其占曰：「窮苦憂愁之際，夢之則吉也。」參〔宋〕邵雍：《夢林玄解》，頁264。

﹝註264﹞〔宋〕邵雍：《夢林玄解》，頁261。

23	【夢】（潰）亓（其）腹，見亓（其）肺肝賜（腸）胃者，必有親去之。	夢徵意義相同。 轉釋→反說	夢徵意義相同。 轉釋→反說	
22	夢見項者，有親道遠所來者。		夢徵意義可能相同。 轉釋	
22	夢身生草者，死溝渠中。		夢徵意義更豐富（加入凶兆）。 轉釋→反說	
26	夢引腸，必弟兄相去也。		夢徵意義更豐富（加入吉兆）。 轉釋→轉釋、反說	《夢林玄解》有相近的夢例。

第五節　嶽麓簡《占夢書》「器物類」夢徵析義

簡 12：夢□ （？）盡〈晝〉操簽陰（蔭）於木下，有資。春憂〈夏〉夢之，禺（遇）辱。

意指，夢見某於白日持拿雨傘遮蔽於木下，則可納貨進財。如果是在春、夏二季作此夢，則當有恥辱，或凶險之事發生。

「簽」，一則為儀式用器物。《左傳・定公四年》云：

> 祝、宗、卜、史，備物、典策，官司、彝器。〔註265〕

《疏》云：「備物，國之職，物之備也，當謂國君威儀之物，若今徽扇之屬。」此處「徽扇」應為，用於「賜魯」也。

而「簽」除作為儀式用，表現身分外，也可以是一般性的器具。《國語・吳語・吳王夫差退于黃池使王孫苟告于周》云：

> 夫差不貸不忍，被甲帶劍，挺鈹搢鐸，遵汶伐博，簽笠相望於艾陵。
>
> 〔註266〕

〔註265〕〔清〕阮元用文選樓藏本校勘嘉慶二十年重刊宋本：《十三經注疏附校勘記・左傳》，頁 4633。

〔註266〕上海師範大學古籍整理組校點：《國語》，頁 615。

「簦笠」，指雨器。夫差的士兵皆配備雨器，表示不畏風雨皆要作戰。而「簦笠相望」，也藉指軍隊的數量之多。

「陰（蔭）於木下」，指人受樹木的庇護，雖不敢說有好事發生，但亦是祈求平安順利。如《史記‧秦始皇本紀》云：

> （始皇）乃遂上泰山，立石，封，祠祀。下，風雨暴至，休於樹下，
> 因封其樹爲五大夫。〔註267〕

始皇得樹木的遮蔭，於是冊封該樹。樹的遮蔽功能，當然具有好的意義。

「庇蔭於草木」的夢例，又如「夢倚樹立者，吉」（S.2222 號、P.3685 號林木章）〔註268〕、「夢見大樹落蔭蓋屋，大富」（S.2222 號林木章）〔註269〕、「夢見大樹落蔭，所求皆得，大富」（S.2222 號林木章）〔註270〕，皆以得樹庇蔭爲吉兆。

《夢林玄解‧樹木》云：

> 大樹陰體，吉。其占曰：「綠陰高照，樹色侵人，此主貴人護庇，可
> 以榮身之兆。語有云：『綠樹陰濃蓋四隣，青苔日厚自無塵，科頭箕
> 踞長松下，白眼看他世上人。』則此象之吉利可知矣。」〔註271〕

樹能蔭人，則此樹當大而茂盛，此生長繁榮之樹木，與前文提及之繁茂花朵，皆爲吉兆，此觀《夢林玄解》以「樹木茂盛爲大吉」〔註272〕、「以樹木成林爲大吉」〔註273〕，則可知。

茲將「簦、陰（蔭）於木下」的形象流傳圖，列表如下，以利對照：

〔註267〕〔漢〕司馬遷撰：《史記》，頁，242。

〔註268〕鄭炳林：《敦煌寫本解夢書校錄研究》，頁 317。

〔註269〕鄭炳林：《敦煌寫本解夢書校錄研究》，頁 317。

〔註270〕鄭炳林：《敦煌寫本解夢書校錄研究》，頁 317。

〔註271〕〔宋〕邵雍撰：《夢林玄解》，頁 493。

〔註272〕其占曰：「家業興隆，名成利就，根基不薄，得時得氣，生機勃勃之兆也。夢此者，文士當主盛名，進取必登巍科；生意利十倍，家計必發達，子姓繁衍慶賀螽斯。如夢在家中，爲幽隱之兆，恐亦非宜。」參〔宋〕邵雍撰：《夢林玄解》，頁 493。

〔註273〕其占曰：「鬱然成林，方興未艾，毋伐毋折，蔥蔚可待。得此象爲舒眉吐氣之符，能再培毓，家吉人康，利遂名成何疑。……翠林茂盛，吉利。夢入菓林，主獲財帛。」參〔宋〕邵雍撰：《夢林玄解》，頁 493。

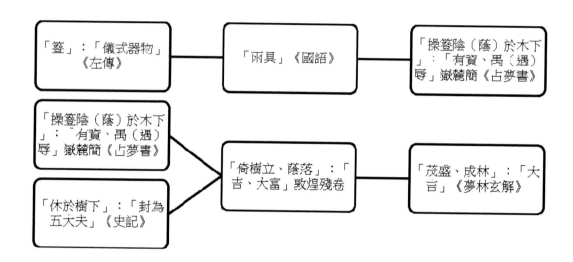

「簽」的使用，應是一脈相承而來。但在《國語》與嶽麓簡《占夢書》中，皆用爲「雨具」，而非儀式器物。除嶽麓簡《占夢書》與《史記》皆以「蔭於樹下」爲吉，亦可見於敦煌殘卷與《夢林玄解》。而嶽麓簡《占夢書》、敦煌殘卷與《夢林玄解》三書，皆是以「轉釋」爲占夢術原理。

此外，簡文以一個夢徵，搭配二個占卜結果，分別爲「有資」（吉）、「禺（遇）辱」（凶）。推究其因，因是作夢時節之不同。嶽麓簡《占夢書》開宗明義便言「占夢之道，必順四時而豫」，故知「季節」對於夢占結果至爲重要。由簡文「禺（遇）辱」，註明「春憂（夏）夢之」，可推斷「有資」之占，應不爲春夏二季所得的結果，而是「秋冬」的占卜結果。

簡 19：夢燔亓（其）席蓐，入湯中，吉。

意指，夢見焚燒草蓆、草墊，後加灰燼於熱水中，爲吉兆。

「席蓐」，用以臥躺。《韓非子・外儲說》云：

> 籩豆所以食也，席蓐所以臥也。〔註274〕

可知「席蓐」應不具備特別意義，僅爲生活用具之一。但草蓆、草墊一類物品於後世占夢書中似爲吉兆。《夢林玄解・雨具》云：

> 蘆席。其占曰：「夢此，主蓋庇捍禦，逢凶化吉，遇難成祥。若歲大
> 旱夢之，必有雨至；夢破壞，主改換之兆。」〔註275〕

此類席墊物品，有「庇護」的意思。推測嶽麓簡《占夢書》可能是用「反說」

〔註274〕〔戰國〕韓非子撰，陳奇猷校注：《韓非子集釋》，頁 645。

〔註275〕〔宋〕邵雍撰：《夢林玄解》，頁 374。

的原理占卜。因爲用火焚席，其實有自毀庇蔭之義，但因爲熱水、焚燒二者互相衝突，加之於熱水，則反凶爲吉，而得到吉占。

茲將「席蓐」的形象流傳圖，列表如下，以利對照：

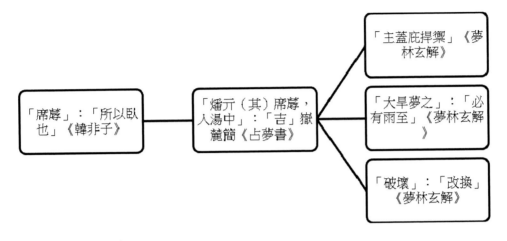

相較於嶽麓簡《占夢書》以「反說」爲原理，《夢林玄解》則應用「轉釋」，並加入了與天氣有關的占卜條件。

簡 28：夢見大、反兵、黍、粟，亓（其）占自當也。

意指，夢見大、持取兵器（復仇）、黍、粟，其夢占當由夢者自行判斷。

「反兵」可以分爲「持取兵器」、「復仇」，前者屬刀劍武器、後者屬鬥爭傷害。雖然不知簡文「反兵」當屬何義，但後世占夢書對於此二夢徵，皆有詳說。由於夢占結果爲「亓（其）占自當」，故無法判斷夢徵之吉凶意義及此夢之占夢術原理，只能就此數項夢徵於後世占夢書中的意義討論。

「持取兵器」，爲刀劍武器之夢，如「夢見持刀劍，得財，吉」（ДХ.10787號）〔註 276〕、「夢見挾劍行者，大富」（P.3908 號刀劍弓弩章）〔註 277〕、「夢見把刀箭行，身貴」（P.3908 號刀劍弓弩章）〔註 278〕等，若無傷害，則多占爲吉兆。

《夢林玄解・弓矢》云：

軍兵不可無文備，行戎無文備，無以受降，無以運籌，無以安天下；

〔註 276〕鄭炳林：《敦煌寫本解夢書校錄研究》，頁 346。

〔註 277〕鄭炳林：《敦煌寫本解夢書校錄研究》，頁 346。

〔註 278〕鄭炳林：《敦煌寫本解夢書校錄研究》，頁 346。

斯文不可無武具，翰墨無武具，無以備不虞，無以禦強暴，無以固
封疆。〔註279〕

文、武人必備武、文具，而有互成相輔的意味，但與此簡所言甚遠。簡文並未
確定夢者的身分，故不能以「文、武人」分別夢占。

「復仇」，爲鬥爭傷害的夢例〔註280〕，如「夢見與人鬥爭，得財」（S.2222
號化傷章）〔註281〕、「夢與人相擊，大吉」（ДХ.10787 號）〔註282〕、「夢見被人
刺，大吉；刺人，亦吉」（S.620 號斬煞害鬥傷篇）〔註283〕等，雖然有傷害，但
多爲吉兆；又如「夢見矛人，憂凶，亦不吉」（ДХ.10787 號）〔註284〕，則爲凶
兆，難以分別其占夢的標準。

「黍、粟」皆爲農作物。古人以農業爲生，「農業生活」與人息息相關，
常有夢例，如：「夢見種黍，皆得財也」（S.620 號農植五穀篇）〔註285〕、「夢
見粟，必有離別事」（S.620 號農植五穀篇）〔註286〕、「夢見粟穀者，主長命」
（S.3908 號舟車橋市穀篇）〔註287〕、「夢見田刈黍還，吉」（S.3908 號舟車橋
市穀篇）〔註288〕等夢，但皆有占卜結果，並非如簡文言「亓（其）占自當也」。

簡文「亓（其）占自當也」，應指，如果夢到「反兵」、「黍、粟」，要夢者
自行判斷吉凶、原因，如《夢林玄解·恩仇》云：

凡人有罪孽過惡者，冥魂憤恨，至罪惡貫盈之時，必來報復，或致
以禍，或促以壽，或破其家，或斬其嗣，或滅其族。如此之類，見
于夢兆者，當返念平昔，果有其孽與否（城按：原作「石」，今改），

〔註279〕〔宋〕邵雍撰：《夢林玄解》，頁 338。

〔註280〕敦煌殘卷中，並無特立「復仇」一類。與人相傷、相鬥之夢散見於「P.3908 號水火
盜賊章」、「S.2222 號化傷章」、「S.620 號斬煞害鬥傷章」以及「S.620 號捕禁刑罰章」。

〔註281〕鄭炳林：《敦煌寫本解夢書校錄研究》，頁 347。

〔註282〕鄭炳林：《敦煌寫本解夢書校錄研究》，頁 347。

〔註283〕鄭炳林：《敦煌寫本解夢書校錄研究》，頁 347。

〔註284〕鄭炳林：《敦煌寫本解夢書校錄研究》，頁 347。

〔註285〕鄭炳林：《敦煌寫本解夢書校錄研究》，頁 354。

〔註286〕鄭炳林：《敦煌寫本解夢書校錄研究》，頁 354。

〔註287〕鄭炳林：《敦煌寫本解夢書校錄研究》，頁 354。

〔註288〕鄭炳林：《敦煌寫本解夢書校錄研究》，頁 354。

是固無用占解也。〔註289〕

「亓（其）占自當也」即此。因爲「見于夢兆者，當返念平昔，果有其孽與否」意即復仇之夢，由平時行爲而起，若夢此，則夢者當反躬自省，察自身行爲舉止是否合宜；其視夢爲「平時作爲」的反映，頗似現代精神分析學對夢的觀點，故不用占卜吉兇。

推而論之，「黍、粟」爲農耕活動的產物，勤勞工作則容易豐收，怠惰則會稀少，與夢者「平時」的勤奮相關，所以此夢亦可能被視爲「平時作爲」的反映，所以無占。

茲將「大、反兵、黍、粟」的形象流傳圖，列表如下，以利對照：

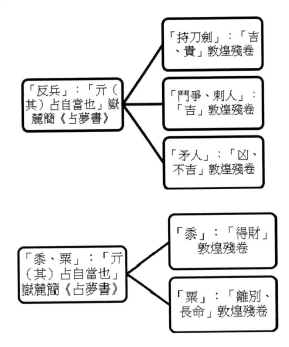

簡30：夢見五幣，皆爲苛憂。

意指，夢見祭祀的五種供品，將有瑣碎的憂慮。

簡文「五幣」，與「祭祀」相關。「五幣」的用法，見《周禮‧春官‧小宗伯》「兆五帝於四郊四望四類」〔註290〕，《疏》云：「禮神五幣。」可知「五幣」爲祭祀所用，簡文應以之爲「祭祀」。

〔註289〕〔宋〕邵雍撰：《夢林玄解》，頁 806～807。

〔註290〕〔清〕阮元用文選樓藏本校勘嘉慶二十年重刊宋本：《十三經注疏附校勘記‧周禮》，頁 1652。

後世占夢書雖沒有以「幣」爲夢徵的記載，但有「祭祀」的夢例，如「夢見祀事者，大富貴，吉」（P.3571V 號）〔註291〕、「夢見家有相祀，福至」（S.620號佛法仙篇）〔註292〕，多爲好的占卜結果。

《夢林玄解‧祝享》云：

> 禱獻神祇。占曰：「夢此吉兆驗，主榮華列祈仰之忱亨天人之祐。……夢焚香、焚帛、行裸、受福、送服、鳴鐘、擊鼓、設樂，皆大吉。」〔註293〕

「焚香」、「焚帛」義近簡文「五幣」，皆爲祭祀用品。又云：

> 擺設楮帛芻狗。占曰：「高燭煌煌香馥馥，金錢粲粲帛齊齊。阿賭中物，不期而自至，時揚品類，暫列以少伸。寐寤虔恪，必驗將來；儀貌音聲，豫幾未卜，佳祥因時以占夢，災患見影而知幾。」〔註294〕

「楮帛芻狗」亦爲「祭祀用品」，而其占「災患見影而知幾」，是教人審慎以避禍，與簡文「皆爲苛憂」不同。

而「芻狗」的夢例亦見《三國志‧周宣傳》：

> （魏文帝）嘗有問宣曰：「吾昨夜夢見芻狗，其占何也？」宣答曰：「君欲得美食耳！」有頃，出行，果遇豐膳。後又問宣曰：「昨夜復夢見芻狗，何也？」宣曰：「君欲墮車折腳，宜戒慎之。」頃之，果如宣言。後又問宣：「昨夜復夢見芻狗，何也？」宣曰：「君家失火，當善護之。」俄遂火起。語宣曰：「前後三時，皆不夢也。聊試君耳，何以皆驗邪？」宣對曰：「此神靈動君使言，故與眞夢無異也。」又問宣曰：「三夢芻狗而其占不同，何也？」宣曰：「芻狗者，祭神之物。故君始夢，當得餘食也。祭祀既訖，則芻狗爲車所轢，故中夢當墮車折腳也。芻狗既車轢之後，必載以爲樵，故後夢憂失火也。」〔註295〕

〔註291〕鄭炳林：《敦煌寫本解夢書校錄研究》，頁 327。

〔註292〕鄭炳林：《敦煌寫本解夢書校錄研究》，頁 327。

〔註293〕〔宋〕邵雍撰：《夢林玄解》，頁 314。

〔註294〕〔宋〕邵雍撰：《夢林玄解》，頁 315。

〔註295〕〔晉〕陳壽撰，〔南朝宋〕裴松之注：《三國志》（北京，中華書局，2010 年 4 月），

魏文帝曹丕三次夢見豰狗，而周宣占卜三次皆得不同的結果，最初占卜以「豰狗」爲祭祀之徵，所以「豐膳」，這也是以「祭祀用品」的夢例爲吉；而後二、三次占卜則皆爲凶兆，反而與簡文「皆爲苛憂」同。

　　茲將「五幣」的形象流傳圖，列表如下，以利對照：

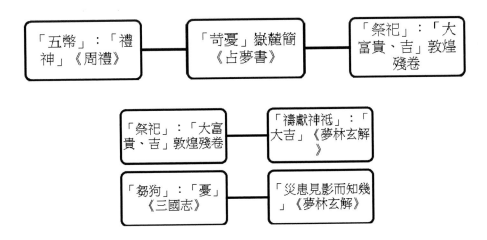

《三國志》所載「周宣占豰狗夢」一事，可能上承嶽麓簡《占夢書》以爲「夢祭祀用品」爲憂慮所致，但現有資料不足以證明。而敦煌殘卷、《夢林玄解》以「夢祭祀用品」爲吉兆，皆應用了「轉釋」爲占夢術原理。嶽麓簡《占夢書》此簡可能以「五幣」爲吉，而以「反說」占之；亦可能以「五幣」爲祭祀，有勞心力之形爲，故以「轉釋」占之。

簡 33：夢繩外刵（劓）爲外憂。內刵（劓）爲中憂。

意指，夢見繩索從外斷裂，則有外來的憂患。夢見繩索從內斷裂，則有內隱的憂患。

　　此簡討論了「繩」的二種狀態，雖皆以之爲夢徵，但由其狀態的不同，可視爲兩種夢徵。

　　「繩」，指繩索。繩索的功用，爲綁縛、衡量，而古人多以之爲「準則」。《管子‧七法》云：

　　　　尺寸也、繩墨也、規矩也、衡石也、斗斛也、角量也、謂之法。
　　　　〔註296〕

<hr />

　　　　頁811。

〔註296〕李勉註譯：《管子》，頁101。

「繩」爲法度的代表之一。《淮南子‧氾論》又云：

夫繩之爲度也，可卷而伸也，引而伸之，可直而睎，故聖人以體之。

夫脩而不橫，短而不窮，直而不剛，久而不忘者，其唯繩乎！〔註297〕

此以「繩」的功用，比擬聖人的德行。凸顯「繩」的美好意義。能否如「繩」，也成爲內在德行的衡量標準。

古人以「夢繩索」爲吉，如「夢見繩索，長命」（S.2222 號器服章）〔註298〕、「夢見繩索者，主長命」（P.3908 號官祿兄弟章）〔註299〕，此以「繩索的長度」比喻「壽命的長度」。

《夢林玄解‧行李》云：

繩索。占曰：「繩曰直絜，索曰索隱。撿束身心，結聚事物之兆也。」
〔註300〕

此亦以「繩索」爲吉兆，故繩索若斷則爲凶，如「夢斷絕爲無恒之故，弗能束縛之象」，因無常、弗能控制，故有憂慮，與簡文相同。但簡文以「內、外」區別斷裂的方式，表明「憂慮」的差異，比起《夢林玄解》，細致許多。

茲將「繩」的形象流傳圖，列表如下，以利對照：

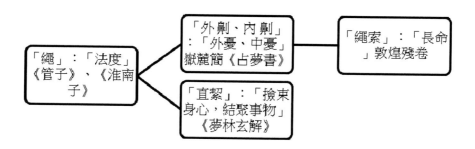

「繩」的「法度」意義，嶽麓簡《占夢書》則視爲憂患之所發生，這是將繩轉化爲「抽象」的概念，且是以「轉釋」論述繩索之不同狀態，所得之占卜結果。敦煌殘卷，皆將「繩」比爲壽命，亦以「轉釋」解之。至《夢林玄解》，則又回到「繩」最初被賦予的「法度」意義。

〔註297〕〔漢〕劉安，劉文典撰：《淮南子》，頁 432～433。

〔註298〕鄭炳林：《敦煌寫本解夢書校錄研究》，頁 333。

〔註299〕鄭炳林：《敦煌寫本解夢書校錄研究》，頁 333。

〔註300〕〔宋〕邵雍撰：《夢林玄解》，頁 372。

簡 33：夢見豆，不出三日家（嫁）。

意指，夢見豆類器皿，三日內將有婚嫁的事情發生。

「豆」作爲器皿使用，爲祭祀所用物。《韓非子・外儲說》云：

> 簡公謂子產曰：「飲酒不樂也，俎豆不大，鍾鼓竽瑟不鳴，寡人之事
> 不一，國家不定，百姓不治，耕戰不輯睦，亦子之罪。」〔註301〕

「俎豆不大」，指對祖宗的祭祀不興。而「豆」的使用，也有身分的限制。《國語・楚語・屈建祭父不薦芰》云：

> 籩豆、脯醢則上下共之。〔註302〕

雖然天子、諸侯、大夫、士皆可以使用籩豆、脯醢作爲禮器，但卻有數量上的差別。

《夢林玄解・祭器》云：

> 俎豆籩簠吉。占曰：「文士縉紳夢之，名占元魁，職居冢宰；軍兵將
> 帥夢之，功在社稷，位列王侯；應試夢之，宜審塲屋命題；作事夢
> 之，當有神明護佑；貧窮者夢之將富；疾病夢之必痊；孕育夢之生
> 子。」〔註303〕

夢「豆類器皿」，其占皆爲吉兆。而後世占夢書於「夢豆類食物」，則變化許多，如「人饋荳」〔註304〕、「炒荳，貞吉」〔註305〕、「煮荳作饌，凶」〔註306〕等，而與嶽麓簡《占夢書》不同。

茲將「豆」的形象流傳圖，列表如下，以利對照：

〔註301〕〔戰國〕韓非子撰，陳奇猷校注：《韓非子集釋》，頁 657。

〔註302〕上海師範大學古籍整理組校點：《國語》，頁 533。

〔註303〕〔宋〕邵雍撰：《夢林玄解》，頁 408。

〔註304〕其占曰：「此兆主小口有痘疹之災，多則稠密，寡則稀少；如其家無幼稚而夢此，須防盜賊。」參〔宋〕邵雍撰：《夢林玄解》，頁 475。

〔註305〕其占曰：「夢此者主被人攻擊刻剝之兆，或因作事失計，或因財物相爭，或有詞訟不平，必分惠以結眾，心則無悔。」參〔宋〕邵雍撰：《夢林玄解》，頁 475。

〔註306〕其占曰：「此諸事煎熬不得遂志之夢。夢此者，兄弟不睦，獄訟頻仍；若其家嬰兒痘疹夢此，主凶。」參〔宋〕邵雍撰：《夢林玄解》，占 475。

「豆」作爲「禮器」的意義，皆可見於嶽麓簡《占夢書》與《夢林玄解》，二書皆以之爲吉兆，並利用「轉釋」原理；然《夢林玄解》於夢者身分、夢占結果更加細分。敦煌殘卷的「豆」，則爲食物的意義，且吉凶並具，可能「轉釋」、「反說」並用。

簡 37：【夢】亓（其）兵卒，不占。

意指，夢見兵卒，則不占此夢。

　　簡文的夢占結果爲「不占」，故無法判斷夢徵的吉凶意義及此夢的占夢術原理。只能就夢徵於後世占夢書之意義討論。

　　「兵」，爲兵卒、軍隊，更有戰爭之義。《老子》云：

　　　夫佳兵者，不祥之器。〔註 307〕

因爲「兵者不祥之器，非君子之器，不得已而用之」〔註 308〕。此種「用兵」的態度，則爲《淮南子・原道》改造爲上古帝王之事，其云：

　　　禹知天下之叛也，乃壞城平池，散財物，焚甲兵，施之以德，海外

　　　賓伏，四夷納職，合諸侯于塗山，執玉帛者萬國。〔註 309〕

因爲不祥，與其保留，不如焚燒殆盡，以明用心。此處完全以「兵」爲負面的事物。

　　「夢兵卒」，於後世占夢書，多爲凶，如「夢見軍陣，遠行」（P.3908 號刀劍弓弩篇）〔註 310〕、「夢見好將兵，口舌事起」（S.620 號鬼魅軍旅汙辱篇）〔註 311〕。

〔註 307〕朱謙之撰：《老子校釋》（北京，中華書局，1987 年），頁 122。

〔註 308〕朱謙之撰：《老子校釋》，頁 125。

〔註 309〕〔漢〕劉安，劉文典撰：《淮南子》，頁 14。

〔註 310〕鄭炳林：《敦煌寫本解夢書校錄研究》，頁 348。

〔註 311〕鄭炳林：《敦煌寫本解夢書校錄研究》，頁 348。

《夢林玄解‧車輛》云：

　　兵車。占曰：「夢此者不祥，惟武士夢之有大吉者。」〔註312〕

相對於夢見它種車輛，《夢林玄解》中，惟「夢兵車」爲凶〔註313〕，即使「夢喪車」亦爲「大吉之兆」〔註314〕。然元‧佚名《居家必用事類全集‧夢文武器械軍兵》卻曰：

　　夢兵入城，衣祿至；夢在軍中，主大吉。〔註315〕

是書晚於上述三者，其夢徵雖與敦煌殘卷類似，反而爲吉兆，這或許是占夢原理不同所致。

　　茲將「兵卒」的形象流傳圖，列表如下，以利對照：

敦煌殘卷、《夢林玄解》皆以「兵」爲凶兆，這或是承襲古人以兵爲「不祥之器」的看法，爲「轉釋」的運用。《居家必用事類全集》可能是以「反說」爲原理，所以得到吉占。嶽麓簡《占夢書》以兵爲「不占」，就現有資料無法判斷其原因。

　　綜上所述，茲將嶽麓簡《占夢書》中「器物類」夢徵，與敦煌殘卷、《夢林玄解》的關係，列表如下：

〔註312〕〔宋〕邵雍撰：《夢林玄解》，頁330。

〔註313〕如「夢素車白鑾」，其占曰：「君相夢此爲太白；朝士夢此爲秋聲。安輕昌吉，轟振主兵。士民夢此，主得財病瘥；婦孕吉。」又如「夢丹車」，其占曰：「蒙恩拜詔之兆，如安居于市鄽田舍者夢之，須防火災。」參〔宋〕邵雍撰：《夢林玄解》，頁330。

〔註314〕其占曰：「此夢，仕官兆之，加官升爵；文人兆之，名登榜首；貫者兆之，獲利無窮；病者兆之，必遇良醫；訟者兆之，禍散災消，大吉之徵。」參〔宋〕邵雍撰：《夢林玄解》，頁331。

〔註315〕〔元〕佚名撰：《居家必用事類全集》，頁211。

簡號	簡 文	與敦煌殘卷之關係	與《夢林玄解》之關係	備 註
12	夢□▮（？）盡〈畫〉操簽陰（蔭）於木下，有資。春憂〈夏〉夢之，禺（遇）辱。	夢徵意義不同（取消凶兆）。	夢徵意義不同（取消凶兆）。	敦煌殘卷、《夢林玄解》有相近的夢例。
		轉釋（配合四季）→轉釋	轉釋（配合四季）→轉釋	
19	夢燔亓（其）席蓐，入湯中，吉。		夢徵意義更豐富。	
			轉釋→轉釋（配合天氣）	
28	夢見大、反兵、黍、粟，亓（其）占自當也。	夢徵意義更豐富（加入吉凶）。		
		？→轉釋、反說		
30	夢見五幣，皆爲苟憂。	夢徵意義不同（取消凶兆）	夢徵意義不同（取消凶兆）	
		轉釋、反說→轉釋	轉釋、反說→轉釋	
33	夢繩外剆（劙）爲外憂。內剆（劙）爲中憂。	夢徵意義不同。	夢徵意義不同。	
		轉釋→轉釋、反說	轉釋	
33	夢見豆，不出三日家（嫁）。	夢徵意義不同。	夢徵意義相同；對夢者的區分更細。	
		轉釋	轉釋	
37	【夢】亓（其）兵卒，不占。	夢徵意義不同。	夢徵意義不同。	
		轉釋	轉釋	

第六節　嶽麓簡《占夢書》「其他類」夢徵析義

　　「其他類」的夢徵，因其夢徵意義又可細分爲「地形」、「天氣」，以及「殘缺」。

一、地　形

簡29：【夢見】□（或□□）汙淵，有明名來者。

意指，夢見某於骯髒之水潭，將有盛名者來。

　　「汙淵」屬於水、井、泉。古人常以「淵」，形容人沉靜有謀，深藏而不爲人知。《韓非子‧喻老》云：

勢重者，人君之淵也。君人者勢重於人臣之間，失則不可復得也。
〔註316〕

人主的權勢，要如深淵般地不可測，才能駕馭臣下。以「淵」爲態度，又如《史記・五帝本紀》云：

帝顓頊高陽者，黃帝之孫而昌意之子也。靜淵以有謀，疏通而知事。
〔註317〕

三皇五帝之事，已不可追。《史記》所言，極有穿鑿附會之可能。但以「靜淵」爲人的性格、態度，應是可信的。將「淵」視爲美德，或許是嶽麓簡《占夢書》以之爲吉占的緣故。簡文以「汙淵」爲夢徵，應是採取「反說」。

類似的夢例，尚如：「夢見沒水中者，憂病，憂妻，亦懸官」（S.620 號水篇）〔註318〕、「夢見落井，憂客及病」（P.3685 號、S.2222 號水章）〔註319〕、「夢見臨泉，憂除，大吉」（S.620 號水篇）〔註320〕，吉凶皆具。

《夢林玄解・溺水》云：

沉溺水中其兆頗窮，浮出者吉，沒入者凶。〔註321〕

認爲「夢溺水」之占，非吉必凶，以浮、沒爲別，似不重「水質」。簡文「汙淵」當爲骯髒之水，與「盛名」相對；雖不排除簡文所缺之字即言「浮」、「沒」，此當就可見字言之。敦煌殘卷 S.620 號水篇曰：「夢見清水，吉；濁，凶」〔註322〕，其占卜結果以「濁水」爲凶兆，與嶽麓簡《占夢書》以「反說」，夢惡得喜，爲占卜原理不同。

茲將「淵」的形象流傳圖，列表如下，以利對照：

〔註316〕〔戰國〕韓非子撰，陳奇猷校注：《韓非子集釋》，頁 392。

〔註317〕〔漢〕司馬遷撰：《史記》，頁 11。

〔註318〕鄭炳林：《敦煌寫本解夢書校錄研究》，頁 318。

〔註319〕鄭炳林：《敦煌寫本解夢書校錄研究》，頁 319。

〔註320〕鄭炳林：《敦煌寫本解夢書校錄研究》，頁 319。

〔註321〕〔宋〕邵雍撰：《夢林玄解》，頁 65。

〔註322〕鄭炳林：《敦煌寫本解夢書校錄研究》，頁 319。

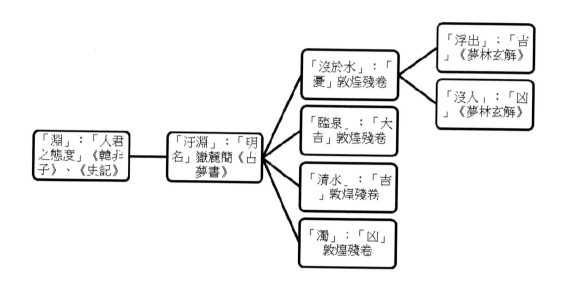

簡文以「反說」解釋「汙淵」，而得吉兆；而敦煌殘卷則區分更細，導致夢占意義已然不同，其應皆利用「轉釋」的原理。而《夢林玄解》則將「溺水」區分為「沉」、「浮」，皆以「轉釋」說明。

簡 29：夢井汕（溢）者，出財。

意指，夢見井水溢出的人，將喪失財物。

「夢井溢」之類的事情，可見於《漢書・霍光金日磾傳》：

> 顯夢第中井水溢流庭下，竈居樹上。〔註 323〕

其後「顯及諸女昆弟皆棄市」，此事雖然與霍氏恃權驕縱有關，但這個夢也頗為奇異。以「井水溢出」為異象者，又見於《漢書・五行志》云：

> 元帝時童謠曰：「井水溢，滅竈煙，灌玉堂，流金門。」至成帝建始二年三月戊子，北宮中井泉稍上，溢出南流，象春秋時先有鸛鵒之謠，而後有來巢之驗。井水，陰也；竈煙，陽也；玉堂、金門，至尊之居：象陰盛而滅陽，竊有宮室之應也。王莽生於元帝初元四年，至成帝封侯，為三公輔政，因以篡位。〔註 324〕

童謠之說或為事後編造，不足為信，但班固以「井溢」為陰盛之象，為王莽篡漢之據，足以證明班固是以「井溢」為不祥之兆。而以「井溢」為異，非班固

〔註 323〕〔漢〕班固撰，〔唐〕顏師古注：《漢書》，頁 2955。

〔註 324〕〔漢〕班固撰，〔唐〕顏師古注：《漢書》，頁 1395。

一人之觀念，《漢書‧翟方進傳》便引李尋與翟方進的談話：

> 應變之權，君侯所自明。往者數白，三光垂象，變動見端，山川水
> 泉，反理視患，民人訛謠，斥事感名。三者既效，可爲寒心。〔註325〕

文中「斥事」，注引如淳云：「斥事，井水溢之事也。」翟方進雖位高爲相，李尋卻因「井溢」而憂翟方進；後漢成帝賜冊，翟方進即日自殺。翟方進之死雖與漢代儀典有關〔註326〕，然由李尋因憂懼異象，對翟方進云「萬歲之期，近慎朝暮」、「唯君侯擇其中，與盡節轉凶」等言，可以知道「井水溢」爲異象之觀念，於漢人根深蒂固。

「夢井」一事，古代多見，如「夢見作井者，富貴」（P.3685、S.2222 號水章）〔註327〕、「夢見井沸者，合大富」（P.3908 號水火盜賊章）〔註328〕。亦有極相似之夢，如「夢見井沸溢，富貴」（P.3685、S.2222 號水章）〔註329〕，然其占卜結果與此簡相反。

夢井者多爲吉兆，《夢林玄解‧穿井貞吉》云：

> 夢水湧出井上，主登科拜相。〔註330〕

又曰：

> 夢井中水漲溢，主作事成，否德之人反爲凶災。〔註331〕

可以知道邵雍認爲除「無德之人」外，凡「夢井溢」必當爲吉兆。然同前簡之「汙淵」重水質外，後世占夢書亦重視「井中的水」，如「井水溷濁，凶」〔註332〕，其占曰：「夢此，主乏糧之患。若夢汲無水，繩綆斷落瓶器破傷，尤爲大凶」。

〔註325〕〔漢〕班固撰，〔唐〕顏師古注：《漢書》，頁 3421。

〔註326〕「漢儀注有天地大變，天下大過，皇帝使侍中持節乘四白馬，賜上尊酒十斛，牛一頭，策告殃咎。使者去半道，丞相即上病。使者還，未白事，尚書以丞相不起病聞。」參〔漢〕班固撰，〔唐〕顏師古注：《漢書》，頁 3421。

〔註327〕鄭炳林：《敦煌寫本解夢書校錄研究》，頁 319。

〔註328〕鄭炳林：《敦煌寫本解夢書校錄研究》，頁 319。

〔註329〕鄭炳林：《敦煌寫本解夢書校錄研究》，頁 319。

〔註330〕〔宋〕邵雍撰：《夢林玄解》，頁 433。

〔註331〕〔宋〕邵雍撰：《夢林玄解》，頁 433。

〔註332〕〔宋〕邵雍撰：《夢林玄解》，頁 433。

茲將「井洫（溢）」的形象流傳圖，列表如下，以利對照：

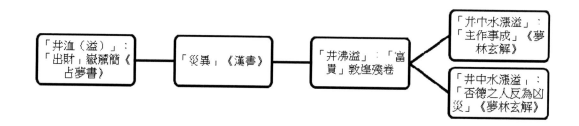

因為嶽麓簡《占夢書》有多簡皆用「內（納）資」說明得到財富，故此簡「出財」應為相反的意義。以「井洫（溢）」為凶兆，可能是用「轉釋」的方式，將「井洫（溢）」視為災異；這種觀念已屢見於《漢書》。而敦煌殘卷、《夢林玄解》則可能是以「轉釋」的原理，將「井洫（溢）」理解為財富出現的吉兆。

簡 35：夢見□□□□□及市，乃有雨。

意指，夢見某至市，將有雨。

　　簡文殘缺，然「市」似為地點。

簡 37：【夢】入井冓（溝）中及沒淵，居室而毋戶，坁死，大吉。

意指，夢見掉落井溝淹，沒於深淵，或居處室內而無任何門戶，堵塞而死，此
　　　　為大吉之兆。

　　「入井冓（溝）中及沒淵」、「居室而毋戶，坁死」明顯為兩個不同的夢，前者沒於井淵之中；後者則封閉於室內而死。二夢徵的「地點」不同，但掉落井淵與無門戶之室，都是「密閉空間」，皆有「死亡」之可能（「入井冓（溝）中及沒淵」句雖未說明結果，然由「沒淵」可知後果當為「死亡」）；「居室而毋戶」句後，則明確提出「坁死」之結果。

　　「入井冓（溝）中及沒淵」一夢，其重點為「沒淵」，相關「淵」的夢例，嶽麓簡《占夢書》已有，如簡 29「【夢見】□（或□□）汙淵，有明名來者。」兩簡夢徵、夢占皆相似，僅程度有別。此簡沒於淵而死，簡 29 或僅夢見淵，差異極大，故此簡「大吉」，簡 29 則為「有明名來者」。夢徵具死亡意義，而夢占為大吉，這是「反說」的占夢術原理。

　　「沒於淵」之夢尚如「夢見落〔水〕者□〔溺〕，大吉」（P.3908 號水火盜

賊章）〔註333〕、「夢見被溺不出，凶」（S.620 號水篇）〔註334〕、「夢見落井，憂客及病」（P.3685 號、S.2222 號水章）〔註335〕等，然其占各具吉凶。宋・邵雍《夢林玄解・地理》曰：

> 溺水。占曰：「沉溺水中，其兆頗窮。浮出者吉，沒入者凶。行商不
>
> 利，居賈為祥。」〔註336〕

以「沒入」為凶，與敦煌殘卷部分夢占相同，其理或許即此。《夢林玄解》之說與嶽麓簡《占夢書》凡「夢淵」必吉之原理相悖，或因後世發展所致。

「居室而毋戶」之夢，屬「住宅」、「門戶」類，如「夢見門戶者，大吉」（P.3685 號、S.2222 號舍宅章、S.620 號橋道門戶篇）〔註337〕、「夢見門戶壞者，憂子孫」（S.620 號橋道門戶篇）〔註338〕等，皆以「門戶」的有無，作為吉凶依據。又如「夢見光明入宅，大貴」（P.3608 號莊園田宅章）〔註339〕、「夢見房舍破壞者，大兇」（P.3608 號莊園田宅章）〔註340〕。

《夢林玄解・第宅》云：

> 門牖戶牅樞閫。占曰：「夢大開明照，主吉祥；毀壞暗閉，主災禍。」
>
> 〔註341〕

門戶引光入室，房舍光亮與否，影響夢占吉凶，此與敦煌殘卷相同。又曰：

> 高牆堅壁，貞吉。占曰：「夢入高牆，將有圇圄恥辱；夢棲堅壁，
>
> 須防賊寇奸妖，惟亂世夢之大吉。夢牆壁珊頹平安者破敗，困苦者
>
> 甦脫。」〔註342〕

〔註333〕鄭炳林：《敦煌寫本解夢書校錄研究》，頁 318。

〔註334〕鄭炳林：《敦煌寫本解夢書校錄研究》，頁 318。

〔註335〕鄭炳林：《敦煌寫本解夢書校錄研究》，頁 319。

〔註336〕〔宋〕邵雍撰：《夢林玄解》，頁 65。

〔註337〕鄭炳林：《敦煌寫本解夢書校錄研究》，頁 330。

〔註338〕鄭炳林：《敦煌寫本解夢書校錄研究》，頁 330。

〔註339〕鄭炳林：《敦煌寫本解夢書校錄研究》，頁 328。

〔註340〕鄭炳林：《敦煌寫本解夢書校錄研究》，頁 328。

〔註341〕〔宋〕邵雍撰：《夢林玄解》，頁 428。

〔註342〕〔宋〕邵雍撰：《夢林玄解》，頁 429。

若房舍之牆壁較平常爲高，則爲凶兆，此這是以住宅是否適合居住爲判斷原因，也與敦煌殘卷相同。可知敦煌殘卷、《夢林玄解》於「住宅」、「門戶」類的夢例所蘊含的占卜原理或許相同。

茲將「入井菁（溝）中及沒淵」與「居室而毋戶，坉死」的形象流傳圖，列表如下，以利對照：

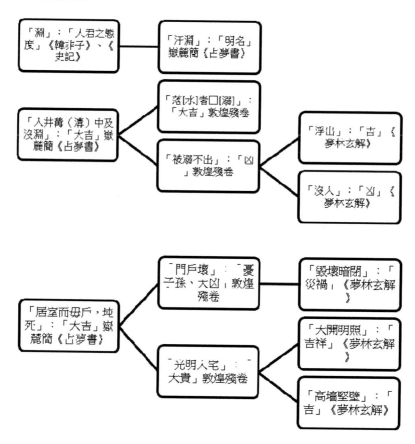

在「入井菁（溝）中及沒淵」方面，嶽麓簡《占夢書》是以「反說」的方式得到吉占；敦煌殘卷中，則有一相同夢例。其餘則以「轉釋」，將「溺」視爲凶兆；《夢林玄解》亦同此。

而在「居室而毋戶，坉死」方面，嶽麓簡《占夢書》簡文因爲「反說」的占夢術原理關係，得到「大吉」。而敦煌殘卷、《夢林玄解》往往以「房舍」之完整程度，與居住是否舒適，有關作爲吉凶之依據。這是「轉釋」的應用。

綜上所述，茲將嶽麓簡《占夢書》中「其他類」夢徵的「地形」一項，與敦煌殘卷、《夢林玄解》的關係，列表如下：

簡號	簡　文	與敦煌殘卷之關係	與《夢林玄解》之關係	備　註
29	【夢見】□（或□□）汙淵，有明名來者。	夢徵意義更豐富（加入凶吉）。	夢徵意義更豐富（加入凶吉）。	
		反說→轉釋	反說→轉釋	
29	【夢見】□（或□□）汙淵，有明名來者。	夢徵意義更豐富（加入凶吉）。	夢徵意義更豐富（加入凶吉）。	
		反說→轉釋	反說→轉釋	
29	夢井㴸（溢）者，出財。	夢徵意義不同。	夢徵意義不同。	
		轉釋	轉釋	
35	夢見□□□□□及市，乃有雨。			
37	【夢】入井菁（溝）中及沒淵，居室而毋戶，坄死，大吉。	夢徵意義更豐富（加入凶吉）	夢徵意義不同（加入凶吉）	敦煌殘卷有相近的夢例。
		反說→轉釋、反說	反說→轉釋	

二、天　氣

簡 11：【夢】見□雲，有□□□□□乃弟。

意指，簡文殘缺，無法得知其夢徵與夢占，但夢徵似爲「天氣類」。

簡 16：夢一腊（臘）五變氣，不占。

意指，夢見七日内有五次不正常的氣候現象，便不占此夢。

嶽麓簡《占夢書》簡 1「醉飽而夢、雨、變氣，不占」句的「變氣」同此。而前述男女互換性別、陰陽氣混的夢例，可知古人實爲重視「氣的改變」。

「變氣」，可能指不正常的天氣現象。《莊子‧逍遙遊》：

> 若夫乘天地之正，而御六氣之辯。〔註 343〕

郭慶藩云：「辯讀爲變，與正對文。辯、變，古字通。而「六氣」概念由來已久，《左傳‧昭公元年》曰：「六氣曰：『陰、陽、風、雨、晦、明』也。」〔註 344〕到了《管子‧侈靡》，除「六氣」有變氣外，其所屬有更加擴大。其云：

〔註 343〕〔清〕郭慶藩撰，王孝魚點校：《莊子集釋》，頁 17。

〔註 344〕〔清〕阮元用文選樓藏本校勘嘉慶二十年重刊宋本：《十三經注疏附校勘記‧左傳》，頁 708。

地之變氣，應其所出。水之變氣，應之以精。受之以豫。天之變氣，
應之以正。〔註345〕

以「變氣」解釋天地運行、四時變化之態念，是古人的宇宙觀。《漢書·天文
志》云：

永始二年二月癸未夜，東方有赤色，大三四圍，長二三丈，索索如
樹，南方有大四五圍，下行十餘丈，皆不至地滅。占曰：「東方客之
變氣，狀如樹木，以此知四方欲動者。」〔註346〕

此變氣的「顏色」、「範圍」，甚至「形狀」，皆有詳細記錄，明顯爲不正常天氣。

嶽麓簡《占夢書》雖然以變氣爲「不占」，但就現有資料無法判斷簡文之
「變氣」所指爲何。然藉由嶽麓簡《占夢書》「變氣」的重出，而且皆爲「不
占」，再次證明「氣的不變」對於占夢的重要性。簡文不占的原因，同於簡 1
「醉飽而夢、雨、變氣，不占」。

茲將「變氣」的形象流傳圖，列表如下，以利對照：

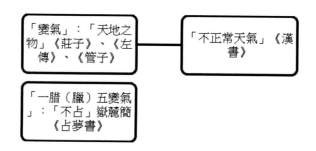

綜上所述，茲將嶽麓簡《占夢書》中「其他類」夢徵的「天氣」一項，與
敦煌殘卷、《夢林玄解》的關係，列表如下：

簡號	簡　文	與敦煌殘卷之關係	與《夢林玄解》之關係	備　註
11	【夢】見□雲，有□□□□□乃弟。			
16	夢一腊（臘）五變氣，不占。			

〔註345〕李勉註譯：《管子》，頁 601。

〔註346〕〔漢〕班固撰，〔唐〕顏師古注：《漢書》（北京，中華書局，2007 年 10 月），頁 1311。

三、殘缺類

簡 21：【夢】□元（其）者，□入寒秋。簡 24：夢見□，元（其）爲大寒。

簡 47：☑□□中有五□爲。簡 30：□□□□□爲大壽。

簡 14：夢見□樂將發，故憂未已，新憂有（又）發，門行爲祟。簡 27：‧夏夢之，禺（遇）辱。

第七節　嶽麓簡《占夢書》「欲食類」夢占析義

一、「欲食」之意義

　　嶽麓簡《占夢書》有關「鬼神求索」的內容，有衣物，也有食物〔註347〕；而此種內容的簡，數量亦多。

　　每逢「鬼神求索」，古人都要祭享、除禳。除固定的祭祀外，鬼神求索的夢徵是古人舉行額外祭祀的重要依據。嶽麓簡《占夢書》中，「鬼神求索」的占卜結果甚多〔註348〕，表明當時人極重「鬼神求索」一類的事項；而由「鬼神」名稱的不同，也可知曉古人對鬼神的差別，分際甚明，不如若後世占夢書直接以「鬼神」概括，這是古代「崇信鬼神」的風氣盛行之證明。

　　關於「欲食」的夢，《夢林玄解‧彝倫》云：

　　　　索食。親屬推此，凡夢已亡故者來索食，干人皆當享祀追薦，乃獲

　　　　福吉。〔註349〕

「欲食」簡文「欲食」同義。又云：

　　　　求衣服。親屬推此，凡夢已亡故者求衣服，主神像求新或骸骨暴露

　　　　也。〔註350〕

〔註347〕雖僅嶽麓簡《占夢書》簡 27「欲求衣常（裳）」爲「求衣」外，其餘諸「求索」的簡，皆爲「求食」；但是祭祀鬼神，並非僅以食物祭拜，衣、食應皆爲供享的用品。故「求食」或許也隱含「求衣」之義。

〔註348〕嶽麓簡《占夢書》多數夢，其占爲「鬼神求索」，如簡 27、41、42、43、44、45、46（因簡文冗長，故此僅舉簡號）。

〔註349〕〔宋〕邵雍撰：《夢林玄解》，頁 178。

〔註350〕〔宋〕邵雍撰：《夢林玄解》，頁 178。

「求衣服」與「索食」皆爲「鬼神求索」，故可併爲一事。而「享祀追薦」、「神像求新」、「骸骨暴露」諸事項，則要用祭祀化解。如此看來，《夢林玄解》與嶽麓簡《占夢書》雖然相隔千載，但是敬鬼尊神的意圖，應當一致；只是意義雖同，用詞則異。

嶽麓簡《占夢書》皆以「夢見某物」，而得到鬼神求索的占卜結果。敦煌殘卷亦有此種現象，如「夢見六畜語，先人求食」（P.3908 號六畜禽獸章）、「夢見馬出行，家神不安」（S.620 號、P.3990 號六畜篇）等，皆以「夢見動物」，而知鬼神索求。

然而《夢林玄解·帝王》有「帝王求宅求葬求食」〔註351〕的夢例，是由已故的帝王「自行」向夢者索求。在知曉夢的原因後，夢者當然要「宜復其祀典，不在祀典，亦當一私祭之以慰神靈」。又如「聖賢古人求食求衣」的夢例，是由已故聖賢「自行」向夢者索求，其占曰：

> 貴顯者夢之，主有廟祀求復，品服求加之事；平人夢之，或神靈欲索家祭，神像欲索冠袍。〔註352〕

此文所述與上述「享祀追薦」、「神像求新」、「骸骨暴露」相同，要用祭祀化解。又如「佛仙僧道有所求索」〔註353〕，其占曰：

> 夢索食者，主神缺供養；或夢見吉人，乃仙佛相度，誠心所感，解悟有緣。

如果鬼神「缺供養」，也要用祭祀化解。

總言之，在《夢林玄解》中，「鬼神求索」已不必藉由「夢它物」方能得知；「鬼神可以自行託夢宣告」，此點與嶽麓簡《占夢書》、敦煌殘卷極爲不同，或許是占夢術的發展所致。

倘若「夢徵」越趨複雜，由「夢某物」，發展爲「夢某物作某事」，夢徵雖然都有「某物」，卻增加許多附帶行爲。其夢占的意義，或許也能依樣增加，但這種不斷加長夢徵的方式，如同「形與影競走」，將使得夢徵、夢占愈加冗長。

〔註351〕〔宋〕邵雍撰：《夢林玄解》，頁 92。

〔註352〕〔宋〕邵雍撰：《夢林玄解》，頁 101。

〔註353〕〔宋〕邵雍撰：《夢林玄解》，頁 145。

占夢理論發展至《夢林玄解》，其夢徵、夢占的意義、冗長態勢，已非嶽麓簡《占夢書》、敦煌殘卷所能相比，故要「截斷眾流」，才能省事方便。否則一個夢徵乘載著十種、百種意義，顯得愈加複雜、麻煩。

而《夢林玄解》「夢鬼神求索」的方式，不止省去「夢它物」的繁雜，讓鬼神之事由鬼神自行託夢處理，更也能使其占卜的方式簡單化、普及化。因爲需要甚麼，由鬼神自己說明即可，不用再透過各種方式解讀，方便許多。

「欲食類」的夢例，在嶽麓簡《占夢書》中並未說明吉凶，因爲「干人皆當享祀追薦，乃獲福吉」。此類夢徵的吉凶，當根據夢者事後有無達成「鬼神」的願望而決定，順之則吉，逆之則凶。

「欲食類」夢占，實則包含了各種夢徵。根據夢徵的不同，又可分爲「動物類」與「其他類」。

二、動物類夢徵

簡 41：夢見羊者，傷（殤／禓）欲食。

意指，夢見羊，這是因爲無主之鬼意圖索取祭祀所致。

簡文的「夢羊」，與嶽麓簡《占夢書》簡 37「夢見眾羊」相似，但數量有別，所以有不同結果。以「羊」作爲祭品，前引《國語》已可見端倪。「羊」可用於祭「社」。《史記·封禪書》云：

> 天下已定，詔御史，令豐謹治枌榆社，常以四時春以羊彘祠之。〔註 354〕

又云：「臘祠社稷以羊豕。」〔註 355〕以「羊」爲社稷祭祀典禮的祭品，常見於漢代。《大戴禮記·諸侯釁廟》：「成廟釁之以羊」〔註 356〕，則以羊爲宗廟祭祀的祭品。

敦煌殘卷並無「夢羊而知鬼神求索」的夢例，卻有以「羊」爲吉兆的夢例，如「夢見牛羊，大吉，并如意」（S.620 號六畜篇）、「夢見牛羊，口舌散，吉」（P.3990 號六畜篇）。

〔註 354〕〔漢〕司馬遷撰：《史記》，頁 1378。

〔註 355〕〔漢〕司馬遷撰：《史記》，頁 1380。

〔註 356〕〔清〕王聘珍撰，王文錦點校：《大戴禮記解詁》，頁 202～203。

茲將「羊」的形象流傳圖，列表如下，以利對照：

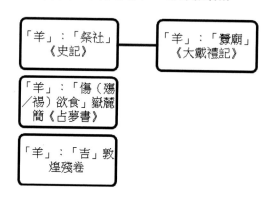

《史記》與《大戴禮記》皆以「羊」為祭祀用；嶽麓簡《占夢書》則以其為需要祭祀的徵兆，無法得知其與「傷（殤／禓）欲食」的詳細關係（但應使用「轉釋」的原理）。敦煌殘卷則承襲了以羊為吉兆的看法，亦以「轉釋」為占夢術原理。

簡 41：夢見豕者，明欲食。

意指，夢見豬，這是因為盟詛之神（明神）索取祭祀所致。

「豕」，為古人常用之祭品。《大戴禮記‧曾子天圓》云：諸侯之祭，牲牛，曰太牢；大夫之祭，牲羊，曰少牢；士之祭，牲特豕，曰饋食。〔註357〕

三牲「牛羊豕」為太牢；二牲「羊豕」則為少牢；只用豕，則為饋食。「饋食」雖屬於等級最低的祭祀；但「豕」於祭祀中的用途，則十分廣泛。任何祭祀都可以用「豕」，如前引《史記‧封禪書》有關「社稷」的祭祀，不單只用於「盟詛」。

古代的「盟詛」儀式，並未特別限制要何種祭品，如《戰國策‧齊策‧孟嘗君舍人有與君之夫人相愛者》云：

> 臣聞齊、衛先君，刑馬壓羊，盟曰：「齊、衛後世無相攻伐，有相攻伐者，令其命如此。」〔註358〕

「殺馬歃其血，又壓羊殺之以盟」，這是齊、衛兩國結盟時所用的祭品，並未提及「豕」。

〔註357〕〔清〕王聘珍撰，王文錦點校：《大戴禮記解詁》，頁 101。
〔註358〕諸祖耿編撰：《戰國策集注匯考：增補本》，頁 575。

《夢林玄解‧神宇》云：

> 夢家廟中有鼠、猫、犬、豕，主亡人求食。〔註359〕

雖將動物之地點限於「家廟」，然其亦屬「鬼神求索」。而此夢的「鼠、猫、犬、豕」皆常見於家，其現於家廟，或表示先人的祭祀品被此類動物所竊食，故要「求索」，這或許就是占得「亡人求索」的道理；又如「夢見犬吐，家鬼得食」（S.620 號、P.3990 號六畜篇）〔註360〕，可能是因犬吐食物，有不奪家鬼食物的意思。

《夢林玄解‧牧具》云：

> 豬欄、豬食槽。占曰：「夢此，主取女之吉徵；富家夢之，家道和平；
>
> 貧窮夢之，得財吉；病患夢之，陰人求食。」〔註361〕

占得「陰人求食」，雖限制夢者爲「病患」，但以「豬欄」、「豬食槽」爲夢徵，與簡文「豕」相似，原理或許相同。

茲將「豕」的形象流傳圖，列表如下，以利對照：

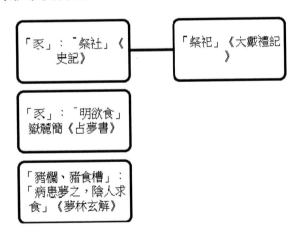

「豕」作爲祭品，十分泛用。嶽麓簡《占夢書》以之爲「明欲食」的徵兆，或許有其依據，但就現有資料則無法判斷。唯一可知的是，應爲「轉釋」的占夢術原理。由於時代相距過遠，即使《夢林玄解》有以「豬」的物品爲鬼神求索的夢徵，亦無法肯定是否與嶽麓簡《占夢書》有關係。

〔註359〕〔宋〕邵雍撰：《夢林玄解》，頁 443。

〔註360〕鄭炳林：《敦煌寫本解夢書校錄研究》，頁 339。

〔註361〕〔宋〕邵雍撰：《夢林玄解》，頁 375。

簡 42：【夢】見犬者，行欲食。

意指，夢見狗，這是因爲道路神索取祭祀所致。

以「犬」爲「行神」求索的夢徵，其原因或由祭祀品所致。《白虎通德論‧五祀》曰：

> 祭五祀，天子、諸侯以牛，卿、大夫以羊，因四時祭牲也。一說：
> 戶以羊，灶以雞，中霤以豚，門以犬，井以豕。或曰：中霤用牛，
> 餘不得用豚，井以魚。〔註 362〕

「門、行」性質相近〔註 363〕，皆爲人所出入用，漢人「以犬祭門」，亦可視爲「以犬祭行」，簡文因「犬」而夢道路神之索食，即此而來。

「夢見犬」占爲「鬼神求索」，其例甚多，如「夢見黑犬，灶作索食」（S.620 號豬羊篇）〔註 364〕、「夢見狗者噉，先人索食」（S.620 號豬羊篇）〔註 365〕、「夢見犬齒，先人求食」（S.2222 號雜事六畜章）〔註 366〕，皆以夢犬、或夢犬的相關物而得到求索的占卜結果，而所占鬼神多爲「先人」。

「夢見黑犬，灶作索食」一夢極爲特殊，除辨明犬的種類外，灶神的求索亦顯重要。因爲敦煌殘卷諸多「求索」的夢例，只有此夢提到「鬼神的名稱」，其餘夢占皆稱爲鬼神，與嶽麓簡《占夢書》詳細分別「求索之鬼神」不同。

《夢林玄解‧六畜》云：

> 黑犬，貞吉。占曰：「黑者，陰也，壬也，癸水也，火中之陰也。夢
> 此者，竈神之役也，亡人之使也，水中之火也。」〔註 367〕

「黑犬」，爲「竈神」、「先人」的使者，與敦煌殘卷「夢見黑犬，灶作索食」相近。

茲將「犬」的形象流傳圖，列表如下，以利對照：

〔註 362〕〔漢〕班固纂集：《白虎通德論》，四部叢刊景元大德覆宋監本，頁 8。

〔註 363〕此或即漢初改「祭行」爲「祭井」之附因，蓋兩者性質相近，合於「祭門」，省去「行祀」，亦不覺怪。

〔註 364〕鄭炳林：《敦煌寫本解夢書校錄研究》，頁 338。

〔註 365〕鄭炳林：《敦煌寫本解夢書校錄研究》，頁 339。

〔註 366〕鄭炳林：《敦煌寫本解夢書校錄研究》，頁 339。

〔註 367〕〔宋〕邵雍撰：《夢林玄解》，頁 536。

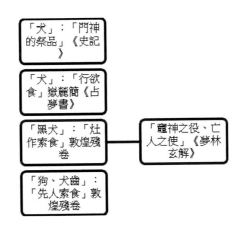

即便「門」與「行」的性質相近，但仍屬不同物，無法直接將「犬」歸屬爲「行神」的祭品。嶽麓簡《占夢書》仍是以「轉釋」處理此夢例。敦煌殘卷、《夢林玄解》則保留了相近的夢例，皆將「黑犬」是爲與「灶神」有關的動物。

簡 46：【夢】見馬者，父欲食。

意指，夢見馬，這是因爲逝世的父親索取祭祀所致。

「馬」，於古代多用爲交通工具；雖少見，但亦可用於「祭祀」。《國語‧齊語‧桓公霸諸侯》云：

> 桓公知諸侯之歸己也，故使輕其幣而重其禮。故天下諸侯罷馬以爲幣。〔註368〕

以馬爲進貢的物品，可能常見於古代。前引《戰國策》有關盟詛之文，亦以「馬」爲祭品。

「夢馬」之事，吉凶皆有，如「夢見馬者，主大凶」（P.3908 號人身梳鏡章）〔註369〕、「夢見馬，吉：乘行，大富」（S.620 號、P.3990 號六畜篇）〔註370〕、「夢見馬出行，家神不安」（S.620 號、P.3990 號六畜篇）〔註371〕等，其中「家神不安」的占卜結果，與簡文「父欲食」相近。

《夢林玄解》有關「馬」的夢例，結果多變：

> 乘馬入山，凶。其占曰：「跨馬至深山，崎嶇行路難奔馳，入幽谷一

〔註368〕上海師範大學古籍整理組校點：《國語》，頁 245。

〔註369〕鄭炳林：《敦煌寫本解夢書校錄研究》，頁 335。

〔註370〕鄭炳林：《敦煌寫本解夢書校錄研究》，頁 335。

〔註371〕鄭炳林：《敦煌寫本解夢書校錄研究》，頁 335。

去幾時還。此夢非佳兆也。」〔註372〕

此夢或許由《晉書》而來：

> 郡主簿張宅夢走馬上山，還繞舍三周，但見松柏，不知門處。統曰：
> 「馬屬離，離爲火。火，禍也。人上山，爲凶字。但見松柏，墓門
> 象也。不知門處，爲無門也。三周，三朞也。後三年必有大禍。」
> 宅果以謀反伏誅。〔註373〕

索統於當時以「解夢」著稱，此夢之占，多由文字、音韻拼湊而來。「火，禍也」，此由字音演繹之；「人上山，爲凶字」，此由字形拼湊而得。敦煌殘卷相關「乘馬之夢」皆爲吉兆，或許是因爲沒有「入山」的夢徵所致。

《夢林玄解》簡化「張宅夢走馬上山」一事，改以寥寥數語敘述，如果沒有《晉書》相參，則無法理解其占夢原理。又如「馬舞舍下，凶」〔註374〕、「三馬共一處」〔註375〕。此二夢占皆化用自《晉書》，前者爲「黃平之夢」〔註376〕；後者爲「曹操之夢」〔註377〕。

茲將「馬」的形象流傳圖，列表如下，以利對照：

〔註372〕〔宋〕邵雍撰：《夢林玄解》，頁545。

〔註373〕〔唐〕房玄齡等撰：《晉書》，頁2494。

〔註374〕其占曰：「夢此必災禍至。馬舞即止，其禍小爲口舌爭鬪之事；馬舞弗已，必有大禍難解。」參〔宋〕邵雍撰：《夢林玄解》，頁545。

〔註375〕其占曰：「曹操聞司馬懿有狼顧相，又嘗夢三馬同食一槽，甚惡焉。因謂丕曰：『司馬懿非人臣也，必預汝家事。』後與師昭相次當國，竟遷魏鼎。」參〔宋〕邵雍撰：《夢林玄解》，頁545～546。

〔註376〕《晉書‧索統傳》黃平問（索）統曰：「我昨夜夢舍中馬舞，數十人向馬拍手，此何祥也？」統曰：「馬者，火也，舞爲火起。向馬拍手，救火人也。」平未歸而火作。參〔唐〕房玄齡等撰：《晉書》，頁2494～2495。

〔註377〕《晉書‧高祖宣帝紀》載「（魏武）嘗夢三馬同食一槽，甚惡焉。因謂太子丕曰：『司馬懿非人臣也，必預汝家事。』太子素與帝善，每相全佑，故免。帝於是勤於吏職，夜以忘寢，至於芻牧之間，悉皆臨履，由是魏武意遂安。及平公孫文懿，大行殺戮。誅曹爽之際，支黨皆夷及三族，男女無少長，姑姊妹女子之適人者皆殺之，既而竟遷魏鼎云。」參〔唐〕房玄齡等撰：《晉書》，頁20。

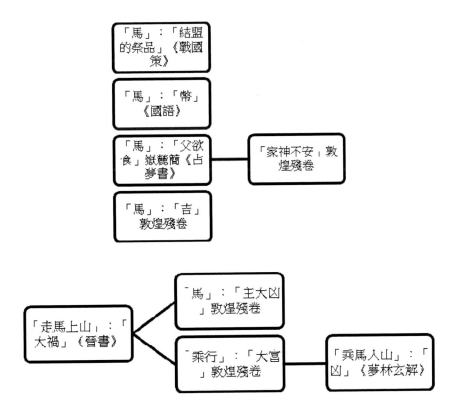

　　嶽麓簡《占夢書》以「轉釋」處理此夢例。至敦煌殘卷則夢徵意義更豐富，將「夢馬」視爲吉凶並具。《夢林玄解》以乘馬入山爲「凶」，或許與《晉書》有關。然而夾處其中的敦煌殘卷卻視之爲「大富」。此中轉變有待更進一步探索。

　　綜上所述，茲將嶽麓簡《占夢書》中「欲食類」夢占的「動物類夢徵」一項，與敦煌殘卷、《夢林玄解》的關係，列表如下：

簡號	簡　文	與敦煌殘卷之關係	與《夢林玄解》之關係	備　註
41	夢見羊者，傷（殤／禓）欲食。	夢徵意義不同。		
		轉釋		
41	夢見豕者，明欲食。		夢徵意義不同。	
			轉釋	
42	【夢】見犬者，行欲食。			
46	【夢】見馬者，父欲食。	夢徵意義更豐富（加入吉凶）。	夢徵意義不同。	敦煌殘卷有相近的夢例。
		轉釋	轉釋	

二、其他類

簡 42：夢見汲者，癘（厲／瘧）、租（詛）欲食。

意指，夢見汲水，這是因為厲神（或癘鬼）、詛神索取祭祀所致。

　　簡文以「引水」為主要夢徵，此或屬於「井泉」之夢，如「夢身自淘井，主爵祿榮盛」〔註378〕、「夢自汲清水，主得財物」〔註379〕、「夢人汲水授己，主得人之財物」〔註380〕，皆屬吉兆，但與「鬼神求索」無關。

　　現有資料未足以說明「汲」與「癘（厲／瘧）、租（詛）欲食」的關係。但其應為「轉釋」的占夢術原理。

簡 43：【夢】見□，竈欲食。

意指，夢見某，這是因為竈神索取祭祀所致。

　　簡文有缺，故未可知夢徵，僅明其夢占為「竈神索取祭祀」。

　　後世占夢書皆以竈為「用具」，非神祇，故「竈神求索」之夢幾稀，如「夢見移灶，主再婚」（P.3908 號莊園田宅章）〔註381〕、「夢灶下水流，大吉」（P.3908 號莊園田宅章）〔註382〕、「夢見謝灶，遇除」（P.3685 號、S.2222 號舍宅章）〔註383〕，僅前述「夢見黑犬，灶作索食」（S.620 號豬羊篇）〔註384〕與灶神有關。

　　《夢林玄解‧五祀》云：

> 占曰：「家主中霤而國主社。中霤者，即家堂之謂也。家堂之神為五
> 祀之主，地宅所居曰土地之神，道路之主曰五道之神，貨財之主曰
> 五路之神，日用之主曰六神，竈有竈君，井有井泉之神，戶門坑廁
> 皆有神祇，各有廟室堂宇。夢中見之大小不同，而吉凶悔吝，皆直

〔註378〕〔宋〕邵雍撰：《夢林玄解》，頁433。

〔註379〕〔宋〕邵雍撰：《夢林玄解》，頁433。

〔註380〕〔宋〕邵雍撰：《夢林玄解》，頁433。

〔註381〕鄭炳林：《敦煌寫本解夢書校錄研究》，頁329。

〔註382〕鄭炳林：《敦煌寫本解夢書校錄研究》，頁329。

〔註383〕鄭炳林：《敦煌寫本解夢書校錄研究》，頁330。

〔註384〕鄭炳林：《敦煌寫本解夢書校錄研究》，頁338。

叶者。」〔註385〕

相較於秦漢時期的「五祀」，《夢林玄解》所記載的諸位鬼神，其數量實未減少——「戶門坑廁皆有神祇」，故神無所不有；但占卜的原理已不同，因為「夢中見之大小不同，而吉凶悔吝，皆直叶者」，這是利用「直解」的占夢術原理。

　　簡文夢徵殘缺，故無法判斷其依據。

簡 43：夢見斬足者，天関（闕）欲食。

意指，夢見被斬去足，這是因為掌管刑罰的天闕星索取祭祀所致。

　　「斬足」屬於形體的夢例，但後世的夢例與此簡差異極大，只有「夢足下流血初，福樂至」（S.620 號斬煞害鬥傷篇）〔註386〕較為類似，但其占卜結果並非鬼神求索。然「夢斬足」，除掌刑罰的星辰外，或許與「氣化宇宙論」〔註387〕有關。

　　《夢林玄解・手足》云：

> 手足交長大吉。占曰：「天成象，地成形，人成四體，天為十二辰，地為鰲極，人為手足，于九宮為艮震。手者，國之冢宰，家之昆玉，屋宇之庫廡；足者，國之將帥，家之子侄，屋宇之庭柱。」〔註388〕

此以天、地、人體互相比擬。人體的手足，可符應天象星辰，如果夢見手足有缺，則表對應的事物有恙不妥；而此種以隱喻事物占卜鬼神之事，於後世

〔註385〕〔宋〕邵雍撰：《夢林玄解》，頁 440。

〔註386〕鄭炳林：《敦煌寫本解夢書校錄研究》，頁 347。

〔註387〕如《淮南子・精神訓》曰：「夫精神者，所受於天也；而形體者，所稟於地也。故曰：『一生二，二生三，三生萬物。萬物背陰而抱陽，沖氣以為和。』故曰：『一月而膏，二月而胅，三月而胎，四月而肌，五月而筋，六月而骨，七月而成，八月而動，九月而躁，十月而生。』形體以成，五藏乃形，是故肺主目，腎主鼻，膽主口，肝主耳。外為表而內為裏，開閉張歙，各有經紀。故頭之圓也象天，足之方也象地。天有四時、五行、九解、三百六十六日，人亦有四支、五藏、九竅、三百六十六節。天有風雨寒暑，人亦有取與喜怒。」即將人之形體、情緒與天地四時五行互相比附。此種天人相應之觀念於漢代時為盛行，若嶽麓簡《占夢書》略為涉及，亦不足為奇。參〔漢〕劉安，劉文典撰：《淮南子》，頁 219～220。

〔註388〕〔宋〕邵雍撰：《夢林玄解》，頁 240。

較少見。多數手足有缺的夢例，如「刀斫足，吉」［註389］、「刀去手足，大吉」
［註390］、「兩手足齊折，大吉」［註391］、「折一手一足，大凶」［註392］，與天
象、地理之符應關係較爲疏遠，且與鬼神無關。

「天関（關）」，凡國棟解釋爲星辰，認爲「其職掌，或應與刑罰有關」
［註393］；夑一則補充：

> 天關星在井宿，亦作井宿之別名。《開元占經》引《黃帝占》：「東
> 井，天府法令也，天讒也，一名東陵，一名天井，一名東井，一名
> 天關，一名天闚，一曰天之南門，三光之正道。」井宿之所以「主
> 法令」，是因爲「井」與「刑」同音。井宿所在星區還有鈇星。《史
> 記‧天官書》：「東井爲水事，其西曲星曰鈇。」鈇星往往與井宿並
> 列，共主斬伐之事。……正因爲如此，「天關欲食」才會和「夢見
> 斬足」聯繫起來。［註394］

然而，「井宿」與「鈇星」並列，共主斬伐，實見於唐代，無法確定其所說的關
係能套用在嶽麓簡《占夢書》此簡。

《夢林玄解》亦有「星辰」的夢例，如「夢見北斗，有憂」［註395］、「夢
見陶星，大吉」［註396］、「大人星」［註397］、「文昌星，大吉」［註398］、「金星」

［註389］其占曰：「手足皆折，只好坐定。折屈，曲也，鞠躬盡性之象。夢者獨占高魁。」
　　　　參〔宋〕邵雍撰：《夢林玄解》，頁241。

［註390］〔宋〕邵雍撰：《夢林玄解》，頁241。

［註391］其占曰：「男夢得利，女夢成衣；道途夢之，須防盜賊。」參〔宋〕邵雍撰：《夢
　　　　林玄解》，頁245。

［註392］其占曰：「手足上應天時，下應人事，各折其一，則孤力無助，夢詳何處，驗在何
　　　　人？主兄弟損失之占。如折而不斷者，先疏後親。」參〔宋〕邵雍撰：《夢林玄解》，
　　　　頁241～242。

［註393］凡國棟：〈岳麓秦簡《占夢書》校讀六則〉，武漢簡帛網，2011年4月8日。

［註394］夑一：〈讀岳麓簡《占夢書》小札五則〉，復旦網，2011年4月19日。

［註395］鄭炳林：《敦煌寫本解夢書校錄研究》，頁314。

［註396］鄭炳林：《敦煌寫本解夢書校錄研究》，頁314。

［註397］其占曰：「夢此者，福壽無疆，子孫瑞秀。或云此星即穀星，主五穀約三十六星，
　　　　春如衣冠拱立，夏漸鞠，秋漸俯，以求秋成也。農事畢則隱矣。夢之主年豐家裕，
　　　　秋收大熟之兆也。」參〔宋〕邵雍撰：《夢林玄解》，頁23。

〔註399〕、「箕化星，吉」〔註400〕等，皆爲夢者直接夢見該星辰，原理如前文所述「鬼神自行託夢求索」。嶽麓簡《占夢書》以星辰爲鬼神之一，故簡化的原理相同。

茲將「斬足、天関（闕）」的形象流傳圖，列表如下，以利對照：

簡44：夢見彭者，兵死、傷（殤／褫）欲食。

意指，夢見笞擊（鼓聲、軍備），這是因爲兵死、未成年而死者（或強鬼）索取祭祀所致。

現有資料未足以說明「彭」與「兵死、傷（殤／褫）欲食」的關係。但其應爲「轉釋」的占夢術原理。

簡45：【夢見】□□，大父欲食。

夢見某，這是因爲逝世的祖父索取祭祀所致。

敦煌殘卷沒有「大父」、「父」求索的夢例，但有「先人」、「家鬼」的夢例，如「被見被呼，家鬼欲得食」（S.620號佛法仙篇）〔註401〕、「夢見神廟者，先人求食」（P.3908號佛道音樂章）〔註402〕。

簡文夢徵殘缺，故無法判斷其依據。

〔註398〕其占曰：「兆主文明才，名大利。女人夢此，夫榮子貴，大吉昌也。」參〔宋〕邵雍撰：《夢林玄解》，頁23。

〔註399〕其占曰：「金星應於秋令司殺，一曰太白，又曰長庚。仕官夢此必遷刑曹司寇之職；夢光芒奮張，主兵兆。」參〔宋〕邵雍撰：《夢林玄解》，頁23。

〔註400〕其占曰：「箕伯，風神也。化而爲星，星有箕宿也。仕官夢之，遷官陞位；商賈夢之，厚斂多藏。凡夢此者，兆主天時有大風雨至，或云有客至。又主口舌，防有小偷，宜備之。」參〔宋〕邵雍撰：《夢林玄解》，頁23。

〔註401〕鄭炳林：《敦煌寫本解夢書校錄研究》，頁326。

〔註402〕鄭炳林：《敦煌寫本解夢書校錄研究》，頁327。

簡 45：夢見貴人者，遂（墜）欲食。

意指，夢見身分尊貴之人，這是因爲土地（社／中霤）神索取祭祀所致。

「貴人」，指身分尊貴者。而以「貴人」爲夢徵者，如「夢見聖人者，主大吉」（P.3908 號官祿兄弟章）〔註 403〕、「夢見帝王崩，主大荒」（P.3908 號官祿兄弟章）〔註 404〕、「夢見與貴人交往，吉」（P.3908 號官祿兄弟章）〔註 405〕。

《夢林玄解‧官祿》云：

> 貴人入家，拜見貴人。其占曰：「凡夢官吏入門，富貴大吉；夢欲見
> 貴人官吏而不得者，凶；得見者，貴；夢相對貴人親近者，吉利；
> 拜謁貴人者，主有扶持之力，事無不吉也。」〔註 406〕

同敦煌殘卷，其夢占皆爲「官祿之事」，而與嶽麓簡《占夢書》的「鬼神求索」不同。因爲「鬼神求索之事」，如果由鬼神自行託夢，則原先的夢徵便可有不同的意義。

是以後世占夢書並非如同嶽麓簡《占夢書》以「地」爲神衹的象徵，而將其視爲純粹的事物，即「土地」、「土壤」，如「夢見地動，使有遷移」（P.3105號地部）〔註 407〕、「夢見地陷，憂母死」（P.3281 號、S.2222 號地理章）〔註 408〕、「夢見身入土，大吉」（P.3908 號地理章）〔註 409〕，其占或吉或凶。《夢林玄解》云：

> 地土、地平曠，大吉。其占曰：「地者，陰土也。平曠廣大而深厚也。
> 五方五色土居中央，至哉坤元，萬物資始，生生息息，其利無窮，
> 夢此者富厚福澤，通達安平，大吉之占。」〔註 410〕

這是古人祭社、中霤之本意。但其「夢地」之事，如敦煌殘卷，將「土地神」

〔註 403〕鄭炳林：《敦煌寫本解夢書校錄研究》，頁 320。

〔註 404〕鄭炳林：《敦煌寫本解夢書校錄研究》，頁 320。

〔註 405〕鄭炳林：《敦煌寫本解夢書校錄研究》，頁 320。

〔註 406〕〔宋〕邵雍撰：《夢林玄解》，頁 284～285。

〔註 407〕鄭炳林：《敦煌寫本解夢書校錄研究》，頁 314。

〔註 408〕鄭炳林：《敦煌寫本解夢書校錄研究》，頁 314。

〔註 409〕鄭炳林：《敦煌寫本解夢書校錄研究》，頁 315。

〔註 410〕〔宋〕邵雍撰：《夢林玄解》，頁 52。

的意義納入「鬼神」一類的夢徵中，直接以土地、土壤爲夢徵，如「地氣沖天」〔註411〕、「地開裂，大凶」〔註412〕。

茲將「貴人、遂（墜）」的形象流傳圖，列表如下，以利對照：

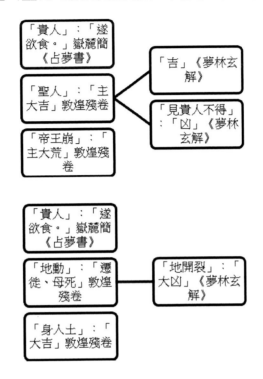

綜上所述，茲將嶽麓簡《占夢書》中「欲食類」夢占的「其他類」一項，與敦煌殘卷、《夢林玄解》的關係，列表如下：

簡號	簡　文	與敦煌殘卷之關係	與《夢林玄解》之關係	備　註
42	夢見汲者，瘭（厲／癘）、租（詛）欲食。			
43	【夢】見□，竈欲食。			
43	夢見斬足者，天閞（關）欲食。	夢徵意義不同（加入吉凶）。	夢徵意義可能相同（加入吉凶）。	
		轉釋→反說	轉釋→轉釋、反說	

〔註411〕其占曰：「氣有五色，紅黃逢良善，青黑遇強徒，白主刑患，赤主兵戈。若冷氣來沖，不爲佳美之兆。」參〔宋〕邵雍撰：《夢林玄解》，頁53。

〔註412〕其占曰：「此夢土崩之象。主公侯疾病；主常人家業衰替，人口不寧，兄弟分居，母妻有變，奸雄鼎踞，諸事不祥。」參〔宋〕邵雍撰：《夢林玄解》，頁53。

44	夢見彭者，兵死、傷（殤／禓）欲食。			
45	【夢見】□□，大父欲食。			
45	夢見貴人者，遂（墜）欲食。			

以嶽麓簡《占夢書》與傳世文獻之對讀，難度甚高，原因在於嶽麓簡《占夢書》是一本為中下階層設計的書籍。

嶽麓簡《占夢書》，代表當時人的認知與需求，所以它保留許多民間的風俗，所以出現了「死者復起」、「斬足」、「入井菁（溝）」一類奇怪的夢徵。這意味著嶽麓簡《占夢書》所受的改造、人文化較少，這是嶽麓簡《占夢書》的可貴之處。

時代愈後，原邏輯思維的表象也愈加稀少，這是受史書寫作和儒家思想影響，所以古代中國的「人文化」在秦漢時期已有相當程度的發展。司馬遷云：「學者多稱五帝，尚矣。然尚書獨載堯以來；而百家言黃帝，其文不雅馴，薦紳先生難言之。」〔註413〕故司馬遷於《史記‧五帝本紀》，多採用〈五帝德〉、〈帝繫姓〉，「至《禹本紀》、《山海經》所有怪物，余不敢言之也」〔註414〕，其極力駁斥神話、傳說，於是古代中國神話、傳說被「人文化」（歷史化）的強烈傾向，一覽無遺。

嶽麓簡《占夢書》處在「原邏輯思維」與「邏輯思維」之中，其體系無疑較偏向前者，但作為一個社會史料，若以之為中國古代社會結構、民俗與信仰的研究材料，則必須十分注意「原邏輯思維」的作用，因為這是當時社會風氣的來源，亦是構成嶽麓簡《占夢書》的中心思想。

豐富神怪思維的書籍，與各種代表文明理性的經典，風牛馬不相及。故以時間軸呈現各書之間的相承關係，實則危險至極。不僅成書的年代可能有誤，所具備的關係是否真如圖表所表現般地直接，也未可知。線圖之間的層遞僅是一種「可能」，而非絕對之關係。

〔註413〕〔漢〕司馬遷撰：《史記》，頁46。

〔註414〕〔漢〕司馬遷撰：《史記》，頁3180。

第八節 《嶽麓書院藏秦簡（壹）‧占夢書》之「夢占」

在嶽麓簡《占夢書》中，「夢徵」與「夢占」之重要性相當。透過分析「夢占」，可以確實知曉「古人的需求」以及「夢者的身分」。

一、嶽麓簡《占夢書》之「夢占」類別

「占夢」一事，是古人爲了解答有關夢的諸多疑惑，而發展出的活動。這些活動並不是無的放矢，毫無目標，它是古人用以解決、滿足自身的需求所設置的活動，它準確地針對古人的日常生活需要而回答。而這回答就是「夢占」。

而根據夢占不同，可以歸納出幾點古人所關注的「需求」。

（一）吉凶類

最簡單的「夢占」，就是「吉凶」；它告訴夢者，未來的事件，是好，或是壞。如簡4至5：

> 甲乙夢伐木，吉。丙丁夢失火高陽，吉。戊己【夢】【4】宮事，吉。

> 庚辛夢反山鑄鐘，吉。壬癸夢行川、爲橋，吉。

無論夢徵的詳略，夢占都是「吉」。「吉」，可能發生在日常生活的方方面面之中，簡文並沒有特別說明發生的場所、地點，甚至是「以何種事件」出現。是以「吉凶」二字雖然簡略，所指的範圍，所隱含的意義卻是最廣泛的。

以「吉凶」的夢占，在嶽麓簡《占夢書》中，數量較少，共有十四則夢例的占卜結果爲單純的吉凶，其中「吉」占出現十二次（包括一次「大吉」），「凶」占出現2次；所應用的占夢術原理，「轉釋」、「反說」皆有，而以「轉釋」爲多。可列表如下：

簡號	簡　　文	吉凶	占夢術原理	備　註
4	甲乙夢伐木，吉。	吉	轉釋	
4	丙丁夢失火高陽，吉。	吉	轉釋	
4、5	戊己【夢】【4】宮事，吉。	吉	轉釋	
5	庚辛夢反山鑄鐘，吉。	吉	轉釋	
5	壬癸夢行川、爲橋，吉。	吉	轉釋	
6	春，夢飛登丘陵，緣木生長燔（繁）華（花），吉。	吉	轉釋	

9	春夏夢亡上者，兇（凶）。	凶	轉釋	
10	夢亡下者，吉。	吉	反說	
10	夢身柀（疲）枯（苦），妻若女必有死者，丈夫吉。	吉	轉釋（妻若女）、反說（丈夫）	夢者身分爲「丈夫」。
15	秋冬夢亡於上者，吉。亡於下者，兇（凶），是謂□兇（凶）。	吉凶	轉釋	此簡含有兩種夢徵及夢占。
19	夢燔亓（其）席蓐，入湯中，吉。	吉	反說	
20	夢燔洛（絡）遂隋（墜）至手，嗀（繫）囚吉。	吉	轉釋	夢者身分爲「嗀（繫）囚」。
38	【夢】入井菁（溝）中及沒淵，居室而毋戶，地死，大吉。	吉	反說	「大吉」僅此一例。

值得注意的是，除了簡 10（含二則夢例）、19、20、38，此五則夢例外，餘下有關吉凶的九則夢例，其夢徵皆與「時間」有關。如簡 4 至 5 的五則夢例，是以「天干」標誌的日期配合夢徵；簡 6、9、15（含二則夢例），此四則夢例，則是以「四季」配合夢徵。而這九則夢例，皆是以「轉釋」爲占夢術原理〔註415〕，這似乎是說明在嶽麓簡《占夢書》中有關時間的夢徵，都必須使用「轉釋」的原理，才能推導占卜結果，而其夢占，皆爲廣泛的「吉凶」。

（二）祭祀類

屬於「祭祀類」的夢占，共有十五則。足證嶽麓簡《占夢書》當時的背景，確實處在濃厚的鬼神迷信氛圍之下，否則有關祭祀」的夢占，數量不會如此之多。

雖然仍待資料證明，但可以推測在古人的觀念中，這些夢徵與祭祀的關係十分密切，是以夢見某物，便會直接聯想到有關祭祀的事物。完全是以「轉釋」爲占夢術原理的最佳例證。

與嶽麓簡《占夢書》的其他夢例不同，這些有關「祭祀」的夢例，兼具夢徵的「原因」與「結果」。如簡 20：

〔註415〕簡 15「秋冬夢亡於上者，吉」，雖然「夢死亡而得吉」，符合「反說」的占夢術原理，然而與使用「轉釋」原理的簡 9「春夏夢亡上者，兇（凶）」相參照，夢徵同樣皆爲「亡於上」，卻因季節之不同，而導致吉凶互異：春夏屬於生長的季節，夢死亡，所以爲凶；秋冬爲肅殺的季節，夢死亡，所以爲吉。兩簡的夢占，都是由「轉釋」的占卜原理，順勢推衍而來。

夢人謁門去者，有新萵（禱）未賽（塞）。

夢見有人求見而後離去，此因有新出之禱祠尚未酬神。「有新萵（禱）未賽（塞）」是此夢產生的原因，但也提醒了夢者：「該是祭祀的時候了」。如果夢者不能施行祭祀、不能滿足神祇的需求，便有降罪的可能。

又如簡41：

夢見羊者，傷（殤／祥）欲食。

夢見羊，這是因爲無主之鬼索取祭祀所致。「傷（殤）欲食」是此夢產生的原因，是「夢見羊」之所由。但古人當然不會僅僅止於得知原因，它必然要解決這一有關鬼神的重要問題，所以要舉行祭祀，滿足無主之鬼的需求。

故知嶽麓簡《占夢書》對當時人而言，不僅是解答夢徵的一本重要書籍，更是有關古人行爲的指導性原則。得到祭祀類夢占的這些夢者，他當然可以選擇忽視這些鬼神的求索。但在古人的觀念裡，違背鬼神的旨意，無疑是相當危險、大膽的行爲。

簡文使用「欲」字，實則揭示了一種「可以解決」的意圖：只要滿足鬼神的「欲食」，它便不會危害。之所以把這十三則夢例的結果列爲「中性」，原因即此：「違背則凶，順從則吉」。所以夢例的眞正吉凶判斷，是在於這些夢者，有沒有按照鬼神的旨意行動。嶽麓簡《占夢書》中也有未使用「欲」字，卻也沒有明確指出鬼神將作祟的夢例，如簡20：

夢人謁門去者，有新萵（禱）未賽（塞）。

又如簡21：

夢見雞鳴者，有萵（禱）未賽（塞）。

「新萵（禱）未賽（塞）」、「萵（禱）未賽（塞）」，都是說明有禱祠尚未酬神，並未提到這些神「將會作祟」，或是「已經作祟」；與前述所論使用「欲」字的夢例相同，簡20與簡21此二則，亦是以夢占表示夢徵的原因與結果。而得知這些訊息的古人，當然要爲這些禱祠進行酬神的祭祀，方可避免災禍。是以此二簡，雖未使用「欲」字，其吉凶結果仍應屬「中性」爲佳。

雖然「祭祀類」中的夢占，其結果多數爲「中性」，但也有二則夢例，屬於凶占。簡40：

夢見蚰者，魄君（群）爲祟。

夢見蟲類，此因鬼群作祟所致。夢占明確地告訴夢者，此夢的原因在於「魄君（群）為祟」，這是已發的事件，故有此夢的產生。「為祟」與「欲食」是不同的概念，前者已然涉及不好的事件（至少這樣的夢，就是鬼神作祟所造成的）；後者只是告知鬼神的需求而已。所以簡文的吉凶結果，當然屬於「凶」占。

又如簡 14：

> 夢見□樂將發，故憂未已，新憂有（又）發，門行為祟。

夢見某將發生，表示舊的憂慮尚未停止，新的憂慮又將發生，而門、道路之神作祟所致。簡文殘缺，故未能知曉詳細的夢徵，但如同前簡，此處的「門行為祟」，則是已發的事件，進而導致此夢的產生。

然與前簡不同處在於，其夢占皆提示了夢徵的原因，但簡 40 與前述使用「欲」字的「祭祀類」夢占相同，並未說明其結果如何（為祟會造成何種事情發生）；然簡 14 卻說明了「門行為祟」，會造成「故憂未已，新憂有（又）發」，將使夢者產生憂慮。故簡 14 的夢占，又可納入「憂慮」一項。

此類共十五則夢例，其中吉凶為中性結果的，有十三則，而有「凶」占二則。

茲將「祭祀類」的夢占，依吉凶結果、占夢術原理列表如下：

簡號	簡　　文	吉凶	占夢術原理	備　　註
20	夢人謁門去者，有新蒿（禱）未賽（塞）。	中性	轉釋	
21	夢見雞鳴者，有蒿（禱）未賽（塞）。	中性	轉釋	
40	夢見蚰者，魄君（群）為祟。	凶	轉釋	
14	夢見□樂將發，故憂未已，新憂有（又）發，門行為祟。	凶	轉釋	缺乏夢徵，但可能為轉釋。夢占亦屬於「憂慮類」。
27	夢死者復起，更為官（棺）郭（槨）。死者食，欲求衣常（裳）。	中性	轉釋	
41	夢見羊者，傷（殤）欲食。	中性	轉釋	
41	夢見豕者，明欲食。	中性	轉釋	
42	【夢】見犬者，行欲食。	中性	轉釋	

42	夢見汲者，癘（厲／癩）、租（詛）欲食。	中性	轉釋	
43	【夢】見□，竈欲食。	中性	轉釋	缺乏夢徵，但可能為轉釋。
43	夢見斬足者，天関（闕）欲食。	中性	轉釋	
44	夢見彭者，兵死、傷（殤／殤）欲食。	中性	轉釋	
45	【夢見】□□，大父欲食。	中性	轉釋	缺乏夢徵，但可能為轉釋。
45	夢見貴人者，遂（墜）欲食。	中性	轉釋	
46	【夢】見馬者，父欲食。	中性	轉釋	

（三）官事（職務）類

　　屬於「官事（職務）類」的夢占，共有九則。與數量眾多的「祭祀類」夢占相比，「官事類」的夢占數量較少，然相較於其他種夢占，也未可算少。此表示「官事（職務）」一類的事物，也是嶽麓簡《占夢書》使用者所關注的焦點，或者更應該說這是嶽麓簡《占夢書》作者所關心、收集的重點之一。

　　此九則夢例，共包含「吉」占八則，與「凶」占一則；所利用的占夢術原理，皆為「轉釋」。其中有關「職務晉升」的夢占有五則，「職務廢退」的夢占一則；其餘三則，則是與職務稍無關係，但仍屬於職場官事的範圍。如簡 36：

　　　　夢伐鼓，聲必長。

此夢占表示夢者聲勢必漲大，或聲譽必有所增加。不論聲勢或是聲譽，皆與官事有關。

　　如簡 38：

　　　　夢見虎、豹者，見貴人。

此夢占表示夢者將會遇見身分地位較高的人。在古代，身分地位較高的人，一般都具備官職，故此簡可納入「官事（職務）」一項。

　　又如簡 39：

　　　　夢見熊者，見官長。

此夢占表示夢者將會遇見官員一類的人物。「官長」，當非指此夢的夢者，然而見到官員，則與「官事（職務）」有關。

　　茲將「官事（職務）類」的夢占，依吉凶結果、占夢術原理列表如下：

簡號	簡　文	吉凶	占夢術原理	備　註
18	夢蛇入人口，育（抽）不出（育（育），不出），丈夫爲祝，女子爲巫。	吉	轉釋	與職務有關。
19	夢蛇則蟄（蜂）蠆赫（螫）之，有芮（退）者。	凶	轉釋	與職務有關。
32	夢見李，爲復故吏。	吉	轉釋	與職務有關。
34	女子而夢以亓（其）帬被（披）邦門及游渡江河，亓（其）占大貴人。	吉	轉釋	與職務有關。
35	夂以衣被（披）邦門、市門、城門，貴人知邦端（政），賤人爲笴，女子爲邦巫。	吉	轉釋	與職務有關。
36	夢伐鼓，聲必長。	吉	轉釋	
36	眾有司，必知邦端（政）。	吉	轉釋	與職務有關。
38	夢見虎豹者，見貴人。	吉	轉釋	
39	夢見熊者，見官長。	吉	轉釋	

（四）憂慮類

　　屬於「憂慮類」的夢占，共有八則。「憂慮」類的夢占，也是古人所關注的事物。嶽麓簡《占夢書》所指的「憂慮」，推測與憂傷、騷擾，甚至危險有關。此八則夢例，皆爲「凶」占；所利用的占夢術原理，「轉釋」五則，「反說」一則，無法確定者二則。

　　此類夢例，多以「憂」、「辱」二字，來代表「憂慮」的意思。

　　夢占中的「憂」，有多種情況，但所指皆相當廣泛，並未說明與何種事件相關。如簡 3 與 13：

　　　　丙丁夢，憂【也】【3】。

　　　　夢歌帶軫玄（弦），有憂，不然有疾。

此泛指一般的「憂慮」。而簡 13，又因爲夢占提及「有疾」，故又可納入「死傷病」一項。然也有提及憂慮對象的夢占，如簡 23：

　　　　夢見肉，憂腸。

雖然也是憂慮，但以說明其所針對的是「腸胃」。與其餘僅以「憂」爲夢占結果的簡文不同。也可納入「死傷病」一項。

　　又如簡 30 與 31：

夢見五幣，皆爲苛憂。

夢見桃，爲有苛憂。

此則指較爲瑣碎的「憂慮」。

又如簡 33：

夢繩外剆（劋）爲外憂。內剆（劋）爲中憂。

此則以憂慮發生的地點或是事件，將憂慮區分爲「外」與「中」兩分面。

又如簡 14：

[夢見]□樂將發，故憂未已，新憂有（又）發，門行爲祟。

此則以憂慮發生的時間先後，將憂慮區分爲「故」與「新」兩分面。

相較於「憂」的廣泛所指，夢占中的「辱」，則專指較爲嚴重、危險的事物。

如簡 12：

[夢]□ ■（？）盡〈畫〉操簦陰（蔭）於木下，有資。春憂〈夏〉夢
之，禺（遇）辱。

夢見某持拿雨傘遮蔽於木下，則可納貨進財。如果是在春、夏二季作此夢，則
當有恥辱，或凶險之事發生。因爲夢的季節不同，所轉釋的夢占結果也有吉有
凶，本爲進財納貨的吉占，一轉而變爲恥辱、凶險之事，這些當然都是夢者爲
之憂慮的事物。而夢占的轉變，也使得此簡亦可納入「獲得某物（收穫）」一項。

茲將「憂慮類」的夢占，依吉凶結果、占夢術原理列表如下：

簡號	簡　　文	吉凶	占夢術原理	備　註
3	丙丁夢，憂【也】【3】。	凶	轉釋	
12	[夢]□ ■（？）盡〈畫〉操簦陰（蔭）於木下，有資。春憂〈夏〉夢之，禺（遇）辱。	凶	轉釋	夢占亦屬於「獲得某物（收穫）類」。
13	夢歌帶軫玄（弦），有憂，不然有疾。	凶	轉釋	夢占亦屬於「死傷病類」。
23	夢見肉，憂腸。	凶	轉釋	夢占亦屬於「死傷病類」。
30	夢見五幣，皆爲苛憂。	凶	轉釋，或反說	
31	夢見桃，爲有苛憂。	凶	反說	

33	夢繩外刵（劋）爲外憂。內刵（劋）爲中憂。	凶	轉釋	
14	夢見□樂將發，故憂未已，新憂有（又）發，門行爲祟。	凶	轉釋	缺乏夢徵，但可能爲轉釋。夢占亦屬於「祭祀類」。
14	・夏夢之，禺（遇）辱。	凶		缺乏夢徵，無法判斷。

（五）獲得某物（收穫）類

屬於「獲得某物（收穫）類」的夢占，共有八則，可知「獲得某物（收穫）」類的夢占，亦屬於古人相當注意的事件，僅次於「祭祀」、「官事（職務）」與「憂慮」三者。

此八則夢例，既歸爲「獲得某物」一項，顧名思義，其夢占當皆爲「吉」占。所利用的占夢術原理多爲「轉釋」，共五則；以「反說」爲占夢原理者，共二則。

簡文所提及的「收穫」，多與財富有關，如簡11、12、13：

夢歌於宮中，乃有內（納）資。

夢歌於宮中，乃有內（納）資。

夢有夬（喙）去（卻）魚身者，乃有內（納）資。

簡文的夢占，皆以「內（納）資」表示進財納貨的意思。又如簡12、17：

夢□█（？）盡操籤陰（蔭）於木下，有資。春憂〈夏〉夢之，禺（遇）辱。

夢巢中產毛者，丈夫得資，女子得鬻。

此簡則以「有資」、「得資」，表示得到錢財的意思。

然而，並非只有「資」字才足以代表得到錢財。古代中國是農業社會，大多數人的財富，是依照農業產量的多寡而決定。所以農產豐收與否，絕對是獲得財富的關鍵。如簡8：

夢天雨□，歲大襄（穰）。

夢見天降下了某物，今年農作必然豐收。雖然無法瞭解「某物」爲何種夢徵，

但「歲大襄（穰）」的占卜結果，則明確表示農產可能豐收，這當然是獲得財富的徵兆之一。

除了獲得財富、收穫農產之外，「失而復得」也是得到、收穫的一種。如簡31、32：

> 夢以弱（溺）灑人，得亓（其）亡奴婢。

> 夢以泣灑人，得亓（其）亡子。

得到逃亡的奴隸，或者得到逃亡的兒子，皆為好事。奴隸，也是財富的種類之一，是已前者也可以代表取得財物。

茲將「獲得某物（收穫）類」的夢占，依吉凶結果、占夢術原理列表如下：

簡號	簡　　　文	吉凶	占夢術原理	備　註
8	夢天雨□，歲大襄（穰）。	吉		缺乏夢徵，但可能為轉釋。
11	夢歌於宮中，乃有內（納）資。	吉	轉釋	
12	夢□▓（？）盡〈畫〉操篗陰（蔭）於木下，有資。春憂〈夏〉夢之，禺（遇）辱。	吉	轉釋	
12	夢歌於宮中，乃有內（納）資。	吉	轉釋	
13	夢有夬（喙）去（卻）魚身者，乃有內（納）資。	吉	轉釋	
17	夢巢中產毛者，丈夫得資，女子得鬻。	吉	轉釋	夢占亦屬於「婚嫁類」。
31	夢以弱（溺）灑人，得亓（其）亡奴婢。	吉	反說	
32	夢以泣灑人，得亓（其）亡子。	吉	反說	

（六）死傷病類

屬於「死傷病類」的夢占，共有六則，結果雖有「死亡」、「傷害」、「疾病」三種，而有二則預言「受傷」，二則預言「死亡」，以及二則預言「疾病」。既然屬於「死傷病類」，則此五則夢例的結果當然為「凶」。而所用的占夢術原理，多為「轉釋」，共四則；「反說」，僅占一則。

雖然以「傷害」的夢占較多，然此三則夢例並不相似，多未說明因何事物而受傷，如簡24：

【夢】市人出亓（其）腹，其中產子，男女食力傅死。

此夢占表示夢者若爲男、女性勞動者將會瀕臨死亡。雖然使用了「死」字，但「瀕臨死亡」畢竟不是眞正的死亡，所以歸爲「傷害」一類。簡文亦未指出夢者是爲何瀕臨死亡。

又如簡 39 則指出夢者將會因爲兵器而受傷：

夢衣新衣，乃傷於兵。

這是應用「反說」爲占夢術原理。前文所述「憂慮」類夢占，也多沒有說明「憂從何來」，及後文的「死傷病」中的「死亡」類夢占，也都沒以說明「因何而死」。是已此簡明確地表示傷害來自何物一點，確實是嶽麓簡《占夢書》的特例。

此類中論及「死亡」的簡文，皆明確指出夢者有可能遭遇死亡一事，如簡 9：

夢夫妻相反負者，妻若夫必有死者。

夢見夫妻二人相互背德忘恩，妻子與丈夫之間必有一人將會死去。但簡文並未說明夢者爲「妻」或「夫」，所以「死亡」有可能不會發生在夢者自身。但簡 22 則不同，其明確指出死者將是夢者本人：

夢身生草者，死溝渠中。

夢見身上長出草的人，將會死於溝渠之中，這是夢者無法避免的事件。

有關疾病，則如簡 23：

夢見肉，憂腸。

夢者將憂慮有腸胃的問題。此簡明確說明「病從何來」，值得注意。

茲將「死傷病類」的夢占，依吉凶結果、占夢術原理列表如下：

簡號	簡　　文	吉凶	占夢術原理	備　註
9	夢夫妻相反負者，妻若夫必有死者。	凶	轉釋	
13	夢歌帶軫玄（弦），有憂，不然有疾。	凶	轉釋	夢占亦屬於「憂慮類」。
24	【夢】市人出亓（其）腹，其中產子，男女食力傅死。	凶	轉釋	

23	夢見肉，憂腸。	凶	轉釋	夢占亦屬於「憂慮類」。
22	夢身生草者，死溝渠中。	凶	轉釋	
39	夢衣新衣，乃傷於兵。	凶	反說	

（七）天氣類

　　屬於「天氣類」的夢占，共有五則，其中殘簡三則，缺乏夢徵，無法判斷原理。而天氣的好壞，雖然影響著農業活動的進行，但就現有的嶽麓簡《占夢書》來看，並無法判斷其準確的吉凶結果。如簡 21「入寒秋」、簡 24「為大寒」、簡 35「乃有雨」，以及簡 40「必有雨」，如果不瞭解夢者占夢當下所進行的農業活動為何，則這些天氣現象所帶來的影響便無法評估。

　　唯一可判別吉凶結果的，是簡 25「乃大旱」。因為在農業社會中，「旱災」對收成的影響極大，更何況是「大旱」，故當然可以視其為「凶」占。

　　茲將「天氣類」的夢占，依吉凶結果、占夢術原理列表如下：

簡號	簡　　文	吉凶	占夢術原理	備　註
21	【夢】□丌（其）者，□入寒秋。			缺乏夢徵，無法判斷原理、吉凶。
25	夢新（薪）夫焦（樵），乃大旱。	凶		轉釋
24	夢見□，丌（其）為大寒。			缺乏夢徵，無法判斷原理、吉凶。
35	夢見□□□□□□及市，乃有雨。			缺乏夢徵，無法判斷原理、吉凶。
40	夢見飲酒，不出三日必有雨。		轉釋	

（八）婚嫁類

　　屬於「婚嫁類」的夢占，共有三則，然而這些夢占結果，若無夢者的身分資訊，亦難以判別其吉凶；其吉凶的論定，應當以其所嫁娶的對象為評估對象。故將此類夢占的吉凶結果歸為「無法判斷」。

　　而此「婚嫁類」的夢占，極有可能與「母神信仰」有著密切的關係。

　　茲將「婚嫁類」的夢占，依吉凶結果、占夢術原理列表如下：

簡號	簡　　　文	吉凶	占夢術原理	備　註
17	夢巢中產毛者，丈夫得資，女子得鷰。		轉釋	夢占亦屬於「獲得某物（收穫）類」。
33	夢見豆，不出三日家（嫁）。		轉釋	
16	夢見貒、豚、狐生（腥）橾（臊），在丈夫娶妻，女子家（嫁）。		轉釋	
37	夢見眾羊，有行千里。		轉釋	

（九）失去某物類

　　屬於「失去某物類」的夢占，共有三則，而結果皆爲「凶」占。而所用的占夢術原理，皆爲「轉釋」。

　　簡文所使用的「去」字，很容易令人想到「死亡」，然鑒於嶽麓簡《占夢書》中已使用「死」字代表「死亡」，此處仍理解「去」字爲「失去」一類的意思較好。

　　此類夢例中，有二則較具體說明「失去何物」，如簡 23：

　　【夢】潰亓（其）腹，見亓（其）肺肝賜（腸）胃者，必有親去之。

此簡預言夢者將有親戚背離。「背離」一詞，當然也有「失去」的意義。「死亡」也兼具失去的意思，但是死亡較著重在「生命」的失去；此類所指的「失去」，則是指生命以外的事物，可能是抽象的情感，如此簡親戚背離，它完全是表示人類情感上的失去。又如簡 26：

　　夢引腸，必弟兄相去也。

此簡預言夢者兄弟必相互背離。兄弟背離，實則兄弟之間的情感、關係已不復存在，這都是抽象的失去，不能用死亡概括。但嶽麓簡《占夢書》所言的「失去」，也有可能指具體的物質，如簡 26：

　　夢亡亓（其）鉤帶備（服）掇（綴）好器，必去亓（其）所愛。

此簡預言夢者必會失去所愛。失去所愛，除前述簡 23、26 的人倫情感外，也有可能是類似此簡夢徵中的「鉤帶備（服）掇（綴）好器」一類的器物。

　　故可推測嶽麓簡《占夢書》「失去某物類」的夢占，雖然較注重抽象的情感的喪失，但可能也關注到具體物質的失去。

　　茲將「失去某物類」的夢占，其吉凶結果、占夢術原理列表如下：

簡號	簡　　文	吉凶	占夢術原理	備註
23	【夢】潰亓（其）腹，見亓（其）肺肝賜（腸）胃者，必有親去之。	凶	轉釋	
26	夢亡亓（其）鉤帶備（服）掇（綴）好器，必去亓（其）所愛。	凶	轉釋	
26	夢引腸，必弟兄相去也。	凶	轉釋	

（十）言語類

　　屬於「言語類」的夢占，共有二則，而一則以吉，一則以凶；所利用的占夢術原理皆爲「轉釋」。

　　此類中，兩簡之不同處在於簡 4 並未說明「夢徵」爲何，只是單純利用天干的轉釋，進而得到占卜結果。簡 34 預言夢者將會得到「好言」，但簡 4 只是「語言」；既然嶽麓簡《占夢書》已認識到「好言」，則簡 4 的「語言」，極有可能是好言以外的「惡言」，所以爲「凶」占。

　　茲將「言語類」的夢占，依吉凶結果、占夢術原理列表如下：

簡號	簡　　文	吉凶	占夢術原理	備註
4	戊己夢，語言也。	凶	轉釋	
34	夢見棗，得君子好言。	吉	轉釋	

（十一）其他類

　　「其他類」，皆爲無法納入以上十類的夢占，共有六則夢例，而此六則夢例所運用的占夢術原理皆爲「轉釋」，但夢徵與夢占，卻有詳略的差別。簡 3、4、4 皆無夢徵，僅以天干的轉釋，得出夢占：

　　　甲乙夢，開藏事也。

　　　庚辛夢，喜也。

　　　壬癸夢，生事也。

對照嶽麓簡《占夢書》的多種夢占，「開藏事」、「喜」、「生事」三者，實是十分簡略，此或由兩點所致：其一，這三則夢例，是屬於「占夢理論的部分」，所以只舉其大略；其二，這三則夢例皆無夢徵，所以無法進一步論斷其結果。而此三則占，雖然有「吉」占二則，「凶」占一則，卻無法歸入上述任何一類。是以納入「其他類」一項。

簡 22 預言「有親道遠所來者」，但無法得知此親戚的身分，故無法分類；也無法判斷對於親戚之到來，是好事壞，故將其結果列爲「無法判斷」。

茲將「其他類」的夢占，依吉凶結果、占夢術原理列表如下：

簡號	簡　　文	吉凶	占夢術原理	備　　註
3	甲乙夢，開藏事也。	吉	轉釋	
4	庚辛夢，喜也。	吉	轉釋	
4	壬癸夢，生事也。	凶	轉釋	
15	夢爲女子，必有失也，女子兇（凶）。	凶	轉釋	
22	夢見項者，有親道遠所來者。		轉釋	無法判斷吉凶。
28	夢乘周〈舟〉船，爲遠行。	凶	轉釋	

二、由夢占看「古人之不安與需求」

由嶽麓簡《占夢書》的「夢占」分析，可以深入瞭解「古人的企圖」，由其是嶽麓簡《占夢書》的使用者。夢占的分析，事實上，揭露了古人對「吉凶之注意」，以及所「需求之事物」。

（一）古人之不安

總結以上十一個夢占的類別，可以將嶽麓簡《占夢書》中的夢占，依其吉凶數量，製成下表 [註416]：

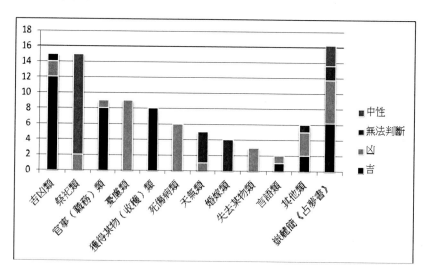

〔註416〕此表「嶽麓簡《占夢書》」一欄，其數目應爲「吉」占三十一則，「凶」占二十八則，「中性」的占卜十三則，以及「無法判斷」九則。然爲配合前述十一類，故以比例換算，方便呈現於圖中。

在可辨識的八十一則夢占中，「吉」占三十一則，「凶」占二十八則，「中性」的占卜有十三則，「無法判斷」的有九則。乍看之下「吉」占與「凶」占的數量似乎相近，其實不然。

除去已明確指出好、壞的吉凶夢占，再除去因爲簡文殘缺，及背景資料不足以致無法判斷吉凶的夢占，剩下的十三則「中性」夢占，其實已然揭露古人的不安、憂慮。

這十三則「中性」的夢占，將視夢者是否滿足「神祇的要求」，而有吉、凶的變化，誠然左右了嶽麓簡《占夢書》的吉凶占卜比例。如果夢者舉行祭祀，滿足了神祇的要求，也只是避免鬼神降災，並非促使鬼神賜福，這是化壞事於無事；反之，夢者採取忽略、無視的態度，就會引發災禍。

換言之，與「官事（職務）類」，或是「獲得某物（收穫）類」中具體指出「吉爲何事」的夢占相比，這些「中性」的夢占，美其名是可以轉化爲吉，但所化的「吉」占，卻很有可能是避免災禍的「吉」，在程度上頗有差異。但若化爲凶，所謂的鬼神降禍，其結果可能不亞於上述「憂慮類」、「死傷病類」以及「失去某物類」的凶占。是以這些「中性」的夢占，在程度上，可能較爲偏向凶占，可謂是隱性的凶占。

兩相加總，則嶽麓簡《占夢書》諸夢占所具備的吉凶意義，已然是「凶多於吉」。此種現象不僅體現了是書所處的時代仍充滿鬼神迷信，更凸顯了古人的憂患意識，相對於好，更注意壞；雖然希望有吉祥的占卜，但更希望不要有凶險的占卜結果；完全透露了古人對於夢徵的不安，以及消災解禍的企圖。

（二）古人之需求

藉由嶽麓簡《占夢書》中各夢占分類的吉凶數量，可以呈現當時人對夢占吉凶之認知；而各個夢占分類在嶽麓簡《占夢書》中所占的比率，則可以凸顯當時人，甚至是嶽麓簡《占夢書》的作者所關心、所企望之需求。茲將各個夢占分類在嶽麓簡《占夢書》中所占的比率，制如下表：

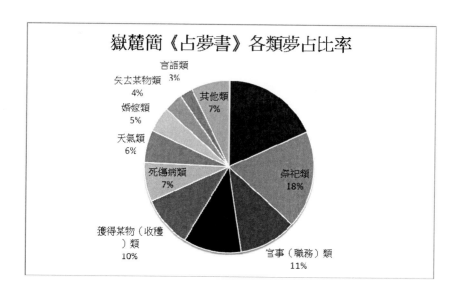

嶽麓簡《占夢書》中，最受到關注的，是「吉凶類」與「祭祀類」。此二類分別有十五則夢例，數量遠多於其他類夢占。足見其在當時人們心中的重要性。「吉凶類」攸關著日常生活的平安順利與否，因為這是人們最簡單的要求；也是嶽麓簡《占夢書》最基礎的夢占。

「祭祀類」的數量，完全反映了當時的迷信氛圍，也呼應了嶽麓簡《占夢書》的神鬼信仰。必然是有著鬼神的信仰，才會迷信於解夢；如果保持著無神論的想法，那麼「夢」的內容，也無法與巫術、宗教有任何關係。

在此之後，是「官事（職務）類」與「憂慮類」，亦分別有九則夢例，屬於次要關注事物。「官事（職務）類」，內容幾乎是指示升遷，這或許與嶽麓簡《占夢書》使用者的職業有關，所以對「職務」有所渴求。而此類夢占多為「吉」占，更是透露出古人「為官」的強烈意願。

「憂慮類」，內容多是告訴夢者將有憂慮，或是將有危險的事情發生，但關於何種方面，嶽麓簡《占夢書》並沒有詳細說明。「人無遠慮，必有近憂」，「憂慮類」夢占的數量，反映出當時人的恐懼與不安。前述論及由夢占的吉凶分布，可以得知古人對吉凶的看法，是希望「避免災禍」的心態較多於「得到福祉」；「憂慮類」的夢占數量，其實也貼合此種分析。

復次，則是「獲得某物（收穫）類」與「死傷病類」，前者有八則；後者有六則夢例。「獲得某物（收穫）類」，內容多與財富有關，皆為「吉」占，由此可知古人對財富的渴望。另有一則有關農作豐收的夢占，或許暗示嶽麓簡《占夢書》的使用者包含農人。

「死傷病類」，內容由「死」、「傷」、「病」的夢占構成，數量較爲平均。「趨吉避凶」是古人的習慣。對一個常人來說，「吉」占可能發生在許多方面，財富、升遷等，種類較多；然而論及「凶」占，恐怕莫過於死亡、傷害、疾病。此三者將導致人無法活動，甚至是生存。而其數量也反映了嶽麓簡《占夢書》對「死傷病」的重視。

復次，是「天氣類」與「婚嫁類」，前者有五則；後者有四則夢例。數量雖然無法與前幾類相比，但既然記載於冊，必然也是古人所關注的事物。古代爲農業社會，而農業活動的命脈則是「天氣」。故「天氣」理當受到注意。「婚嫁類」，或許是與成家立業相關，以此而受到關注。

最後是「失去某物類」、「言語類」與「其他類」，分別有三則、二則，及五則夢例。有得必有失，既然「獲得某物」受到古人的重視，則記錄「失去某物類」的夢占，也是理所當然。「言語類」的記載，可能反映出嶽麓簡《占夢書》的作者，較爲重視言語，企圖獲得好言，且避免毀謗類的言語。

各夢占的類別，完全可以表示嶽麓簡《占夢書》的作者所注意的事項，否則不會將其收入於書；而數量的多寡，則代表各類別受到重視的程度不一，這當然會受到當時社會環境、文化背景的影響；但更重要的是，這是嶽麓簡《占夢書》作者爲他預設的使用者所挑選的夢占。該書所服務的對象，很有可能有這些需求，希望求財、求職務、求美言、避免災禍，所以作者將之記載於書中，以便查找；而這些需求，代表著古人的企圖與渴望。

三、由夢占看「夢者之身分與性別」

夢占的分析，除可見古人對「吉凶之注意」，以及「需求之事物」。更可以得知嶽麓簡《占夢書》夢者（使用者）之「身分」以及「性別」。

（一）夢者之身分

前文所歸納的嶽麓簡《占夢書》「官事（職務）」類夢占，是解決嶽麓簡《占夢書》夢者問題的主要關鍵。該類共有六則有關「職務」的夢占（不論晉升或是廢退），預言夢者因其身分的不同，而將會有各種不同的職務。如簡18：

　　夢蛇入人口，肻（抽）不出（肻（育），不出），丈夫爲祝，女子爲巫。

夢占表示夢者若爲男子，將爲祝；若爲女子，將爲巫。

如簡 32

夢見李，爲復故吏。

夢占表示夢者將再次被任命原官職。

如簡 34

女子而夢以亓（其）帬被（披）邦門及游渡江河，亓（其）占大貴
人。

夢占表示夢者若爲女子，將爲身分高貴的人或後宮嬪妃。

如簡 35

冬以衣被（披）邦門、市門、城門，貴人知邦端（政），賤人爲笥，
女子爲邦巫。

夢占表示若夢者爲尊貴者，將主持國政；若爲卑微者，將有盛裝食物類的基層
工作；若爲女，將爲邦國之巫。此簡的夢者，身分變化極大，有貴賤之別。因
其尊貴，所以有主持國政的可能，簡 36「必知邦端（政）」，雖未說明夢者身分，
但很有可能與此簡相同，皆爲貴人。

上述五則夢例所提及的職務，有高有低，有尊貴的，也有低賤的，可能表
示夢者並非一般的平民百姓，而是分布在上、中、下階層的士人，所以才有獲
得這些職務的可能性。而這五則夢例，皆含有職務晉升的意義。簡 19 則不同：

夢蛇則蝱（蜂）蠆赫（螫）之，有芮（退）者。

夢見蛇而遭蜂、蠍類的毒物螫之，其將遭受毀謗，而職位將有廢退之殃。受到
毀謗、職位廢退，這是已經具有官職的人才可能遭遇的事件。倘若一人無官無
位，雖不敢說沒有遭到毀謗的機會，但既然已不具備官位，當然不會有「職位
廢退」的事情發生。

綜合上述六簡的夢占內容，其實已可稍稍地釐清嶽麓簡《占夢書》中夢者
的身分：

可能分屬上、中、下階層，但以中下階層爲多。

具有官職。

此二點皆點出嶽麓簡《占夢書》的夢者身分，除平民百姓外，也包括中下階層

的士人（或有官職），故這些夢占才可能實現。

　　而「獲得某物（收穫）類」的夢占，明確表現古人對財物的需求。夢者正是因爲財物的不足，才衍伸出對錢財的渴望，故其很有可能屬於貧窮階級。試問，若夢者爲王室貴族，有可能如此嚮往錢財嗎？「獲得某物（收穫）類」夢占的數量，正可代表嶽麓簡《占夢書》的服務對象對錢財的迫切需要。此亦符合前述作出的有關嶽麓簡《占夢書》夢者身分的討論。

　　嶽麓簡《占夢書》的夢者也有可能是士人階層以外的職業，如農人、工人。簡8：

　　　夢天雨□，歲大襄（穰）。

簡文預言農作豐收，故此夢者當屬農人，所以對夢徵是否影響農業特別留心。而嶽麓簡《占夢書》所收「天氣類」的各項夢占，也很能說明嶽麓簡《占夢書》的服務對象，是需要注意天氣變化的，所以才會收入有天氣的夢占結果。

　　又如簡24：

　　　【夢】市人出亓（其）腹，其中產子，男女食力傅死。

簡文中的男女食力，即指男、女性勞動者，可能包含農、工兩類人士。

　　據此，則可爲嶽麓簡《占夢書》的夢者身分，作出結論：其一，夢者可能爲上、中、下士人階層，分布極廣，但以中下階層爲主，故對職務、財物的需求較爲明顯。而身爲上層階級的夢者，則有可能得到主持國政的權力。其二，夢者也有可能爲農、工職業人士，這部分的夢者，亦符合對財物需求的渴望；部分有關天氣類的簡文，可能爲配合農人的使用者而收錄。

　　然而不論此夢徵、夢占是否出現過、實現過（研究者必然希望嶽麓簡《占夢書》所記載爲歷史事實，而非杜撰、假設），這些不同社會地位的人士，都代表當時人（或者嶽麓簡《占夢書》作者）注意的焦點，只是它更多的氣力是放在分析低層社會夢者的夢，所以它主要的內容是針對中、下階層而作。

（二）夢者之性別

　　除了可從夢占推論嶽麓簡《占夢書》所服務對象的身分，亦可從夢徵與夢占所透露的訊息，辨別是書服務對象的性別。如簡9：

　　　夢夫妻相反負者，妻若夫必有死者。

簡文預言妻子與丈夫之間必有一人將會死去，故「妻子」與「丈夫」皆有可能

為此簡的夢者。又如簡 10：

　　夢身披（疲）枯（苦），妻若女必有死者，丈夫吉。

簡文預言妻子或女兒將死亡，丈夫則吉利，但此簡的夢者可能僅為「妻子」或是「丈夫」，而不會是「女兒」。若夢者為「已婚的」女兒，則其身分應改為妻子；若為「未婚的」女兒，則此夢者亦不會有丈夫或是女兒可以符應夢占結果。據此推測，此簡的夢者可能為男，或為女，但必須「已婚」。

　　又如簡 17：

　　夢巢中產毛者，丈夫得資，女子得鷺。

簡文預言男子得財，女子則有姻緣或是炊具。夢者有「丈夫」，亦有「女子」，此類有關婚姻的簡文，夢者多為男女並具，如簡 33「不出三日家（嫁）」、簡 16「在丈夫娶妻，女子家（嫁）」、簡 37「有行千里」，皆論及男女的婚嫁之事。足以顯示占夢的權力並非由男性獨占。

　　性別的開放，除了由夢占結果推敲之外，亦有幾簡對夢者的性別有稍微記載，如簡 15：

　　夢為女子，必有失也，女子兇（凶）。

簡文明言夢見化身為女子，則夢者為男。透過對夢徵的推理，可以知道因為夢者在現實生活中為男性，才會因為在夢中成為女性而憂慮。

　　除了由夢徵可看出夢者的性別外，部分夢占亦對夢者的性別有詳細的記載，如簡 24：

　　【夢】市人出亓（其）腹，其中產子，男女食力傅死。

簡文預言夢者若為男、女性勞動者將會瀕臨死亡。則夢者可能為男，或為女。簡 35 的夢占提及若為女性夢者，則「女子為邦巫」，亦屬此理。又如簡 34：

　　女子而夢以亓（其）帬被（披）邦門及游渡江河，亓（其）占大貴人。

簡文首先便說明「若夢者為女子」，這是嶽麓簡《占夢書》為女性使用者服務的直接證據。

　　從上述夢占，可以確定嶽麓簡《占夢書》並非只為男性服務，而是男女兼具。而女性夢者的出現，也透露些許肯定女性追求願望的意味。

第伍章 結 論

一、前賢草創，後出轉精

　　透過與後世占夢書的對照，可以看出嶽麓簡《占夢書》不論在「書寫的形式」、「占夢術原理的應用、發展」以及「夢徵與夢占的體例」上，都顯得初步而且質樸。雖然與傳世文獻的記夢資料相比，嶽麓簡《占夢書》的記夢資料顯得十分豐富且複雜，但這只是資料量眾多所導致的結果。相反的，嶽麓簡《占夢書》所使用的占夢術原理不但沒有顯著的差異，而為了服務廣大的底層社會，該書的的夢徵與夢占甚至趨向簡單、直接，反不如傳世文獻的記夢資料來得複雜、多樣。這點可以從嶽麓簡《占夢書》有較多「鬼神求索」、「進財納貨」一類的占卜結果得知。

　　其實在敦煌殘卷以及《夢林玄解》中，可以找到許多與嶽麓簡《占夢書》類似的夢例，只是夢徵的形制與夢占的結果往往不同。時移境換，秦漢、隋唐以及明代也都有不同的風俗文化、社會制度，導致夢徵、夢占的改變。吾人只能從一些細微的相似處，將這些頗有差異的記夢資料一一繫上，在大異之中尋找小同，然後推敲改變的原因。

　　不能否認，後世占夢書的資料量往往遠多於嶽麓簡《占夢書》，《夢林玄解》如此，敦煌遺卷亦是如此；但是萬變不離其宗，許多主要的夢徵、夢占，仍然可以在嶽麓簡《占夢書》找到，儘管面貌稍有不同，但藉由夢占及占夢

術原理的比較，還是可以確立它們相互的繼承關係。

　　作爲民間使用的嶽麓簡《占夢書》，它的簡單形制，能使它更容易流傳以及使用；而所使用的占夢術形式、原理，也都爲後世占夢書所襲用，只是變得較爲精緻、細膩，較無疏漏。這是積年累月的演進所致，但卻是由簡率的嶽麓簡《占夢書》發展而來。

二、中西合觀，各別其義

　　嶽麓簡《占夢書》是一部充滿神秘觀念的著作。「占夢」本來就是一種神秘的行爲，即使有著邏輯思維，將科學當作眞理崇拜的現代人，對於「夢」，也是亦憂亦懼，不敢輕易忽視。弗洛伊德的精神分析理論發展至現在，有些觀念已經不適用，又或者被迫棄、淘汰，但是所蘊含的一些夢的基本概念，用在分析嶽麓簡《占夢書》這千年以前的著作，也是極有成效。對於一些本來難以理解的夢占結果，在精神分析的幫助之下，也就迎刃而解。這是中西對話，古今相較的成果。

　　研究一個時代的社會史，如果不能瞭解當時人的心理狀態，那麼所得出的結論，難以貼近古人、逼近當時的「現實」。利用列維——布留爾的「原邏輯思維」以及榮格的「原型聯想」，嶽麓簡《占夢書》的成書機制、占夢術原理揭然若昭，因爲它們都是在一種與「神秘互滲」的情況下所形成的；而面對這種神秘性，愈抽絲剝繭，也就愈能明白神秘性其實深沉於民族記憶、情感中，它是夢及神話傳說的「原型」，也就是人所共有的「集體潛意識」。「今人不見古時月，今月曾經照古人」，與月亮相同，「集體潛意識」長存於個人之中，而無所改變，只是它的詮釋，往往因爲時空、地點、社會文化的不同而有所改變。

　　所以古人所作的夢，現代人也會作；東方人所作的夢，西方人也會作。只是被賦予的意義有所差異。透過引進西方理論，可以更深入理解古人對嶽麓簡《占夢書》的用心；也可證明「夢」作爲一種共相，並非只能用傳統的方式去理解、闡述，配合心理學、神話學以及人類學，可以凸顯嶽麓簡《占夢書》的特色、原理。

三、千載殘卷，獨具一格

　　排除神秘觀念，嶽麓簡《占夢書》也可作爲秦漢時期的社會史料，尤其是

書屬於底層社會的記載，對於復原秦漢民間社會面貌，極具成效。此書收錄了許多中下階層人們的願望：「求職」、「得財」等，充分表現當時人的需求以及畏懼的事物。對於研究古人的認知、行為實有助益。

受古代中國的「史傳傳統」影響，傳世文獻的記夢資料大多具有史傳性質，是王室、貴族的占夢活動的記錄資料，對於上層社會的研究，有莫大幫助，但卻無助於還原民間社會的占夢活動。嶽麓簡《占夢書》的主要功能雖然只是為了占夢而使用，但在占夢書亡佚、缺乏民俗類記夢資料的研究困境下，它的出現，確實有「守得雲開見月明」之意義。

以往研究皆相信秦漢民間社會充斥著神鬼迷信，但這都是一種「心證」。它確實如此，只是相關文獻稀少，難以證明。這是研究的難處，也是社會史的遺憾，但嶽麓簡《占夢書》卻恰巧地彌補這一空白。使得先秦至秦漢夢文化的研究，中間不再有所空缺，奠定了該書在中國夢文化上不可動搖的重要地位。

四、研究困境，未來展望

礙於學力甚淺，面對嶽麓簡《占夢書》這一豐富的材料所開展出的各種問題，往往是有心無力，有望洋興嘆的感覺。

作為「社會史研究」的素材，嶽麓簡《占夢書》反映出的民間風貌，或許可從傳世文獻向上追溯，更進一步地考證簡文所使用的字句、詞彙。藉由與前後時期的出土文獻作一對照（特別是秦、漢簡中數量頗多的日書），或許可以勾勒出一幅秦漢時期民間社會的神秘信仰圖式，能理解先秦至秦漢的神秘思維演進過程。而出土文獻中記載的各式各樣有關神秘思維的詞彙，也能在對比之下，慢慢確定其意義。

作為「夢文化和夢學理論」的文本，可以將嶽麓簡《占夢書》與後世的幾本重要占夢書，如敦煌殘卷與《夢林玄解》，一一對照、比較，排列每一條夢例，進而敘述夢徵、夢占的演進過程。本書目前所作，僅是滄海一粟。只能大略歸納其源頭支流。

而在進行「《嶽麓書院藏秦簡（壹）‧占夢書》研究」這一主題時，遇到幾個問題，只能將就處理。例如在研讀相關的西方理論時，由於語言能力的不足，為了求快，只能採用中譯本；以致於一些意義較為隱晦的詞彙、語句，

只能沿用翻譯，無法深入探究原作者的意圖。又如在分析相關的簡文時，因爲摹寫的能力不足，只能以原書的字形爲主，無法使用臨摹的方式讓簡文更加清楚，使得本書在輸出影印時，可能有圖版字跡模糊的問題存在。

　　這些研究時遇到的難處，以及可以陸續發展的研究主題，無法在本書得到完善的處理，只能留待日後更進一步的研究。

附論：《嶽麓書院藏秦簡（壹）・占夢書》與西方理論

第一節　原邏輯思維與原初民族

　　針對《嶽麓書院藏秦簡（壹）・占夢書》的分析，絕不能忽略辨析及解說「原初民族」〔註1〕的邏輯思維，如此則可深入理解《嶽麓書院藏秦簡（壹）・占夢書》的設計原理。

一、原初民族之原邏輯思維

　　原初民族並非「無知」，不具備邏輯思維。如果我們不瞭解此點，便妄自推論原初民族的邏輯思維，試圖根據我們所以為的「邏輯思維」的心理學及智力論來解釋原初民族的風俗、制度、信仰，或者以我們所熟知的語言去記錄、描

〔註1〕相較於路先・列維—布留爾於其著作《原始思維》以「原始人」統稱現代人（尤其特指歐洲白種人）以外之人種、民族，透露出歐洲中心主義的自我優越思想；「原初民族」一詞的使用，實為別於列維—布留爾之「原始人」用法，指不具備近代「邏輯思維」之人種，特別是仍以「巫術」、「宗教」思維窺探事物之族群。「原初民族」，可以指已消失或現存可見的原始民族，亦可以指古代中國人，更可以指中古世紀的歐洲人。

述這些行爲，是有害無益的〔註2〕。這些工作，如果不是奠基於支配著原初民族各式各樣的生活方式的「原邏輯」（或稱「前邏輯」）和「神秘」之思維上，所得出的結果與分析，則無法令人滿意。

簡言之，原初民族與現代人思維上的差異，在於後者所面臨的一些生活問題，並不存在於原初民族的世界中。因爲在原初民族的邏輯思維中，問題早已具備了解答：

> 它在一切不平凡的事件中，立刻就看出了一種看不見的力量的表現。〔註3〕

看不見的力量，決定了兩者思維邏輯之差異。原初民族不像現代人的思維趨向「眞正的認識」；他毫不瞭解知識的樂趣和益處，他的邏輯思維具有大量的情感，但他的思維和語言只具備微弱的概念。

原邏輯思維使他們信賴「看不見的」和「感官所不及的」力量的存在和作用，而這種信賴，至少是與對感官本身所提供的那種東西的信賴相等。於是我們可以認爲在原初民族的眼中，可以感知的世界與「彼世」無法分割，所以他們的世界是一個充滿「神秘」的世界。看不見的東西與看得見的東西是分不開的，更正確的說法，應該是在他們的眼中，沒有看不見的東西，一切的事件，無論可見與否，都屬於實在。而這一切「實在」又皆取決於「神秘的力量」。這些「神秘的力量」，大體可以分爲三類：

> 首先是死人的鬼魂；其次是使自然物（動物、植物）、非生物（河流、岩石、海洋、山、人製造的東西，等等）賦有靈性的最廣義的神靈；最後是以巫師的行動爲來源的妖術或巫術。〔註4〕

這三種分類，實際上是可大可小。我們稱之爲「經驗」的東西，在面對這些

〔註2〕列維－布留爾認爲：「當研究者紀錄他們在低等民族那裡發現的制度、風俗、信仰的時候，他們利用的是（而且又怎麼能夠不是？）他們覺得與被描寫的實在相符合的概念。然而，正因爲這是一些爲歐洲人的思維所固有的被邏輯氣氛包圍著的概念，所以，他們的描寫歪曲了他們想要表達的東西。」參〔法〕路先‧列維－布留爾著，丁由譯：《原始思維》，頁429。

〔註3〕〔法〕路先‧列維－布留爾著，丁由譯：《原始思維》，頁391。

〔註4〕〔法〕路先‧列維－布留爾著，丁由譯：《原始思維》，頁392。

「神秘的力量」時，與原初民族所呈現的反應實有差異。「經驗」，是藉由觀察現象之間的客觀聯繫而得出的教訓，其重點在於「客觀」。然而原邏輯思維的經驗中，並不存在著客觀，它雖有自我的經驗，卻是一種「神秘的經驗」，它比現代人的思維所能接受的經驗要來得模稜兩可。而原邏輯思維也滿足於此種「神秘的經驗」。

二、神秘互滲

原初民族與現代人的邏輯思維，最主要的差別在於原初民族相當重視「神秘的經驗」，而現代人則代之以「科學」。對原初民族來說，世界的神祕性，與其所擁有之感官經驗是以「互滲」的形式交融於一。透過一些例子可以幫助我們理解「神秘的經驗」：

> 某年秋天葡萄獲得特大豐收，而這年的夏天正遇上一個大彗星出現；或者在日全蝕以後爆發了戰爭。即使對已經文明的民族的思維來說，這之間的前後關聯也非偶然。這些事件在時間上的彼此聯繫並不只是接連發生而已，葡萄豐收與彗星之間、戰爭與日蝕之間的聯繫是一種難以清楚分析的聯繫。我們在這裡遇見了我們叫作互滲的那種東西的一個頑固的殘跡。〔註5〕

對現代人而言，「葡萄豐收與彗星」、「戰爭與日蝕」，這兩項事件的發生，理性、科學的思維使我們不能、也不敢對這些事件的相關性進行不嚴謹的推論，只能以「偶然」解釋。然原初民族的思維模式不知道，也不關心事件與事件之間的偶然聯繫，而是將這些一切可能出現的現象賦予「神秘的思維」（也可以稱為「巫術的思維」）。相對於原初民族，現代人有一種不間斷的智力穩固感，這種感覺徹底地確立於意識之中，以至於我們看不出有什麼東西能夠擾亂它。即使假定我們突然碰見了某種十分神秘的現象，起初我們可能完全看不見它的原因，那麼，我們仍確信我們之不知只不過是暫時的；我們知道這個現象的產生，不是毫無原因，而且原因遲早會被發現。

簡言之，我們生活於其中的世界，可說是一個預先理性化了的世界。它由秩序和理性構成，如同那個設計出它並使它運動的智力是秩序和理性一樣。我

〔註5〕 〔法〕路先‧列維—布留爾著，丁由譯：《原始思維》，頁287。

們的日常生活，甚至是最無足輕重的細微末節，都要求對自然規律的不變性的冷靜而完全的信任。

「神秘的思維」充斥於原初民族的世界，這點可以從為求「狩獵」順利而舉行的各項儀式中窺見：

> 在狩獵中，第一個最重要的行動是對獵物施加巫術的影響，迫使它出現，而不管它是否願意，如果它在遠處，就強迫它來到。在大多數原始民族裡，這個行動都被認為是絕對必需的。這個行動主要包括一些舞蹈、咒語和齋戒。〔註6〕

舞蹈、咒語和齋戒的行為所提供的狩獵成功性遠較上述的「條件」要高，所以原初民族十分重視這些行為。所以他們在狩獵進行期間，特別關心房事、淨身、齋戒等戒律，尤其是自己的夢。這是因為他們不能理解事件與事件之間的關係，特別是我們所熟知的「原因與結果」——那些直接和不辨自明的關係。

觸目可見的現象的連續性，常不為原初民族的意識所察知，而且他們還堅信只有「神秘的互滲」才可成就的現象連續性，而非透過經驗。原邏輯思維支配這些現象的原則，列維－布留爾以「互滲」稱之，認為：

> 他（城按：指原始人）所生活於其中的自然世界乃是以根本不同的面目向他呈現出來的。它的一切客體和實體都被神秘的互滲和排除的系統包圍著：正是這些互滲和排除構成了這個世界的結合力和組織力。〔註7〕

原初民族的智力活動，使得他們對一切不同的尋常的事物皆是以「神秘」（巫術）的觀點來看待，而非如同現代人於「自然」中尋求解釋，而是立刻轉向「超自然」。而這些互滲和排除的神秘，首先吸引了原初民族的注意，亦只有它們才能吸引他的注意。原初民族並非以消極的態度面對、感知，而是通過智力反射，指出藉現象表現出來的「神秘的實在」。此種「神秘的實在」，是原初民族藉以認識一切之基本，或可說是構成了原初民族所認識的世界，乃是他的生活中的一個如此經常的因素，以至於它能使他對一切事物作出十分迅速且合理之解釋，如同自然法則於現代人之應用。

〔註6〕〔法〕路先‧列維－布留爾著，丁由譯：《原始思維》，頁235。

〔註7〕〔法〕路先‧列維－布留爾著，丁由譯：《原始思維》，頁365。

　　而事件的發生，是在一定的神祕性質條件下，由一個存在物或客體傳給另一個神祕作用的結果。這個傳導的過程，取決於原初民族各式各樣的「聯想」──除了接觸、轉移、感應等，更可以是「看不見」的方式。例如在原初民族中，狩獵、農作的豐收、正常的四季更迭、降雨週期，皆與由特定人士舉行的一定儀式相聯繫，或者與「某位擁有神祕力量的神聖人物之生存與安寧有關」。《國語‧周語》載有古代周天子「籍田禮」。「國之大事，在祀與戎」〔註8〕，古代以祭祀爲重，何況是攸關國家命脈的農耕大典？是知籍田禮的重要性。既爲天子，然周宣王不行籍田禮，以當時的思維看，此舉很有可能觸怒天神，毀滅國家，因爲農作糧食不僅爲人民食用所需，更是祭祀上帝之供品。而籍田的過程十分複雜，上至周天子，下至庶人皆需有所行動：

> 先時五日，瞽告有協風至，王即齋宮，百官御事，各即其齋三日。
> 王乃淳濯饗醴，及期，鬱人薦鬯，犧人薦醴，王裸鬯，饗醴乃行，
> 百吏、庶民畢從。及籍，后稷監之，膳夫、農正陳籍禮，太史贊王，
> 王敬從之。王耕一墢，班三之，庶民終于千畝。其后稷省功，太史
> 監之；司徒省民，太師監之；畢，宰夫陳饗，膳宰監之。膳夫贊王，
> 王歆大牢，班嘗之，庶人終食。〔註9〕

在行籍田禮之前，周天子、百官皆需行齋戒，而後行裸禮、籍禮，最後分食祭品，典禮方告完結。一連串的舉動，實皆有其巫術意義，只是籍田禮受「人文化」的影響較高，較不易察知。而行籍田禮的目的，在於保證獲得天神之庇護，並祈求農作豐收，在一定程度上，籍田禮與原初民族爲保證狩獵的成功性所實行的儀式相同：

> 王事唯農是務，無有求利於其官，以干農功，三時務農而一時講武，
> 故征則有威，守則有財。若是，乃能媚於神而和於民矣，則享祀時
> 至而布施優裕也。今天子欲修先王之緒而棄其大功，匱神乏祀而困
> 民之財，將何以求福用民？〔註10〕

〔註8〕　〔清〕阮元用文選樓藏本校勘嘉慶二十年重刊宋本：《十三經注疏附校勘記‧左傳》，頁4146。

〔註9〕　上海師範大學古籍整理組校點：《國語》，頁18～19。

〔註10〕　上海師範大學古籍整理組校點：《國語》，頁20～22。

「唯農是務」，點出了古代農業社會對於籍田禮的重視態度，故虢文公的擔心其來有自。

　　原初民族並非沒有想要去查明現象之間的因果聯繫。即使他們發現了，或者別人向他們指出了這些因果聯繫，但是他們仍然不予理會、重視，因爲此些事實的自然現象，亦即原初民族的「集體表象」引起了有關「神秘力量」（「神秘的實在」、「神秘的互滲」）干預的觀念。原初民族的思維模式，則服從於「互滲」，滿足於「神祕」，所以不怎麼擔心現象之間的「矛盾」。這並非反邏輯、非邏輯，而是因爲現代人稱之爲原因及用以解釋事件原理的「那種東西」（科學、自然），在原始人看來，至多也不過是神秘力量藉之表現的一個機會，或者說是一種工具。

　　故此，可以認爲原邏輯思維的要點在於遵守「互滲律」，而不排斥「矛盾律」。原初民族的思維中，邏輯的東西與原邏輯的東西並非各行其事、涇渭分明，而是互相滲透，水乳交融的混合物。原邏輯思維並不排斥與他有所矛盾的東西，現代人則不然，因爲現代人的智力活動不論是以何種形式呈現，都必須服從矛盾律：

> 玉蜀黍、鹿和「希庫里」（一種神聖的植物）在某種意義上對回爾喬人來說都是同一種東西。……玉蜀黍是鹿（作爲一種食物），希庫里是鹿（作爲一種食物），最後，玉蜀黍是希庫里……就它們同爲食物而言，所以它們被看成同一的東西。〔註11〕

魯蒙霍爾茨（C. Lumholtz）以「食用」、「實用」的觀點解釋了回爾喬人的風俗。這個解釋確實合理，但列維－布留爾則認爲：

> 在回喬爾人的集體表象中（我們知道這是些與強烈的宗教情感分不開的集體表象），希庫里、鹿和玉蜀黍看來是與那些對部族有最重要意義的神秘屬性互滲了；它們也就是根據這個原因被看成是「同一個東西」。〔註12〕

以現代人的邏輯思維來看，玉蜀黍、鹿和希庫里的「同一」，始終難以理解，但這並不會使回喬爾人感到混亂。這意味著一個實體可以是另一個實體的象

〔註11〕C. Lumholtz, *Symbolism of the Huichol Indians*，頁 22。

〔註12〕〔法〕路先・列維－布留爾著，丁由譯：《原始思維》，頁 121。

徵，但又並不就是這麼一個實體。加利福尼亞人的「禿鷹節」（Panes）亦闡明
了實體與實體間的互滲及矛盾〔註 13〕。原邏輯思維所信服的互滲律卻可以容
忍、理解這種關係，現代人則不然。

三、原邏輯思維對「夢」之作用

原邏輯思維的「互滲」作用於方方面面的事物。在他們那裡，最初是沒
有任何關於「靈魂」的觀念；取而代之的是「關於共存著和交織著但還沒有
融合成真正為一個體的清晰意識的一個或若干『互滲』的通常都有極大情感
性的表象。部族、圖騰、氏族的成員感到自己與所屬的社會集團的「神秘統
一」、與作為圖騰象徵的那個動、植物的「神秘統一」、與夢的神秘統一、與
空間的「神秘統一」。這也是原初民族對於清醒、睡眠、疾病、死亡〔註 14〕以
及夢的問題特別注意。尤其是「夢」──這種亦真亦假，亦生亦死的狀態。

對現代人來說，夢就是現今科學所闡述的那樣簡單，是夢者於睡眠中與一
些原始殘留互動的心理現象。清醒之後，由於缺乏夢的可證實性客觀條件，故
對夢多採質疑的態度；原初民族則不然，他們不需要透過客觀條件，便可透過

〔註 13〕「加利福尼亞人每年一次舉行以禿鷹為名的節日。這個節日的主要儀式是要打死
一隻禿鷹，而且不流出一滴血。接著剝皮，並且保持羽毛的完整……最後由一堆
年事已高的女性哀悼，然後把鳥葬在神場中。她們悲傷著，好像失去至親好友一
般。加利福尼亞人傳說 Panes 曾經是個女人，有次在山上迷路，忽然碰見契尼契尼
（Chingching）神。神把她變成一隻鳥。」這故事與每年定期舉辦的「禿鷹節」似
乎沒有甚麼關聯。但他們相信，每次打死這隻禿鷹，牠都會再次返生；而且他們
堅信每年在各個村莊舉行的禿鷹節，打死的所有禿鷹，都是那「同一隻」。不同的
實體，卻象徵同一物，這是原邏輯思維「不排斥矛盾律」，並「遵守神秘的互滲」
的明顯特徵。參 *The Native Races of the Pacific States of North American*, iii. 頁 168。

〔註 14〕與「夢」相同，「疾病」與「死亡」皆為原初民族關切的現象之一，但他們從不認
為死亡有其自然之原因，在他們眼中，死亡總是「橫死」，都是因為「巫師」（或
者其他神秘因素）「注定了」他的死。而這種現象同時出現於幾個相聚遙遠的原始
民族中。布里斯本的原住民認為「所有的病痛都是由某些巫醫（turrwan）掌握的
石英石所作用」；德屬新幾內亞的卡伊人（Kai）認為「沒有人是自然地死去的」；
格魯布的印地安人也說了類似的話，「死亡是基里伊哈馬（kilyikhama）的影響，
或者是通過巫師的誘殺所造成」等等。參〔法〕路先‧列維─布留爾著，丁由譯：
《原始思維》，頁 368～372。

自身的神秘思維證實它。所以夢對原初民族而言，絕不是不重要的東西：

> 他們首先把夢看成一種實在的知覺，這知覺是如此確實可靠，竟與
> 清醒時的知覺一樣。但是，除此之外，在他們看來，夢又主要是未
> 來的預見，是與精靈、靈魂、神的交往，是確定各人與其守護神的
> 聯繫甚至是發現它的手段。〔註15〕

他們對夢「深信不疑」，相信在夢中所見到、感受到的一切。事件發生於夢中，
它就是真正的事件：

> 在契洛基人（Cherokee）那裡存在著這樣一種風俗：人夢見自己被
> 蛇咬了，就應當受到真正被蛇咬時所施行的那種治療（因為夢見被
> 蛇咬，實際上就是「蛇妖」咬了他），要不然，他身上會起一種普通
> 咬傷後所出現的浮腫和潰傷，即使「這只是在幾年後才會發生的
> 事」。〔註16〕

原初民族在夢中體驗到的東西，如同他的現實生活一樣，是真實的。還有許多
相似的案例，在彼此相距極其遙遠的一些原始部落中亦可見到差不多完全相同
的表現：

> 王某的高祖父變成了鱷魚的同胞兄弟……他好幾次夢見這隻鱷魚。
> 有一次他夢見掉進有許多鱷魚的水中。他費力地爬到一隻鱷魚的頭
> 上，而那隻鱷魚對他說：「不要怕。」接著就把他送到岸上。王某的
> 父親有一些護身符，據說是一隻鱷魚送給他的，他不管在甚麼情況
> 下都不贊成殺死鱷魚。〔註17〕

沙勞越的馬來人如果在夢中瞭解到某種動物是自己的親屬時，便會毫不置疑地
相信；故事中的王某顯然把自己看成鱷魚的近親。原初民族無法區別實在的感
知與單純的想像、幻覺的差異，更何況想像、幻覺對他們來說亦具有強烈的知
覺性；他們相信一切逼真的表象具有相當程度的客觀性。古代中國亦有相似的
記載。《呂氏春秋‧離俗覽》曰：

〔註15〕〔法〕路先‧列維－布留爾著，丁由譯：《原始思維》，頁53。

〔註16〕James Mooney,1992, *The Sacred Formulas of the Cherokee*, N.C. 頁295。

〔註17〕Charles Hose,1901, *The Relations between Men and Animals in Sarawak*, London, n. p. 頁191。

> 齊莊公之時，有士曰賓卑聚，夢有壯子，白縞之冠，丹績之絢，東
> 布之衣，新素履，墨劍室，從而叱之，唾其面，惕然而寤，徒夢也。
> 終夜坐不自快。明日召其友而告之曰：「吾少好勇，年六十而無所挫
> 辱。今夜辱，吾將索其形，期得之則可，不得將死之。」每朝與其
> 友俱立乎衢，三日不得，卻而自歿。謂此當務則未也。雖然，其心
> 之不辱也，有可以加乎。〔註18〕

賓卑聚夢見有人「叱之，唾其面」，所以「終夜坐不自快」。因為賓卑聚認為夢
中遇見的事情，即現實所發生之事。而後招集友人，宣告「期得之則可，不得
將死之」，企圖尋兇報復，以雪夢中之恥。夢中受辱，並非真正的污辱，但古人
如此深信。但是「夢」為虛幻，賓卑聚當然不得其人，於是「自歿」而亡。此
種邏輯思維與上述各原初民族之案例相近。又如賈誼《新書》記載「夢中許人
事」：

> 夢中許人，覺且不背其信，陛下已諾，若日出之灼灼。故聞君一言，
> 雖有微遠，其志不疑，仇讎之人，其心不殆，若此則信諭矣，所圖
> 莫不行矣。〔註19〕

以夢中承諾比擬皇帝之言，政教勸戒的用意極為強烈，頗含政治意味，但夢之
於古人的重要性，可見一斑。列仁（Lejeune）便認為「夢是野蠻人的神」：

> 夢之於野蠻人，如同《聖經》之於我們一樣，夢乃是神啟的泉源，
> 只有一點本質區別，就是他們可以藉著夢在任何時刻獲得這種啟
> 示。〔註20〕

原初民族，列維－布留爾以「原始人」稱之，列仁以「野蠻人」稱之，或有褒
貶，然無法否認他們所指出的原初民族的神秘思維——皆相信夢與個人的現實
生活息息相關。

雖然原初民族極為信服「夢」，但不論夢中的知覺、事件與清醒時所發生的
事件如何相似，他們仍舊知曉兩者的差異，進而區分了許多種夢。又如奧基伯
威人（Ojibbeways）針對「夢的內容」，將夢分成壞夢、汙穢的夢、惡夢、好夢

〔註18〕 〔戰國〕呂不韋編，陳奇猷校注：《呂氏春秋》，頁1235。

〔註19〕 〔漢〕賈誼撰：《新書》（臺北，臺灣中華書局，1981年），頁73。

〔註20〕 A. Gatschet, *The Klamath Language*,. 頁77。

以及幸福的夢。[註21] 而希達查人（Hidatsa）則認爲只有在進行祈禱、祭祀、齋戒之後所作的夢，才是具有神啓的夢。[註22]

古代中國也有以「夢的內容」所行之分類，而且也同樣重視「獲得夢的方法」，《周禮・春官・占夢》曰：

> 占夢掌其歲時，觀天地之會，辨陰陽之氣，以日月星辰占六夢之吉凶。一曰正夢，二曰噩夢，三曰思夢，四曰寤夢，五曰喜夢，六曰懼夢。季冬聘王夢，獻吉夢于王，王拜而受之，乃舍萌于四方，以贈惡夢，遂令始難驅疫。[註23]

將夢分爲「正夢」、「噩夢」、「思夢」、「寤夢」、「喜夢」、「懼夢」。所表現的思維相近於奧基伯威人、希達查人，但又不滿足於此，更發展出「獻吉夢」、「贈惡夢」的儀式。孫詒讓認爲：

> 此經先聘夢，次獻夢，王拜受獻，蓋與〈天府〉、〈司民〉所紀祭司民、司祿，獻民數穀數，王拜受獻，節次略同。是聘夢與司民司祿之祭禮相儗，明聘贈皆即迎祈禳卻之事，與占問不相涉。[註24]

「聘夢」爲一種「致夢」的儀式，若爲吉夢，則周王必須「拜而受之」；若爲惡夢，則行「贈夢」之禮，將之驅除。古人認爲，占卜王者之夢，可以知曉國事興衰，所以有「獻吉夢」、「贈惡夢」的儀式。此處論及的儀式，是王室所使用之儀式。又有臣下將所作吉夢獻於周王之事，《詩經・小雅・無羊》曰：

> 牧人乃夢，眾維魚矣，旐維旟矣。大人占之：眾維魚矣，實維豐年；旐維旟矣，室家溱溱。[註25]

箋云：「牧人乃夢見相與捕魚，又夢見旐與旟。占夢之官得而獻之於宣王，將以

[註21] Johann Georg Kohl, 1985, *Kitchi-Gami: Wanderings round Lake Superior*, Minnesota Historical Society Press. 頁 236。

[註22] James Owen Dorsey, 2011, *A Study of Siouan Cults*, Kessinger Publishing.

[註23] 〔清〕阮元用文選樓藏本校勘嘉慶二十年重刊宋本：《十三經注疏附校勘記・周禮》，頁 1743。

[註24] 〔清〕孫詒讓撰，王文錦、陳玉霞點校：《周禮正義》，頁 1975。

[註25] 〔清〕阮元用文選樓藏本校勘嘉慶二十年重刊宋本：《十三經注疏附校勘記・詩經》，頁 939。

占國事也。」以夢占卜國事，不僅限於周王的夢，臣民百姓的吉夢，亦可用於占卜。可知古代中國對夢的執著。〔註26〕

原初民族及古代中國，並不認為夢是一種「錯覺」，所以儘管這只是夢，他們仍異常相信。如此也可以解釋為什麼原初民族的人信賴自己的夢，不亞於相信自己的感官所認知的事物，這一點亦可以解釋為什麼他們要祈求那些可以使人作神啟的夢的手段。如果一個北美印地安青年在行成年禮前，希冀夢見未來的守護神或者圖騰的動物，他必須遵守一套保證夢的真實性和有效性的方法：

> 他要通過伊蒙匹（Impi）——一種蒸氣的沐浴方法，之後齋戒三日。
> 期間要避開婦女，避開一切人獨處。他必須把身體洗淨到規定的程
> 度，以便獲得他所祈求的神啟。……然後受盡一切折磨的試煉，直
> 到看見「神所賜給他的幻象或是啟示」為止。〔註27〕

沐浴淨身、獨處、受盡折磨，除了用來保證夢的真實性，也是原初民族成年禮的必經儀式，更是大多數儀式的基本過程。

原初民族（或許部分現代人也是），毫不可能把夢降低至不可信、可疑的地位。因為客觀性的原因根本不重要。真正的原因則被想像為「神秘性」。原初民族是懷著一種比普通的驚奇強烈得多的情感來感知一切意外的，他對任何事物其實都不會感到驚奇，卻容易受情感所支配；又因為缺乏理性的求知，所以原初民族將一切使他震驚的事物皆訴諸「神秘性」。

對原邏輯思維來說，「夢」根本不是低等又錯誤的知覺形式；而是一種高級的最佳形式。在這種形式中，物質的、可見可觸的因素，其作用是以最小限度發生著；「看不見的實在」與「神祕的力量」則是充分地發揮著。

第二節　精神分析理論及其解夢應用之侷限

「夢」為何物？大抵人類有意識、文化後，便不斷探索「夢」之諸多疑問。然解夢者多有，以「科學研究」為方法的觀察分析者，卻遲至 1953 年才出現。艾瑟林斯基（Eugene Aseerinsky）與克萊特曼（Nathaniel Kleitman）紀錄正常

〔註26〕殷商時期的甲骨卜辭，以及與周代有關的傳世文獻，一再證明「夢」對於古代中國民族，絕不僅止於單純的夢。

〔註27〕James Owen Dorsey,2011, *A Study of Siouan Cults,*. 頁 436～437。

人整個睡眠過程中之腦波變化，發現睡眠者於作夢時眼球會持續急速而不規則地轉動。至此人類於睡眠與夢之實質內容，有較準確、較科學之認識。

　　然於克萊特曼之前，西方世界實已有許多關於夢的討論，其中不乏具理性思維者，如赫拉克利特（Heraclitus）〔註28〕、希波克拉底（Hippocrates）〔註29〕、柏拉圖（Plato）、亞里士多德（Aristotle）等〔註30〕。其中又以阿特米德魯斯（Artemidorus）收集大量記夢資料，著成《夢之解析》（"Oneirocritica"）一書最為重要。阿特米德魯斯以特定程序解夢，特重「聯想」（類似弗洛伊德解夢的方式），而將夢分為「Somnium」以及「Insomnium」，前者為具備深層意涵、神話意義的夢，可藉此預測未來；後者為反映人日常生活的夢。此後，萊布尼茨（Gottfried Wilhelm Leibniz）更將潛意識之活動，比擬為血液於人體內之流動情況，認為潛意識維持著人類有意識之生活，然人們卻無所覺知。

　　若論以精神分析解夢的始祖，當以西格蒙德·弗洛伊德（Sigmund Freud）為是。有別於傳統理性主義，弗洛伊德肯定非理性因素對行為的作用，開闢了潛意識心理研究之新領域。「傳統心理學基本上是意識心理學。」〔註31〕古代西方，甚至是近現代，雖有學者談論到無意識現象，但真正以潛意識為研究對象的心理學體系，仍要以「弗洛伊德主義」〔註32〕首開其先，其亦是奠定「精神

〔註28〕赫拉克利特認為夢為個人處於自身之特殊空間，而夢為伴隨睡眠而生之現象，並無異處，故夢中之事物，不如夢者清醒時所經歷來得清晰。處於神魂觀念盛行之古希臘，赫拉克利特所提出的見解，確實有其獨到之處。

〔註29〕希波克拉底認為夢有預測未來之功能，並認為病患的夢，可能為將發病之徵兆，如夢見泉水、河流，夢者或有泌尿生殖系統之問題；夢見大水，表示夢者需要放血。其以疾病理解夢之成因，著實有其進步之眼光。此亦與《列子》、《黃帝內經》所言夢與疾病之關係相似，然前者為西方之醫學觀念，後者為中國之五行陰陽學說。

〔註30〕亞里士多德針對希波克拉底對夢之看法，認為人於睡眠時，其對外界之感覺大幅減少，則會擴大身體內部之感覺，故夢得以突顯身體之細微變化。而針對夢徵之吉凶諭示，其以為夢中之意念會影響人清醒後之行為，是夢「決定」了夢者之意念，而非預測；更認為人所作之夢何其多，一、兩個夢成真實現，亦屬正常。此觀念與東漢·王充《論衡·辨祟》「凡人在世，不能不作事，作事之後，不能不有吉凶。見吉，則指以為前時擇日之福；見凶，則剌以為往者觸忌之禍。多或擇日而得禍，觸忌而獲福。」所指略同。參〔漢〕王充，黃暉撰：《論衡校釋》，頁1008。

〔註31〕〔奧地利〕弗洛伊德著，呂俊、高申春、侯向群譯：《夢的解析》，頁27。

〔註32〕廣義而言，「弗洛伊德主義」和「佛洛依德學說」、「精神分析」可視為一物；然從狹

分析理論」的基石。

一、西格蒙德‧弗洛伊德（Sigmund Freud）之精神分析理論

（一）夢：願望之「偽裝」

一八九五年七月二十四日，弗洛伊德作了一個夢，即心理學史上著名之「給伊爾瑪注射之夢」〔註33〕。清醒後思索此夢，弗洛伊德認為此夢為「隱密的願望」，並認為自己已尋及開啓潛在心智之門的鎖鑰〔註34〕，其言：

> 如果我們以這種方式來解釋夢，我們會發現，夢真的是有意義的，
> 而不是如某些權威所說祗是心靈散亂無序活動的表現。當我們的解

義看，三者仍有所別：「精神分析」指以心因性為機制的一種治療神經症之方法、技術、理論和潛意識心理學之理論體系，為精神醫學、深蘊心理學之範疇；「弗洛伊德學說」則指弗洛伊德本人之學說，如其精神分析之理論及其社會文化學說；「弗洛伊德主義」在哲學、社會科學領域中所擴展和應用之總稱，即包括「古典弗洛伊德主義」以及「新弗洛伊德主義」，屬心理哲學之範疇，為現代西方哲學重要流派之一。參〔奧地利〕弗洛伊德著，呂俊、高申春、侯向群譯：《夢的解析》，頁 14～15。

〔註33〕 一八九五年七月二十三～二十四日的夢：一個大廳——我們正在接待很多客人，伊爾瑪也在其中，我立刻把她帶到一旁，好像是回答她信中的問題，並責怪她沒有採用我的「治療方法」。我對她說：「你現在還有疼痛感，責任全在你自己。」她回答說：「你知道我現在的嗓子、胃和肚子是多麼痛嗎？簡直痛得我透不過氣來。」……我的朋友奧托也在她旁邊，我的朋友利奧波爾特隔著衣服叩診她的胸部，說：「她的左胸下方有濁音。」他還指出她的左肩上的皮膚有一處皮膚有浸潤性病灶（雖然她穿著衣服，我也注意到了）……M 博士說：「這肯定是感染了。沒關係，就要得痢疾了，一拉肚子，毒物就會排除掉。」我們都知道她是怎麼感染的。不久前，她感到不舒服，我的朋友奧托給他打了一針丙基製劑，丙基……丙酸……三甲胺（我看到這些藥名在我面前十分清晰），這種藥不應輕易注射，也許注射器不衛生。參〔奧地利〕弗洛伊德著，呂俊、高申春、侯向群譯：《夢的解析》，頁 166。

〔註34〕 弗洛伊德認為「給伊爾瑪注射之夢」之成因，是因為「奧托告訴我關於伊爾瑪的病情，我一直寫到深夜的病歷都一直佔據著我的思維活動，甚至到我睡覺後這些事也仍縈繞著我的頭腦。」參〔奧地利〕弗洛伊德著，呂俊、高申春、侯向群譯：《夢的解析》，頁 167。藉分析夢徵之內容，弗洛伊德認為夢之「意義」是夢者所認識，且隱涵某種「意圖」，痛過夢而實現；且夢之成因由夢者動機所決定，夢滿足了弗洛伊德於睡前某些事情引起之願望。參〔奧地利〕弗洛伊德著，呂俊、高申春、侯向群譯：《夢的解析》，頁 167～177。

釋告一段落的時候，我們認識到：夢是一種願望的滿足。〔註35〕

夢的意義，在於其爲「願望的滿足」。弗洛伊德認爲此發現有開天闢地的重要性，於此信念下，《夢的解析》轟然問世，是書支配幾乎二十世紀之夢學理論發展，開卷便言：

以下我將證明有一種心理學方法，它可以使夢的解析成爲可能，而且一旦運用這一程序，每個夢都能現爲一個具有某種意義的精神結構，並能在夢者清醒生活的精神活動中找到它指定的位置。〔註36〕

此種「心理學方法」，即爲「精神分析」，用於揭露夢的「僞裝」，並給予「解釋」。

（二）夢之形成機制：「凝縮」與「移置」

對於夢之「僞裝」，弗洛伊德以爲：

夢並不是外力作用於樂器所發出的毫無規律的聲響，而是音樂家所彈奏出的聲音。它們並不是毫無意義的；它們也不是荒謬的；它們也不意味著我們一部分觀念處於休眠而另一部分卻醒著。相反，它們是完全有效的精神現象——願望的滿足。〔註37〕

弗洛伊德以夢爲「願望的滿足」釋夢〔註38〕，但夢的「僞裝」機制十分複雜，以往都是從夢的「顯意」，對夢的性質作出判斷，如嶽麓簡《占夢書》簡33：

夢繩外剬（劂）爲外憂，內剬（劂）爲中憂。

夢見繩索從外斷裂，則有外來的憂患。夢見繩索從內斷裂，則有內隱的憂患。占者以繩索爲夢徵，認爲其有壽命、事件一類的意思，所以繩索斷裂，暗示憂患的到來。而不同的斷裂方式，隱喻著憂患發生的位置。繩索與事件，這完全透過聯想達成。夢徵的「顯意」與吉凶意義的關係，直接地反應在「轉釋」一

〔註35〕〔奧地利〕弗洛伊德著，呂俊、高申春、侯向群譯：《夢的解析》，頁179。

〔註36〕〔奧地利〕弗洛伊德著，呂俊、高申春、侯向群譯：《夢的解析》，頁61。

〔註37〕〔奧地利〕弗洛伊德著，呂俊、高申春、侯向群譯：《夢的解析》，頁185。

〔註38〕弗洛伊德於認爲：「如果我繼續堅持主張每一個夢都是願望的滿足，即除了表示願望的夢以外別無他夢，肯定會招致強烈的反對，這我早就知道。」參〔奧地利〕弗洛伊德著，呂俊、高申春、侯向群譯：《夢的解析》，頁197。由此可知，即便受他人攻訐，弗洛伊德仍堅持夢就是願望之滿足——但前提是我們要能夠看穿夢之僞裝。

類的夢例中，因爲「顯意」是明顯包含於夢徵中的。簡 33 又有：

> 夢見豆，不出三日家（嫁）。

夢見豆類器皿，三日內將有婚嫁的事情發生。這也是透過「轉釋」的方式解釋夢的吉凶意義。豆類器皿，作爲煮食的用具，有「家務」的意思，而古代女性的主要工作，就是「主內」，負責一切家務。故透過「豆」，進而聯想到婚嫁事件的發生。

又如嶽麓簡《占夢書》簡 38：

> 夢見虎豹者，見貴人。

夢見虎豹一類的猛獸，將會遇見身分地位較高的人，這也是「轉釋」的占卜方法。以虎豹爲高貴、難得之物，所以有遇見身分高貴之人的可能性，一樣是從夢徵包含的顯意進行占卜。

利用夢徵的「顯意」進行占卜，不僅是嶽麓簡《占夢書》的慣用方法，也是在弗洛伊德提出「夢念／隱意」的說法以前，最常用於解夢的方式。然而弗洛伊德在顯意之外，提出應當通過「夢念（dream-thought）而不是夢的顯意來解釋出夢的意義」〔註39〕。「夢念」〔註40〕往往比夢的「顯意」來得簡短，這是因爲夢的「凝縮（condensation）」工作而致。

夢的形成建立於凝縮過程上。夢的隱意僅有一小部分被呈現於夢中，是以「凝縮作用是通過省略來實現的」。夢無法完全表達隱意，亦非原封不動的投射，僅爲其極不完整、支離破碎的複製。藉此，爲了對付破碎化的夢，弗洛伊德打破夢之意義的詮釋枷鎖，強調在顯意之外，更應著重隱意之作用。這種方式消解傳統解夢之意義，更加強化了「聯想」的功能。

事實上，利用「聯想」的功能，確實可以彌補因爲「凝縮」作用，而顯得支離破碎的夢。因爲「凝縮」使得夢無法呈現它最原本的樣貌，凝縮作用下的夢是缺陷的、不圓滿的，藉由對夢徵的聯想，能夠發掘出夢的「隱意」。

此外，弗洛伊德更提出了「移置（displacement）」作用，認爲：

> 那些在夢的顯意中作爲主要組成成分的、很突出的元素，在其隱意
> 中卻遠非如此。作爲推論，這種說法的反面也是對的：即那些在夢

〔註39〕 〔奧地利〕弗洛伊德著，呂俊、高申春、侯向群譯：《夢的解析》，頁 341。

〔註40〕 弗洛伊德亦以「隱意」稱之，文後改稱「隱意」，以明其與「顯意」之相對性。

的隱意中十分清楚的本質性的東西，也根本不必在夢中展現。〔註41〕

「即那些在夢的隱意中十分清楚的本質性的東西，也根本不必在夢中展現」句，徹底推翻以「顯意」分析為主的以往夢學理論，嚴正宣示夢的研究，要建築於隱意之上。

透過「凝縮」與「移置」兩作用，夢的詮釋，至此完全開放，遁入虛無飄渺、循環論證之境。顯意已不能代表夢的確切意義；夢的真義，反而是那些在夢中呈最低價值的元素（此種元素卻在精神分析上最具強烈興趣）。此種元素藉「凝縮」、「移置」，「一方面消除具有高度精神作用的那些元素的強度，另一方面透過『多重性決定作用（overdetermination）』，從低精神價值的元素中創造出新的價值，然後再尋找途徑進入夢中」〔註42〕。弗洛伊德以上述方式詮釋，分析諸多夢例，並闡明夢之隱意，借安東尼・史帝芬斯之語，事實上「他的詮釋引發的問題反而比解決的多」〔註43〕，此由弗洛伊德強調「性」於夢中之重要性，所招致之批評可見。

透過對「移置」作用的理解，弗洛伊德對夢的解釋，往往流於異端、相反。這也是為什麼在弗洛伊德的觀念中，夢的意義往往是處於與顯意相反的位置上的重要原因。

弗洛伊德確實是以「聯想」的方式進行解夢（無論顯意或隱意）。「聯想」用於顯意，可以察覺顯意所包含的各種意義，如前述提及的「以繩索聯想至壽命」以及「以豆類器皿聯想至家務、婚姻」；用於發掘「隱意」，則會產生相反的意義。因為「隱意」，就是「顯意」所不包括、未提示的意義，最直接的就是「與顯意相對」的意義。

拜「移置」作用之功，顯意與隱意，可為截然不同、相反之思想，這為弗洛伊德「以性解夢」大開方便之門。其自言：「所有長形物體，如手杖、樹枝、雨傘等都可以象徵男性生殖器……長而尖的武器如刀、劍、矛等亦如此」〔註44〕、「盒子、箱子、櫃子、小廚、烘爐代表子宮，以及中空物體、船、各

〔註41〕 〔奧地利〕弗洛伊德著，呂俊、高申春、侯向群譯：《夢的解析》，頁367。

〔註42〕 〔奧地利〕弗洛伊德著，呂俊、高申春、侯向群譯：《夢的解析》，頁369。

〔註43〕 （英）安東尼・史帝芬斯：《夢：私我的神話》，頁57。

〔註44〕 〔奧地利〕弗洛伊德著，呂俊、高申春、侯向群譯：《夢的解析》，頁408。

種器皿亦如此」〔註45〕、「開鎖的鑰匙是甚麼，自不待言；古民謠〈愛伯斯坦伯爵〉中，烏爾蘭德用鎖和鑰匙的象徵，編織了一段動人的姦情」〔註46〕，甚至「臺階、梯子、樓梯以及上下階梯，都是性活動的象徵」〔註47〕。

在此，對於弗洛伊德是如何「以性解夢」的窠臼，不必多敘〔註48〕。但「隱意」與夢徵相對立一點，實與嶽麓簡《占夢書》中利用「反說」占卜的各項夢例相同。弗洛伊德強調「病人的自由聯想」，然而我們已無法詢問嶽麓簡《占夢書》的夢者、占者對這些夢徵的各種看法。是以由夢徵探求隱意，已不可能。若古人已認識到可將夢的「隱意」用於占卜，或許由占卜結果，可以逆推夢的隱意。例如嶽麓簡《占夢書》簡31：

> 夢以弱（溺）灑人，得亓（其）亡奴婢。

夢見以屎尿潑灑人，將會得到其逃亡的奴隸。這是「反夢」的占卜手法。「弱（溺）」是夢徵，相當於弗洛伊德的「顯意」。但一般皆以屎尿為凶、為惡，從這種負面的意義，如何能得到「得亓（其）亡奴婢」的好結果呢？令人不得不懷疑，夢徵與夢占結果的關係，是否就是弗洛伊德所謂的「隱意」。

由嶽麓簡《占夢書》看，我們可以得知，當時的占夢活動，確實容許夢徵與夢占結果呈現相反的態勢。又如簡32：

> 夢以泣灑人，得亓（其）亡子。

夢以淚水灑人，將會得到其逃亡的兒子，這當然也是用夢徵來判斷夢的吉凶意義，只是其中關係，後人已無法釐清；而與前簡相同，此簡亦是應用了「反說」的占卜方式，故其所得結果，亦為吉。再看一些嶽麓簡《占夢書》中應用「反

〔註45〕〔奧地利〕弗洛伊德著，呂俊、高申春、侯向群譯：《夢的解析》，頁408。

〔註46〕〔奧地利〕弗洛伊德著，呂俊、高申春、侯向群譯：《夢的解析》，頁408。

〔註47〕〔奧地利〕弗洛伊德著，呂俊、高申春、侯向群譯：《夢的解析》，頁409。

〔註48〕因為弗洛伊德認為：「既然沒有無關緊要的夢的刺激物——因此，也就沒有『純真清白』的夢。除了兒童的夢以及夜間夢中對感官刺激的簡單反應之外。」參〔奧地利〕弗洛伊德著，呂俊、高申春、侯向群譯：《夢的解析》，頁243。更認為：「最天真無邪的夢也可能體現著粗俗的性慾願望，我還可以提出許多新的夢例為此作證。還有許多夢，看似甚無奇特之處並顯得慢不經心，但分析卻表明都可追溯到充滿慾望的衝動，而這種衝動肯定無疑地是性慾衝動，且是意想不到的性慾衝動。」參〔奧地利〕弗洛伊德著，呂俊、高申春、侯向群譯：《夢的解析》，頁447。

說」的夢例，如簡 39：

> 夢衣新衣，乃傷於兵。

夢見穿著新衣裳，會有兵刃之傷。「新衣裳」與「兵刃之傷」，其意義完全不同，然而夢吉爲凶、夢凶爲吉，是「反說」的基本概念。是以夢見「好的」（衣新裳），則有「壞結果」（傷於兵）。簡文的壞結果，是無法從夢徵直接得到，必須從反面立論。此特色頗類似弗洛伊德的「移置作用」。又如簡 38：

> 【夢】入井毒（溝）中及沒淵，居室而毋戶，地死，大吉。

夢見掉落井溝淹，沒於深淵，或居處室內而無任何門戶，堵塞而死，此爲大吉之兆。對弗洛伊德來說，「深淵」、「居室無戶」這一類陰暗幽深的場所，無疑是性特徵的重要指標。由此夢徵聯想到性經驗或是性慾，在弗洛伊德來說是必然的。簡文雖然也是利用「反說」的占卜方法，但並不如此作解；而是以夢凶爲吉，作爲結果的依據，所以得到「大吉」的占卜結果。

在此簡上的操作，嶽麓簡作者與弗洛伊德同樣都從反面討論結果，但得出結果完全不同。這並不表示弗洛伊德的「移置」作用，不能在嶽麓簡中察得端倪；而是不需要以「性」作爲聯想的依據。「凝縮」與「移置」兩種作用，無疑是正確的夢學理論，然而充起量只是諸多夢學理論之一。它們確實有著重要性，但不必然是夢學理論的全部。可以再舉一些弗洛伊德必然會以之爲性特徵的夢例，如簡 29：

> 【夢見】□（或□□）汙淵，有明名來者。

夢見某於骯髒之水潭，將有盛名者來。「水潭」，在弗洛伊德而言，當然是性器官的隱喻。然在嶽麓簡《占夢書》中，卻只取汙穢的相反意義，故得到「有明名來者」的占卜結果。這是「反說」，而以凶爲吉。

弗洛伊德雖然說過「夢關心的決不是瑣碎的小事，我們不會讓那些瑣事去干擾我們的睡眠。」〔註49〕但夢也不會只關注「性」儘管「凝縮」與「移置」作用，無疑是精神分析理論中的重要發現，但因此而糾結於「成人的夢大多涉及性的材料，並對性慾願望加以表達」，甚至是「同性戀衝動」〔註50〕，是稍有

〔註49〕 〔奧地利〕弗洛伊德著，呂俊、高申春、侯向群譯：《夢的解析》，頁 243。

〔註50〕 弗洛伊德認爲：「對多數夢而言，如果我們詳加分析，便可斷言它們具有雙重的性意味。」

不妥的。〔註51〕

（三）夢之解釋方法：自由聯想

「解釋」一個夢就意味著要賦予其一種「意義」。弗洛伊德雖不排斥古老解夢方式〔註52〕，卻堅持以科學的方式進行解釋，要求病人告知每一個與某事件（特別指「夢徵」）有聯繫的觀念或思想，因爲「精神分析」的成功與否，全在「病人」〔註53〕是否能注意、告知其頭腦中所浮現相關的一切（當然，病人絕不可以壓制某些想法，並認爲這些想法不重要、不相關或似乎對自身毫無意義）。病人必須放棄一切偏見去對待一切念頭。安東尼·史帝芬斯（Anthony Stevevs）以「自由聯想」概括弗洛伊德的「精神分析」方法，認爲：

> 只要懂得絕竅，要進行自由聯想並不困難。只需把思緒慣常受的約束解掉，任它隨便遊走，不論轉出來的念頭有多麼淫穢、荒謬、無聊，都不予以制止或摒除。爲了取得釋夢必須依據的事實，應該以夢中每個意象依次作自由聯想，直到相關意念形成了一個網絡，這個網絡可以與作夢者當下的處境相連，也能與他過往的記憶銜接。
>
> 〔註54〕

弗洛伊德認爲這些匯整至一處的記憶銜接，就是「夢的意義」。而此種方式，則

〔註51〕面對弗洛伊德對「以性解夢」之執著，其學生卡爾·古斯塔夫·榮格（Carl Gustav Jung）曾言：「我無法確定，他對性慾的這種積極評價與他的主觀偏見究竟有多大程度的聯繫，與具有可證明的經驗有多大的聯繫。」參〔瑞士〕卡爾·古斯塔夫·榮格著，陳國鵬、黃麗麗譯：《夢·記憶·思想：榮格自傳》（北京，國際文化，2011年8月），頁139。是以榮格認爲弗洛伊德以「性慾」取代「上帝」之位置，終究會導致「文化寂滅」之後果，將一切歸因於壓抑性慾之病態後果。

〔註52〕弗洛伊德認爲：「我再一次被迫認識到，在我們十分常見的一些情況裏，一種古老的、人們堅持不肯放棄的觀點（城按：其指古代解夢書以『象徵』、『解碼』之方法解釋夢徵。），似乎比當今普遍流行的科學判斷更接近眞理。」參〔奧地利〕弗洛伊德著，呂俊、高申春、侯向群譯：《夢的解析》，頁159。

〔註53〕因弗洛伊德的「精神分析」方法，完全針對闡明某些精神病理結構所用，將夢視爲一種症狀，而藉此症狀之分析，可以解除病人實際之症狀。

〔註54〕〔英〕安東尼·史帝芬斯：《夢：私我的神話》（臺北，立緒文化，2000年4月），頁46。

與當時之主流背道而馳〔註55〕，故言：

> 在我對神經症患者的精神分析過程中，我已分析過不少於一千個夢
> 例，但是在目前對夢的解析的技術及理論介紹中，我尚不能採用它
> 們作爲材料。因爲這會招致反對，說他們都是精神神經病患者的夢，
> 不足以推斷正常人所作的夢。〔註56〕

可知弗洛伊德並不認爲精神神經病患者所作之夢、幻覺甚至錯覺，無法與常人相論，只是需注意「相同的夢的片段在不同的人與不同的背景下隱含著不同的意義」〔註57〕。

弗洛伊德認爲夢之解析，是一種綜合技術，除了要以夢者的聯想配合解析者的象徵知識，也察覺到要「避免任何有關夢的解析任意性的批評」〔註58〕。這無疑都是分析夢時應注意的重點。

弗洛伊德主義並非全然、絕對之科學眞理，故無須迷戀、迷信（如其學生榮格）；然亦非胡言亂語、街談巷議，可輕易否絕。弗洛伊德主義當有其合理因素，部分或可視爲眞理，值得借鑑與吸收。

二、卡爾・古斯塔夫・榮格（Carl Gustav Jung）之夢學理論

（一）集體潛意識

服膺於弗洛伊德主義，榮格早期尤崇信弗洛伊德神經心理學中以「壓抑機制」釋夢的學說。針對弗洛伊德的「壓抑機制」〔註59〕，榮格曾言：

〔註55〕當時人以爲夢以及精神病患之幻覺、錯覺是人爲之無意義產物。參（英）安東尼・史帝芬斯：《夢：私我的神話》，頁46。

〔註56〕〔奧地利〕弗洛伊德著，呂俊、高申春、侯向群譯：《夢的解析》，頁163。

〔註57〕〔奧地利〕弗洛伊德著，呂俊、高申春、侯向群譯：《夢的解析》，頁164。

〔註58〕〔奧地利〕弗洛伊德著，呂俊、高申春、侯向群譯：《夢的解析》，頁407。

〔註59〕藉「壓抑機制」，意識內容被排擠到意識外之領域——無意識，並將此意識內容定義爲無法意識之心理要素。弗洛伊德之「壓抑機制」學說，建立於重複觀察之基礎上，神經症患者看似具有如此徹底地遺忘重大經歷和思想的能力，以至於他們可以很容易地相信它們從未存在。參〔瑞士〕卡爾・古斯塔夫・榮格著，謝曉健、王永生、張曉華、賈辰陽譯：《弗洛伊德與精神分析》（北京，國際文化，2011年5月），頁73。

　　1903 年我再一次閱讀了《夢的解析》，發現其與我自己的思想不謀

而合。〔註60〕

榮格與弗洛伊德維持友誼關係的六年（1903～1907）中，二人對於潛意識作用
的重要看法（包括精神病症之產生與治療方面，以及夢之產生方面），意見完全
相同。〔註61〕然榮格卻不認同弗洛伊德對「性」的看法。此種不認同，間接促
成榮格「集體潛意識」學說的醞釀。

　　榮格「集體潛意識」的理論，成形於 1909 年與弗洛伊德於前往美國途中所
作的夢——此夢具有集體性內容，及大量象徵性材料〔註62〕。然弗洛伊德對榮
格的夢，卻是「要麼無法理解，要麼根本就不能解釋」〔註63〕，而認爲人的精

〔註60〕〔瑞士〕卡爾‧古斯塔夫‧榮格著，陳國鵬、黃麗麗譯：《夢‧記憶‧思想：榮格
　　　　自傳》，頁 136。

〔註61〕榮格於弗洛伊德相關「創傷」、「壓抑」、「性慾」、「力比多」皆深表贊同，僅偶有
　　　　修正。參〔瑞士〕卡爾‧古斯塔夫‧榮格著，謝曉健、王永生、張曉華、賈辰陽
　　　　譯：《弗洛伊德與精神分析》，頁 73。榮格於弗洛伊德相關「創傷」、「壓抑」、「性
　　　　慾」、「力比多」皆深表贊同，僅偶有修正。

〔註62〕榮格自傳記有此夢：我在一所不認識的兩層樓房裡，這是「我的房子」。我走到上層。
　　　　那裡有點像客廳，裡面有洛可可式的漂亮家具。牆上掛著一些珍貴的名畫。我感到
　　　　驚奇，這難道真的是我家？我想道：真不錯！但我突然想到，我還一點都不知道一
　　　　樓是甚麼樣子的。於是我就順著樓梯往下走，來到了一層。那裡的所有東西更顯得
　　　　古老，我覺得這裡更像是十五六世紀的住宅。屋裡的陳設都是中世紀的，地板是紅
　　　　磚鋪就的。屋裡到處都是陰暗的。我從一個房間走到另一個房間，我在想：我得把
　　　　這楝房子全部炸掉！我走到一扇門旁，推開了它，發現裡面有一條石砌臺階一直往
　　　　下通到地下室。我走了下去，來到一個有著美麗拱頂非常老式的房間裡。我仔細看
　　　　了一下牆，發現在很普通的大石塊之間有一層層的磚；砂漿裡也拌有碎磚塊。由此
　　　　我認出，這道牆出自古羅馬時代。我的興趣陡增。我還仔細查看了地板，它是由磚
　　　　片鋪成的。在這些磚片裡我發現了一個環。我拉動這個環，磚片便升了起來，我又
　　　　看到一條石階。這條石階的臺階很窄，一直通向很深的地方。我順著臺階往下走，
　　　　來到一個很低矮的石洞裡。洞裡覆蓋著一層厚厚的灰土，地上還散落著人骨和陶片，
　　　　像是一種原始文化留下的遺跡。我找到了兩個看上去年代很久遠的頭蓋骨，它們都
　　　　已經碎裂了。正在這時我就醒了。參〔瑞士〕卡爾‧古斯塔夫‧榮格著，陳國鵬、
　　　　黃麗麗譯：《夢‧記憶‧思想：榮格自傳》，頁 145。

〔註63〕〔瑞士〕卡爾‧古斯塔夫‧榮格著，陳國鵬、黃麗麗譯：《夢‧記憶‧思想：榮格
　　　　自傳》，頁 145。

神大抵爲個人於成長過程中後天獲得，不值一提；否認先天存在的某種東西。
〔註64〕

此種先天存在的東西，對榮格而言，即爲「集體潛意識」：

原始文化的遺留物，也即是我内心的原始人的世界，這是意識永遠也無法到達或照亮的地方。人的原始心靈近似於動物的心理生活。
〔註65〕

集體潛意識，是文化史的基礎，是一種相繼性意識狀態的歷史。相對於弗洛伊德以夢爲「僞裝」，是意識壓抑潛意識的產物；榮格則以夢爲「自然」，認爲夢試圖表達某種「東西」〔註66〕。

相對於弗洛伊德「給伊爾瑪注射之夢」於夢學理論上之開創性，榮格亦有「海關稽查與武士之夢」〔註67〕。該夢預言榮格將完全脫離弗洛伊德，並對其

〔註64〕 對於弗洛伊德之不屑，榮格雖然頗有微詞，卻也不敢忤逆。其「心裡十分清楚，我所說出的這一願望（按：指弗洛伊德強迫榮格所作之解釋）不是我的心裡話。如果我告訴弗洛伊德我對這個夢是如何解釋的，那肯定不會被他理解，還會引發他的強烈反對」、「我犯不上去激怒他，我也擔心，如果我堅持自己的看法，會失去他的友誼」。參〔瑞士〕卡爾‧古斯塔夫‧榮格著，陳國鵬、黃麗麗譯：《夢‧記憶‧思想：榮格自傳》，頁145～146。是知自1909年起，榮格與弗洛伊德之交友情況每況愈下，埋下其後兩人於精神分析理論上分道揚鑣之伏筆。

〔註65〕〔瑞士〕卡爾‧古斯塔夫‧榮格著，陳國鵬、黃麗麗譯：《夢‧記憶‧思想：榮格自傳》，頁146。

〔註66〕 榮格以「植物之成長」、「動物之覓食」爲喻，視「夢」爲本能之一。〔瑞士〕卡爾‧古斯塔夫‧榮格著，陳國鵬、黃麗麗譯：《夢‧記憶‧思想：榮格自傳》，頁147。

〔註67〕海關稽查之夢：一個最令人印象深刻的夢境發生在瑞士和奧地利交界處的一個山區。傍晚時分，我看到一個身著奧地利海關官員制服的老人。他背有點駝，從我面前走過，連看都不看我一眼。他表情乖張，既有點憂傷又有點惱怒。夢境中還有其他人在場，有人告訴我，這個老人不是活人，而是一個多年前已死的海關官員的鬼魂。也就是說，「這是一個不該死的人」。參〔瑞士〕卡爾‧古斯塔夫‧榮格著，陳國鵬、黃麗麗譯：《夢‧記憶‧思想：榮格自傳》，頁148。武士之夢：我夢見自己置身於一個義大利的城市中，這是中午時分，大概在中午十二點到下午一點。炎熱的太陽照在狹窄的小巷裡。這個城市建在山坡上，令我想到巴塞爾的某一個地區，科倫堡。狹窄的小巷一直通到伯西格塔爾山谷，這一山谷橫貫城市，它有一部分是臺階狀的。這一臺階向下通向巴弗塞普拉茨。這是巴塞爾，但也是義大利的一個城市，有點像貝加莫。這是夏季的一天，烈日當空，城市裡所有一

採取批判之態度。至此，榮格始注意到不同精神病患會有相似的妄想與幻覺，加之研究全世界各民族之神話、童話故事，發現此種相似的情況普遍存在，因而認爲在「個人無意識」之外，還有一種「集體」的無意是：

> 無庸置疑，無意識的表層或多或少是個人性的；我稱爲個人無意識。但是個人無意識有賴於更深的一個層次：這個層次既非源自個人經驗，也非個人後天所得，而是與生俱來的。我把這個更深的層次稱爲集體無意識。我之所以選擇「集體」這一術語，是因爲這部分無意識並非是個人的，而是普世性的：不同於個人心理的是，其内容與行爲模式在所有地方與所有個體身上大體相同。〔註68〕

換言之，「集體潛意識」在各人身上並無差別，是構成超越個體的共同心理基礎，普遍存在。而「集體潛意識」，是由「原始意象（primordial images）」——又被稱爲「原型」所構成。〔註69〕

（二）集體潛意識之內容：「主題」與「原型」

「原型」，是部分人類生活行爲的基礎。此普遍、本有的結構可引發、控制、

切都曝曬在驕陽之下。路上行人匆匆，從我身邊走過，我知道現在商店正要關門了，人們趕著回家吃飯。在這群人流中走著一個滿身盔甲的騎士。他登上臺階向我走來。他頭頂鋼盔，頭盔只露出眼睛，身穿鎖子甲。盔甲外是一件白袍，白袍前後都繡著大大的紅十字。您可以想像，在一個現代城市的正午時分，正是交通的高峰時刻，看到了一個騎士向我走來，會讓我產生怎樣的印象！尤其是，我突然發現，那麼多正在趕路的人中居然沒有一個人注意到他。沒有一個人掉頭去看他一眼：我覺得，他彷彿完全是一個隱身之人。我問自己，這個幽靈意味著甚麼？然後彷彿有人回答我似的，但周圍根本就沒人，他說：「是啊，這是一個很守時的幽靈。這個騎士總是在下午十二點至下午一點出現在此處。已經有很長一段時間了（我覺得似乎有幾個世紀），大家也都已習以爲常了。」參〔瑞士〕卡爾‧古斯塔夫‧榮格著，陳國鵬、黃麗麗譯：《夢‧記憶‧思想：榮格自傳》，頁148～149。

〔註68〕〔瑞士〕卡爾‧古斯塔夫‧榮格著，徐德林譯：《原型與集體無意識》（北京，國際文化，2011年8月），頁5。

〔註69〕構成個人潛意識之內容有時屬於意識，但其已因被遺忘或者被壓抑而自意識中消失，集體潛意識之內容從未存於意識之中，故從未爲個人所習得，而將其存在完全歸爲遺傳之因。個人潛意識大抵由「情節」（complex）構成，集體潛意識之內容基本上由「原型」構成。

中介人類共同的行爲特徵與典型經驗，超越個人，不分階級、信仰、種族、地域、時代，只要時機妥當，都會被原型引發類似的念頭、意象、感受；尤其榮格所做之夢，頗具連貫的象徵符號及明顯的敘事結構，故循寓言、神話的架構，便可察其眞義。〔註70〕

原型不僅見於夢中，其另一表達方式即爲「神話」以及「童話」。原型爲集體潛意識不可或缺之關聯物，無時無刻存於精神之中，「神話」、「童話」往往稱之爲「主題」〔註71〕。「主題」與「原型」的差別，在於前者以顯性的形式出現，所以意識的加工清楚可見。

相較於神話、童話中的「主題」，「原型」是出現於「夢」及「幻覺」中，它們的即刻具體化性遠比在神話中更加個體化、更加不易理解、更加幼稚，借用列維－布留爾描述「集體表象」的語言：

> 它不追究矛盾，也不迴避矛盾，它可以容許同一實體在同一時間
> 存在於兩個或幾個地方，容許單數與複數同一、部分與整體同一。
>
> 〔註72〕

這種「原邏輯思維」，即符合榮格所謂原型的特性。榮格更進一步闡發原型的內容，如陰影、智慧老人、阿尼瑪（阿尼瑪斯）等，皆爲自然的原型，「人類無法創造它；相反，它在人類的情緒、反應、衝動及自發產生於精神生活中的其他任何東西之中，始終是一個更爲重要的因素。它是某種獨自生存、讓我們生存的東西」〔註73〕。

〔註70〕相對而言，弗洛伊德之夢成片斷且瑣碎之特徵，故要利用周詳複雜之聯想才能得其解釋。

〔註71〕「主題」與路先・列維－布留爾之「集體表象」概念相同，爲原始人所具有之「原邏輯思維」。此種思維只擁有許多世代相傳之獨具神秘性質之「集體表象」。「集體表象」透過「互滲」產生關聯；且此種思維完全不關心矛盾。參〔法〕路先・列維－布留爾著，丁由譯：《原始思維》（臺北，臺灣商務印書館，2001年2月），頁1。然「集體潛意識」之內容「原型」，事實上與列維－布留爾之「集體表象」仍有些許差異。其別在於「原型」僅能用於表示「那些尚未經過意識加工」，爲心理直接體驗之心理內容。

〔註72〕〔法〕路先・列維－布留爾著，丁由譯：《原始思維》，頁1。

〔註73〕〔瑞士〕卡爾・古斯塔夫・榮格著，徐德林譯：《原型與集體無意識》，頁24。

原型之內容常被（意識）視爲壓縮後之碎片，與個人最私密之生活有關，被視爲一切邪惡思想根源。但無意識並非專屬個人，它具有全然的客觀性、普遍性。榮格認爲：

> 一旦意識觸及到我們，我們就是無意識——我們變得渾然不知自我。這是一個由來已久的危險，爲原始人本能地知道和恐懼，因爲他們與該危險相距如此之近。原始人的意識依然不確定，搖擺而行。它依然幼稚，剛浮出原始之水，無意識之波可以輕而易舉地翻轉，於是他就忘記了自己曾經是誰，做出不爲自己熟悉的事情來。因此，原始人害怕無拘無束的情感，因爲意識會在其重壓之下崩潰和讓步。〔註74〕

意識與潛意識之拉扯，爲人是否「迷失於自我中」之依據。統一潛意識與意識是人成長之必經過程，榮格稱之爲「個體化過程」〔註75〕。原型所指豐富，儘管可爲人辨識，然其無論作爲符號或寓言、神話、童話，仍無法被徹底解釋、釐清，因爲其意象模稜兩可、隱約恍惚，甚至取之不盡，用之不竭。

（三）集體潛意識之研究方式：推理論述

對「夢」及「潛意識」的研究態度，榮格傾向以經驗主義處理。而榮格提倡的夢分析法，實則須具備豐富的「神話」及「象徵符號」的學識，方可勝任「原型」之推理過程。但這也證明榮格的夢學理論，主觀的推論色彩極其濃烈。

從榮格的原型理論出發，紐伊曼認爲「深壑」、「洞穴」、「深淵」、「峽谷」、「深處」等象徵，在無數的神話與儀式中扮演著「大地子宮」的角色，是母神的象徵。〔註76〕除此之外，泉水、舟船、器皿、豬、母牛、山羊，都是其眾多象徵之一。〔註77〕而這些特徵，也出現於嶽麓簡《占夢書》中，或可利用推理論述，來處理同樣被用於表現女性事務的夢例，如簡16：

> 夢見豥、豚、狐生（腥）枲（臊），在丈夫娶妻，女子家（嫁）。

〔註74〕〔瑞士〕卡爾‧古斯塔夫‧榮格著，徐德林譯：《原型與集體無意識》，頁20。

〔註75〕〔瑞士〕卡爾‧古斯塔夫‧榮格著，徐德林譯：《原型與集體無意識》，頁34。

〔註76〕參〔德〕埃利希‧諾伊曼著，李以洪譯：《大母神》（北京，東方出版社，1998年10月），頁43。

〔註77〕參〔德〕埃利希‧諾伊曼著，李以洪譯：《大母神》，頁45～48。

夢見味臊的貒、豚、狐，若爲男子則娶妻，爲女子則嫁人。這是應用「轉釋」的占卜方式，表明「貒、豚、狐」這三種動物與男、女婚嫁之關係。紐伊曼認爲以豬爲母神的象徵，是因爲「在豬身上強調的是生育力」〔註78〕；嶽麓簡《占夢書》以之爲女性婚嫁的象徵，或許與這種母神信仰頗有關係。

又如簡33：

> 夢見豆，不出三日家（嫁）。

夢見豆類器皿，三日內將有婚嫁的事情發生。「豆」是烹煮的器具，紐伊曼則認爲這類的器皿所具有的「容納性」，其實代表著女性的腹部，也就是「子宮」〔註79〕。如此，則其所具備的生殖意義不言可知。而生殖意義與婚嫁亦十分密切，是以簡文以「豆」表示婚嫁，亦與母神信仰相關。簡17「夢巢中產毛者，丈夫得資，女子得鬵」，更是以「巢」此種極具生殖象徵的事物作爲夢徵，而「鬵」亦是屬於炊具一類的物品。與母神信仰十分密切。

又如簡37：

> 夢見眾羊，有行千里。

夢見羊群，將出嫁遠行。羊群作爲母神的象徵，與其「乳汁」息息相關。紐伊曼認爲「一切生物都依靠水或大地的乳汁而成長並維持其生存」〔註80〕、「特別是滋養的主要象徵母牛和山羊」〔註81〕。

將嶽麓簡《占夢書》的夢例，與榮格的「原型」，或是紐伊曼的「母神特徵」相互比附，是一件危險的事。因爲原型雖然是各民族意識的積累，象徵也往往可以見之於各種神話、儀式與宗教。然由於中國的人文化、歷史化發生於早期，使得上述的各種民俗資料，輕則改寫，重則亡佚。是以這方面的文獻過少，難以用於推敲嶽麓簡《占夢書》所蘊含的原型思維；只能透握西方理論的援引，凸顯其中的原型。

紐伊曼針對母神的信仰，歸納神話、儀式、塑像與宗教資料中有關「大母神」的各種特徵，其列表如下：

〔註78〕參〔德〕埃利希·諾伊曼著，李以洪譯：《大母神》，頁45。

〔註79〕參〔德〕埃利希·諾伊曼著，李以洪譯：《大母神》，頁45。

〔註80〕參〔德〕埃利希·諾伊曼著，李以洪譯：《大母神》，頁47。

〔註81〕參〔德〕埃利希·諾伊曼著，李以洪譯：《大母神》，頁47。

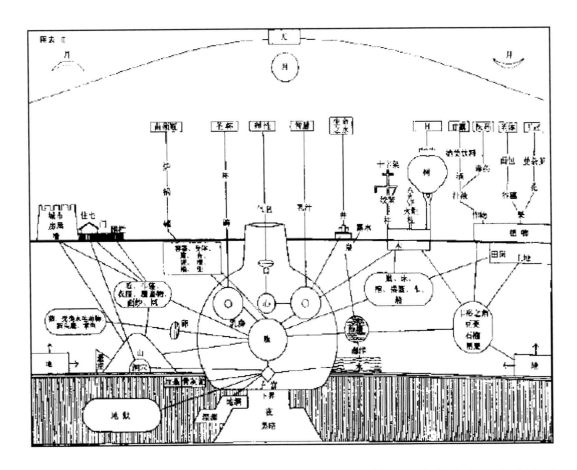

透過此表，可以知道母神的象徵之多，充斥在各種神話、宗教之中。在弗洛伊德那裡，這些特徵往往只是代表著「性」的壓抑。直至榮格，才將它們統攝至集體潛意識，賦予它們民族、文化積累的意義。

三、西方現代夢學理論解夢之應用侷限

　　誠如弗洛伊德、榮格所示，夢與精神官能症狀之產生有關，也是重要的「個體化過程」，有助於人格發展之創造、治療——夢是一種催促，導引心靈實現生命之整體目的。為了有效解釋、分析夢，「精神分析理論」無疑是最佳選擇，此為弗洛伊德、榮格兩派皆無法否認之事實。

　　透過對弗洛伊德、榮格學說的簡介，以及嶽麓簡《占夢書》夢例的示範，可以知道二者的學說對於嶽麓簡《占夢書》的理解頗有幫助。尤其又以「移置作用」，以及「原型理論」，最為有用。嶽麓簡《占夢書》的作者當然不會知曉上述二種理論的內容，但嶽麓簡《占夢書》的部分夢例，卻也表現出與此二理論相似的結果。

　　「移置作用」，強調夢徵的「隱意」，這是夢徵本身之外的意義，是無法

從字面上得知，必須利用聯想才可把握，而隱意多半呈現與夢徵「相反」的意義。嶽麓簡《占夢書》中為數不多的「反說」夢例，很能表現此種特色。

「原型理論」，對於把握夢徵的真諦，極有幫助。透過不間斷的推理論述，夢徵的意義，也不斷地被挖掘出來。與隱意不同，這些被挖掘出的意義，都是深藏在夢徵當中，它是民族文化的意識表現，而非被省略、破碎化的隱義。這類夢例，多半應用「轉釋」的方法，因為是連續的推理，故其意義往往與夢徵有所聯繫，而非無中生有，與「反說」不同。

然除了上述的二種理論，絕大部分的精神分析理論，並無法套用於中國古代的記夢資料上。此可由中國古代之占夢術與西方精神分析理論於「記夢資料之性質」及「夢占解釋之意義」之利用二方面進行評估。

（一）記夢資料之性質

「記夢資料」，顧名思義，即以夢為主題之文獻記載，為分析夢之基本材料。弗洛伊德之聯想、榮格之推論，甚至是吾人之研究皆由此開展，是以記夢資料之性質，決定「夢」研究之成果。

中國早期的「記夢資料」，可分為兩部分，其一為「史傳類記夢資料」，以史傳為主，記古人之夢及夢占之事，如《逸周書》、《尚書》、《左傳》等史傳作品，敘述詳實，兼具夢者、夢徵以及夢占，但因充滿道德價值、神道設教之動機，真實性可疑。其二為「民俗類記夢資料」，以民間所用、流傳的占夢書為主，記載各類夢徵與夢占，如《嶽麓書院藏秦簡（壹）‧占夢書》、敦煌殘卷、《夢林玄解》等書，敘述簡略，有時僅載夢徵與夢占，而略去夢者不論，但因這類書籍屬於民間長期沿用的觀念，真實性較高，茲分述如下：

1. 史傳類記夢資料

《左傳‧成公十年》「晉侯夢大厲」一事，即為史傳類記夢資料的代表：

> 晉侯夢大厲，被髮及地，搏膺而踊曰：「殺余孫不義，余得請於帝矣。」
> 壞大門及寢門而入。公懼，入于室，又壞戶。〔註82〕

厲鬼之模樣、動作靈活生動，言語間又表明「趙括之冤死」，凸顯晉侯（晉景公）的心虛，所以晉景公的惡夢，實有其因。《左傳‧成公十年》又載「晉侯

〔註82〕〔清〕阮元用文選樓藏本校勘嘉慶二十年重刊宋本：《十三經注疏附校勘記‧左傳》，頁4136。

病中之夢」：

> 公疾病，求醫于秦，秦伯使醫緩爲之。未至，公夢疾爲二豎子曰：
> 「彼良醫也，懼傷我，焉逃之？」其一曰：「居肓之上，膏之下，
> 若我何？」醫至，曰：「疾不可爲也，在肓之上，膏之下。攻之不
> 可，達之不及，藥不至焉，不可爲也。」公曰：「良醫也，厚爲之
> 禮而歸之。」六月，丙午，晉侯欲麥，使甸人獻麥，饋人爲之，召
> 桑田巫，示而殺之。將食，張，如廁，陷而卒。小臣有晨夢負公以
> 登天，及日中，負晉侯出諸廁，遂以爲殉。〔註83〕

桑田巫因預言錯誤而死、晉景公「陷廁而卒」、小臣因夢而殉，在《左傳》諸多記夢資料中，此三夢，後人討論甚多，熊道麟認爲這些夢有三特點，一爲「題材懸疑」，二爲「情節曲折」，三爲「結局出人意外」〔註84〕，認爲：

> 這些精緻的剪裁、鋪排，加上「精彩簡妙」的文采，使得這段故事
> 展現出逼人的藝術光芒。然而正因爲其中濃厚的文學氣氛，反而令
> 人忽略了故事的眞實性如何，甚至被認爲只是作者裝神弄鬼的「創
> 作」。〔註85〕

《左傳》「豔而巫」之筆法，可見一斑。熊道麟擺脫前賢看法，從此三夢抽絲剝繭，詮譯「晉侯夢大厲」之意義，認爲「大厲夢爲春秋時人『鬼魂復仇』觀念的縮影」〔註86〕、「晉侯夢大厲所呈現的良心自譴」〔註87〕、「晉侯的夢與其疾病之間的關連」〔註88〕，成果豐碩。更以「精神分析」解讀「晉侯夢大厲」：

> 夢中的景象，絕大多數是經過扭曲、變形的。夢象的表面，未必就
> 如它表面的意義，而眞正沒有變的，是人的情感，或者說是人對夢
> 象的感受。晉景公的夢中，厲鬼的夢象，正如這個犯人夢中的恐怖

〔註83〕〔清〕阮元用文選樓藏本校勘嘉慶二十年重刊宋本：《十三經注疏附校勘記‧左傳》，頁 4136。

〔註84〕熊道麟：《先秦夢文化探微》，頁 328～330。

〔註85〕熊道麟：《先秦夢文化探微》，頁 330。

〔註86〕熊道麟：《先秦夢文化探微》，頁 330～335。

〔註87〕熊道麟：《先秦夢文化探微》，頁 335～339。

〔註88〕熊道麟：《先秦夢文化探微》，頁 339～346。

夢象一樣（城按：指其前引文），是沒有太多意義的，真正的意義，
應在於對屬鬼的感受。……所隱藏的感情，應當就是極度恐懼與對
某人、某事有所虧欠、歉疚所交織而成的複雜心結。〔註89〕

運用艾倫・西格爾（Alan B. Siegel）對「惡夢」之理論〔註90〕，熊道麟以為「趙
括之死」就是晉景公所憂慮的「無解問題」，為自譴意識之變形。而這個無解問
題，早在《左傳・成公八年》便已埋下：

晉趙莊姬為趙嬰之亡故，譖之于晉侯，曰：「原屏將為亂，欒郤為徵。」
六月，晉討趙同，趙括，武從姬氏畜于公宮，以其田與祁奚。韓厥
言於晉侯曰：「成季之勳，宣孟之忠，而無後，為善者其懼矣，三代
之令王，皆數百年保天之祿，夫豈無辟王，賴前哲以免也，《周書》
曰：『不敢侮鰥寡。』所以明德也。」乃立武而反其田焉。〔註91〕

景公滅趙氏一族，僅趙武倖免。韓厥力諫趙衰、趙盾之功，使景公悔悟，復立
兆武。熊道麟認為：

這段內容中，昭然揭露了晉景公內疚自譴的心。〔註92〕

晉景公雖從韓厥之諫，然就文本觀之，則無從得知晉景公「內疚自譴」之心，
只能看見晉景公的「心虛」，但心虛並不具有負面的道德意義。一般人面對未知、
可怕的事物，表現出驚懼的態度，實為合理。

「內疚自譴」的結論，其實有很大的程度是因後人採取後設的立場所致。
《左傳》作者於「成公八年」先記景公滅趙氏一族、韓厥力諫的事件，凸顯

〔註89〕熊道麟：《先秦夢文化探微》，頁337。

〔註90〕艾倫・席格爾認為：「每一場惡夢都提供意義重大的訊息，有時甚至是一個警告，
其內容均與我們無法化解的問題有關。如果能把隱藏在黑暗中的恐懼導至光亮
處，惡夢就可以轉化為心理治療中最強而有利的資源，其作用與其它夢境並無二
致，它能正確地澄清我們的困擾，創造成長的機會。」參〔美〕艾倫・西格爾著，
鄧文華譯：《夢解人生——改變一生的夢》（臺北，卓越文化，1991年10月），頁
17。無庸置疑，艾倫・西格爾之看法，著實與榮格「個體化過程」理論相符應，
皆以夢（惡夢）與人之統合為心靈成長之助力。

〔註91〕〔清〕阮元用文選樓藏本校勘嘉慶二十年重刊宋本：《十三經注疏附校勘記・左
傳》，頁4132。

〔註92〕熊道麟：《先秦夢文化探微》，頁338。

晉景公之不義。「成公十年」的「晉侯夢大厲」等三夢陸續發生時，讀者自然會往前聯想至晉景公所作的各種不義之事，試圖為「夢大厲」作一完整說明。這是邏輯思維的理智、經驗所為，也是《左傳》作者所採用的書寫策略。

《左傳》畢竟是一後來追述的作品，其中又參雜了作者的個人精神，即便晉景公之時確實發生過這些事件，但真實的事件並不就等於紀傳作品；若過於重視史傳類記夢資料的真實性，忽略作者試圖中呈現的精神以及文學性，即便利用「精神分析理論」，也無法貼近事件本身。

惡夢之機制，確如熊道麟所言「真正的意義，應在於對厲鬼的感受」。然「精神分析理論」之使用，旨在發掘「夢徵」（厲鬼）於「夢者」（晉景公）之意義，在缺乏其人其事的記錄之下，要作到貼近「個人」的文化解讀，幾近不可能。但透過《左傳》，或可知曉「厲鬼」於春秋戰國的文化意義，特別是於《左傳》作者的意義。《左傳》「成公八年」、「成公十年」所載晉景公與趙氏之事，當為作者用以突顯道德之重要：

> 顯然《左傳》選錄史料時詳載其事始末，企圖影射其間的因果關係，引導讀者相信此事係趙氏祖先托夢復仇，並在現實世界中達成了目的。晉景公因為行事不義，終遭鬼魂降祟而死，即使景公後來是因陷廁而卒，也反映著冥冥中的宿命。〔註93〕

「晉侯夢大厲」中的「厲鬼」具有特別的文化意義，此點無庸置疑。這是《左傳》作者的書寫策略，也是作者的個人認知，因為作者認為藉由「厲鬼」可以充分表現出晉景公滅趙氏一族的不義之處、背德行為。

史傳類記夢資料中所隱藏的訊息，其實有很大部分經過作者篩選，並非當事人的真實事件；即使忠於當事人，當事人亦有「人為造夢」的可能。一些帝王、后妃的夢也多有此種現象，如《逸周書·程寤》所載「周武王受命於天之夢」、《尚書·泰誓中》「朕夢協朕卜」、《史記·晉世家》「唐叔虞之夢」〔註94〕、《史記·高祖本紀》「高祖降生之夢」等夢例，多與家國興衰、國事兆應有關。李孟芳以為此類記夢資料是「家國意識」的展現：

〔註93〕 熊道麟：《先秦夢文化探微》，頁333。

〔註94〕 《史記·晉世家》載「晉唐叔虞者，周武王子而成王弟。初，武王與叔虞母，夢天謂武王曰：『余命女生子，名虞，余與之唐。』及生子，文在其手曰『虞』，故遂因命之曰虞。」參〔漢〕司馬遷撰：《史記》，頁1635。

> 史傳中君王、王后等夢延續先秦占夢系統，解讀夢徵、判定吉凶，
> 成爲國事依據、興亡驗證。夢喻在此表現預示的作用，強調夢徵兆
> 靈驗的事蹟。復次，國家大臣及知識份子有鑒於夢的影響性，在議
> 論政事時以夢爲例，達到勸諫的目的。諸子的夢喻是以夢説明、明
> 示道理。最後夢也用於抒發愛國情感，期望對國家社會貢獻之情，
> 借夢喻來寄託情感。〔註95〕

雖然李孟芳是以兩漢時期的記夢資料爲論，然此觀念無疑可以擴及上下朝代。
君王、王后、國家大臣、知識份子與諸子之夢的目的不同，蘊含的思想也不盡
相同，但這種「人爲造夢」的觀念卻極爲一致。除了前述提及的《逸周書‧程
寤》、《尚書‧泰誓中》、《史記‧晉世家》等，各種史傳、野史也多有所見，不
必一一敘及。

「人爲造夢」的機制，無疑更加地呈現夢徵於社會的文化意義，如「帝王
夢上天」。《漢書‧郊祀志》載：

> 秦穆公立，病臥五日不寤；寤，乃言夢見上帝，上帝命穆公平晉亂。
> 史書而藏之府。而後世皆曰上天。〔註96〕

秦穆公夢見自己上天，接受上帝旨意。類似情形尚見《史記‧趙世家》：

> 簡子寤。語大夫曰：「我之帝所甚樂，與百神游於鈞天，廣樂九奏萬
> 舞，不類三代之樂，其聲動人心。有一熊欲來援我，帝命我射之，
> 中熊，熊死。又有一羆來，我又射之，中羆，羆死。帝甚喜，賜我
> 二笥，皆有副。吾見兒在帝側，帝屬我一翟犬，曰：『及而子之壯也，
> 以賜之。』帝告我：『晉國且世衰，七世而亡，嬴姓將大敗周人於范
> 魁之西，而亦不能有也。今余思虞舜之勳，適余將以其胄女孟姚配
> 而七世之孫。』」董安于受言而書藏之。〔註97〕

同爲「上天」之夢，趙簡子此夢記載較爲詳細，因爲「夢遊鈞天這類預言比其
他夢來得完整，君王幾日的不醒人世，卻非疾病，之後仍完好如初的醒來，公

〔註95〕李孟芳：《家國徵兆與理想寄託——兩漢夢喻研究》，頁45。

〔註96〕〔漢〕班固撰，〔唐〕顏師古注：《漢書》，頁1196。

〔註97〕〔漢〕司馬遷撰：《史記》，頁1787。

信力更強」〔註98〕。上天、登天，甚至是受上帝之命，皆有得權位、立為帝王
之意義，這是當時社會所信奉的教條〔註99〕。上位者以夢為載體，不斷地發揮
各種夢徵所具備的文化意義，進而達其所求。這是史傳類記夢資料的特徵。

2. 民俗類記夢資料

與史傳類記夢資料相同，民俗類記夢資料也可反映出當時的社會、文化制
度。此從各占夢書基本的占夢理論即可推知一二。嶽麓簡《占夢書》簡 2 至簡
3 說明該書所遵行的夢占規則：

> □□□□□□始□□之時，亟令夢先，春日發時，夏曰陽，秋日閉，
> 冬日藏。占夢之道，必順四時而豫（舍）【2】亓（其）類，毋失四
> 時之所宜。五分日、三分日夕，吉兇（凶）有節（驗），善兼（義）
> 有故。

占夢，以夢徵為占卜的最優先依據。春季可稱為發時，夏季為陽，秋祭為閉，
冬季為藏。而占夢之道理、原則，要合乎四時，捨棄其夢徵之分類，切勿違背
各時節所適宜之占；而以「天干」區分一月之三旬，以「晦」、「夜半」、「雞鳴」
區分一夜的方式進行占卜。所得出之夢占，其吉凶之發生是有次序的，結果之
好壞是有原因的。

注重「四季」與「日夜時辰」對占卜結果的影響，是嶽麓簡《占夢書》的
特徵，也是該書所處的時代影響所致。它反映了秦漢時期底層社會對於「時間
與各項事物的神秘互滲」的觀念，是社會制度的殘留。更進一步，嶽麓簡《占
夢書》還體現了五行思想的萌發：

> 甲乙夢伐木，吉。丙丁夢失火高陽，吉。戊己【夢】【4】宮事，吉。
> 庚辛夢分山鑄鐘，吉。壬癸夢行川、爲橋，吉。

藉「時間」、「五行」與「吉凶」巧妙地結合，這是五行思想的初步利用，也是

〔註98〕 李孟芳：《家國徵兆與理想寄託──兩漢夢喻研究》，頁 46。

〔註99〕 李孟芳認爲夢登天的帝王象徵，源自社會文化，因爲「天，廣大無邊，生養萬物，
又受天命論影響爲掌管一切，其偉大的形象早已深植人心。因此登天與天帝會的
鈞天廣樂之夢、夢上天及捫天之夢，能登天受天命，作到眾人無法達成之事，必
是擁有神奇力量之人。」參李孟芳：《家國徵兆與理想寄託──兩漢夢喻研究》，
頁 103。

當時社會盛行的觀念。與史傳類記夢資料相同，試圖以「精神分析理論」解釋嶽麓簡《占夢書》一類的占夢書，於「個體」的研究，助益甚少。它傾向表現整體文化、社會的觀念。

「文本性質」導致研究面向的不同、程度的深淺。「史傳類記夢資料」旨在敘述史實、表達道德價值，雖是以「夢」作為宣揚的工具，但其主體仍為「人」，故要「指名道姓」，「當事人」（夢者）並不會被「隱藏」、「省略」。也因此史傳類記夢資料的真實程度較低，畢竟除涉及作者之寫作需求外，「當事人」（夢者）的意圖也不可視若無睹。是以「精神分析理論」於史傳類記夢資料的應用，大多成效不彰；分析結果亦多為作者之意圖以及文化意義。

「民俗類記夢資料」往往省略「夢者」一項，以致無法清楚瞭解夢者的詳細背景、狀態，如此「精神分析理論」便無用武之地。而「作者」一項也常付之闕如，未載入簡籍之中，但這並不影響研究者探知作者意圖；因為民俗類記夢資料本就是以「被使用」為目的，實用性極高，它是民間夢占活動的基礎，也是依據。其寫作目的就是在於供夢占活動的參考，而非如史傳類記夢資料利用人為造夢的方式，創造各項附加價值。

是以民俗類記夢資料的篇幅雖然短小、加之省略夢者，但更凸顯夢徵與夢占的相關性，極具社會意義、文化象徵，嶽麓簡《占夢書》、敦煌殘卷等占夢書皆以此種形式完成。夢徵與夢占的強烈聯結，如前引嶽麓簡《占夢書》有關「五行」的夢例，雖然仍未完備發展，亦顯示當時社會是籠罩在陰陽五行的神秘氛圍之中。又如嶽麓簡《占夢書》中夢徵為「身體部位」的夢例：

簡號	簡　　文	夢　　徵
23	【夢】潰亓（其）腹，見亓（其）肺肝賜（腸）胃者，必有親去之。	剖腹，而見其肺肝腸胃等內臟
23	夢見肉，憂腸。	肉
22	夢見項者，有親道遠所來者。	頸後、脖子
22	夢身生草者，死溝渠中。	身上長出草
26	夢亡亓（其）鉤帶備（服）掇（綴）好器，必去亓（其）所愛。	喪失衣帶服飾所繫的貴重物品
26	夢引腸，必弟兄相去也。	拉長腸道

這些夢例皆省略「夢者」的資料，故無法透過嶽麓簡《占夢書》得知夢者的精神狀態、個人際遇、生理狀態這些必要的「病歷」。是以研究者無法根據病

歷「讓夢者進行聯想」，或者「替夢者進行聯想」。缺少了夢者的在場，聯想無法進行，精神亦無法分析，此已宣告「利用『精神分析理論』解釋、分析嶽麓簡《占夢書》一類的占夢書籍」之不可行。

這些夢例僅由夢徵、夢占組成，字裡行間透露的文化、社會訊息遠超過史傳類記夢資料。因為它表現的是嶽麓簡《占夢書》作者所處的社會狀態、文化觀念，它是第一手的社會史料。

「親去之」、「憂腸（傷）」、「有親道遠所來」、「死溝渠中」、「去亓（其）所愛」、「相去」，多為凶險之兆；夢占與夢徵的關係雖各有不同，然大多是以直觀的方式，將「露出」或「看見」五臟六腑視為凶事。因為腑臟器官構成人體，有維持生命的功能，正常情況下是不會「被看見」。原初民族對夢持深信不疑的態度，他們常將「夢中發生的事件」視為正常生活的一部分，所以若有人於夢中看見五臟六腑，他就很有可能認為夢醒之後將有壞事發生。但會發生哪些「壞事」，則由當時的社會制度、文化風俗決定。事件與事件的關係，對原初民族而言是一種「必然」，而這種必然的關係以現代人的眼光、材料有時無法詳加解釋，只能是簡單的推論。

對「史傳類記夢資料」或者「民俗類紀夢資料」採取「精神分析理論」的方式，實與分析「病歷報告」或者「病人的談話」不同，因為前者混入了史傳作者的個人意識、敘事；後者則強調夢徵與夢占的強烈聯繫，實與真真切切地採自病人的病歷、談話而作出的結論，不可一併而語。這並不表示史傳類記夢資料與民俗類記夢資料皆無可取處，因為兩者的性質雖頗有不同，但皆呈現不屬於個人，而是由全文化、社會所成就的意義。

（二）記夢資料之詳略

除了「記夢資料的性質」外，「夢占資料的詳略」與否，也直接影響了「精神分析理論」的適用性。

專就「性質」與「詳略」討論，其實並未忽略中國早期與西方近現代對「夢」的態度。對「夢」的態度不同，有可能會影響上述二者，但它是以極小限度發生地，並不具有絕對性。

從醫療目的出發，弗洛伊德、榮格甚至是之後的精神、心理分析研究者，皆將「夢」視為治療、解釋精神病的最佳方式。對他們而言，夢透露出許多病

患的個人訊息，於是病患的夢，紀錄的詳細程度，直接影響治療、研究的成果。上述引用的弗洛伊德、榮格的夢，一方面是用以證明「潛意識」、「原型」的確實存在，並表現潛意識、原型是如何影響夢的發生；另一方面則提示了有關夢的研究應具備的材料完整度。如果弗洛伊德的「給伊爾瑪注射之夢」以及榮格的「海關稽查與武士之夢」沒有被完整地記錄，那麼精神分析理論、原型理論似乎就沒有出現的契機。

詳細地記錄「夢」，是近現代醫療、研究賴以進行的必要措施。而此點則直接凸顯了「精神分析理論」並非為古代中國的記夢資料而設計一事。中國早期對夢的記錄大多採取簡省的形式，這與它是否以「占卜」為目的，似較無關係。即使以「占卜」為主，中國早期的記夢資料，亦可以透過詳實記載的態度、方式而保留。因為在原邏輯思維的影響下，原初民族認為一個事件必然會造成另一個，或者另外幾個事件的改變，它沒有必要忽略這些眾多的事件、現象；相反地，如果不嚴加記載，怎麼能將所有事件、現象一一有所對應？所以對夢所抱持的「態度」，與「詳略」並不可輕易畫上等號。中國早期對「夢」的態度不可謂不重視，從甲骨卜辭的崇敬、《周禮》的贈、驅夢儀式，甚至諸子書中記載的對夢的信仰、深信，都一再體現中國早期文化與夢的神秘性互滲。上博簡《柬大王泊旱》更藉由柬大王的夢，論及疾病與夢之關係。簡文如下：

> 王以問釐尹高：「不穀燥甚病，驟夢高山深溪，吾所得【8】地於膚
> （莒）中者，無有名山名溪。欲祭於楚邦者乎，尚蔽而卜之於【3】
> 大夏。如孚，將祭之。」釐尹許諾，蔽而卜之，孚。釐尹致命於君
> 王：「既蔽【4】而卜之，孚。」王曰：「如孚，速祭之，吾燥一病。」
>
> 〔註100〕

柬王認為他的病與夢中所見的名山勝水有關，然而其所處環境並無有名的高山或是溪流，於是希望改祭楚國的山水神明。聯繫夢與疾病，並希望以祭祀消除災禍，這是一種尊敬的表現。簡文又提到「夢」與「旱災」的關係：

〔註100〕參馬承源主編：《上海博物館藏戰國楚竹書（四）》，頁 195～215。簡文排列、隸定則依季旭昇師：〈〈簡大王泊旱〉解題〉，武漢簡帛網，http://www.bsm.org.cn/show_article.php?id=515，2007 年 2 月 3 日。

王諾，將鼓而涉之，王夢三。閨未啓，王以告相徙與中余：「今夕不
穀【9】夢若此，何？」相徙、中余答：「君王當以問太宰晉侯，彼
聖人之子孫。」「將必【10】鼓而涉之，此何？」太宰進，答：「此
所謂之『旱母』，帝將命之修諸侯之君之不【11】能治者，而刑之以
旱。夫雖母旱，而百姓移以去邦家，此爲君者之刑。」【12】王仰而
啕，而泣謂太宰：「一人不能治政，而百姓以絕。」〔註101〕

束王許諾，將要打著鼓涉過，卻夢到三次這樣的情況。於是詢問太宰關於此夢
之原因，太宰回答：「這是『旱母』，上帝要藉著旱母來修治那些不能好好治理
國家的君王，而以旱災來處罰他。縱然沒有旱災，而百姓遷移至其它國家，這
也代表對國君的處罰。」束王聽到此夢的意義，於是仰天而哭號，然後低聲哭
著對太宰說：「一人不能治政，而讓百姓的生計斷絕。」姑且不論束大王爲百姓
所流露出的仁義情感，身爲一國之王，因爲得知夢的意義而哭，充分表現出束
王對夢的迷信及崇敬態度。這是古代中國一脈相承的尚鬼精神所致。但儘管束
王對夢的態度多麼崇信，相關記載仍然稀少。所以可以推知記夢資料的詳略，
完全是受「書寫策略」影響所致。

　　中國早期的文書，多以史傳類的官方記載爲主，專記帝王、諸侯之事，鮮
及庶民、百姓。透過史書的撰寫，王室、貴族的意圖可以廣爲人知，這是一種
以「宣揚」爲主的書寫策略，所以有許多攸關帝王、家國命脈的夢，這些夢往
往加倍詳細，鉅細靡遺，如前引《左傳·成公十年》的「晉景公之夢」、《史記·
趙世家》的「趙簡子之夢」，又如《史記·趙世家》曰：

十六年，秦惠王卒。王遊大陵。他日，王夢見處女鼓琴而歌詩曰：「美
人熒熒兮，顏若苕之榮。命乎命乎，曾無我嬴！」異日，王飲酒樂，
數言所夢，想見其狀。吳廣聞之，因夫人而內其女娃嬴。孟姚也。
孟姚甚有寵於王，是爲惠后。〔註102〕

夢見有女彈琴，或許帶有「琴瑟和鳴」的意思，暗示著孟姚與王的互相匹配。
雖然未描寫夢者的資料，然嶽麓簡《占夢書》有三則類似的彈奏樂器、歌唱的

〔註101〕參馬承源主編：《上海博物館藏戰國楚竹書（四）》，頁 195～215。簡文排列、隸
　　　　定則依季旭昇：〈〈簡大王泊旱〉解題〉，武漢簡帛網，2007 年 2 月 3 日。

〔註102〕〔漢〕司馬遷撰：《史記》，頁 1804。

夢例：

簡號	簡　　　　文	夢　　徵
11	夢歌於宮中，乃有內資。	歌於宮中
12	夢歌於宮中，乃有內資。	歌於宮中
13	夢歌帶軫玄（弦），有憂，不然有疾。	歌帶軫玄（弦）

此三夢的占卜結果有吉有凶。與趙武靈王的夢最大的不同，在於趙武靈王的夢竟然記錄了夢中的彈琴女所吟唱的「歌詞」；吳廣更憑藉著歌詞所暗示的「曾無我嬴」，而將女兒嫁給趙武靈王為妃。

司馬遷與趙武靈王的時代相距甚遠，其所記趙武靈王夢中的歌詞，很可能是一種「史家筆法」，如錢鍾書所言：

> 吾國史籍工於記言者，莫先乎《左傳》，公言私語，蓋無不有。雖云左史記言，右史記事，大事書策，小事書簡，亦祇謂君廷公府爾。初未聞私家置左右史，燕居退食，有珥筆者鬼看狐聽於傍也。上古既無錄音之具，又乏速記之方，駟不及舌，而何其口角親切，如聆謦欬歟？或為密勿之談，或乃心口相語，屬垣燭隱，何所據依？如僖公二十四年介之推與母偕逃前之問答，宣公二年鉏麑自殺前之慨歎，皆生無傍證、死無對證者。註家雖曲意彌縫，而讀者終不饜心息喙……史家追述真人實事，每須遙體人情，懸想事勢，設身局中，潛心腔內，忖之度之，以揣以摩，庶幾入情合理。蓋與小說、院本之臆造人物，虛構境地，不盡同而可相通。〔註103〕

「史家追述真人實事，每須遙體人情，懸想事勢，設身局中，潛心腔內，忖之度之，以揣以摩，庶幾入情合理」。如此轉念，則「夢中歌詞之長短」，甚至連「夢」本身都可能是司馬遷為趙武靈王、吳廣、吳廣女三者所設計的事件，此事未必有，然理當如此。夢雖詳細，但作為「精神分析」的對象，仍有虛構的嫌疑。對話、記錄複雜的夢，又可見諸《史記‧龜冊列傳》：

> 南方老人用龜支牀足，行二十餘歲，老人死，移牀，龜尚生不死。龜能行氣導引。問者曰：「龜至神若此，然太卜官得生龜，何為輒殺取其甲乎？」近世江上人有得名龜，畜置之，家因大富。與人議，

〔註103〕錢鍾書：《管錐編》（北京，中華書局，1990年4月），頁164～166。

欲遣去。人教殺之勿遣，遣之破人家。龜見夢曰：「送我水中，無殺
吾也。」其家終殺之。殺之後，身死，家不利。人民與君王者異道。
人民得名龜，其狀類不宜殺也。以往古故事言之，古明王聖主皆殺
而用之。〔註104〕

「以往古故事言之」，這是史傳書寫「引譬連類」的用法之一。司馬遷以烏龜託
夢求生之事，講述帝王、庶民對烏龜的不同情況，帝王殺龜，可用於占卜；庶
民殺之，則「身死，家不利」。中國早期認為烏龜乃神物，所以「聞古五帝、三
王發動舉事，必先決蓍龜」，故烏龜多有神奇之事，其中不乏「夢」。

《史記・龜冊列傳》又載「宋元王夢龜」一事〔註105〕。相較於前，夢中烏
龜的對話又增添許多，除了能自言目的及所處困境、又可以化為人形，有詳細
衣飾。若「精神分析理論」去解讀這些詳細的資料中，「夢徵」（烏龜）對「當
事人」（宋元王）的意義，頗顯事倍功半。此夢內容雖記載詳略，但往往是作者
透露得多，當事人述說得少。

以「宋元王夢龜」一事而言，這是司馬遷用以說明「古代帝王殺龜占卜」
之原因，加之凸顯宋元王的「德義」〔註106〕，對分析宋元王個人的精神狀態並

〔註104〕〔漢〕司馬遷撰：《史記》，3228。

〔註105〕宋元王二年，江使神龜使於河，至於泉陽，漁者豫且舉網得而囚之。置之籠中。
夜半，龜來見夢於宋元王曰：「我為江使於河，而幕網當吾路。泉陽豫且得我，
我不能去。身在患中，莫可告語。王有德義，故來告訴。」元王惕然而悟。乃召
博士衛平而問之曰：「今寡人夢見一丈夫，延頸而長頭，衣玄繡之衣而乘輜車，
來見夢於寡人曰：『我為江使於河，而幕網當吾路。泉陽豫且得我，我不能去。
身在患中，莫可告語。王有德義，故來告訴。』是何物也？」衛平乃援式而起，
仰天而視月之光，觀斗所指，定日處鄉。規矩為輔，副以權衡。四維已定，八卦
相望。視其吉凶，介蟲先見。乃對元王曰：「今昔壬子，宿在牽牛。河水大會，
鬼神相謀。漢正南北，江河固期，南風新至，江使先來。白雲壅漢，萬物盡留。
斗柄指日，使者當囚。玄服而乘輜車，其名為龜。王急使人問而求之。」王曰：
「善。」參〔漢〕司馬遷撰：《史記》，3229。

〔註106〕透過宋元王與衛平的「三諫三讓」，古代帝王殺龜占卜的原因昭然若揭：「今龜，
大寶也，為聖人使，傳之賢（士）〔王〕。不用手足，雷電將之；風雨送之，流水
行之。侯王有德，乃得當之。今王有德而當此寶，恐不敢受：王若遣之，宋必有
咎。後雖悔之，亦無及已。」參〔漢〕司馬遷撰：《史記》，頁3235～3236。衛平
認為既然龜能託夢，則當為神龜。若得到神龜而不用於占卜，恐怕會遺害國家。

無幫助。：

　　精神分析要求的是「夢者」對「夢徵」及「潛意識」的聯想，而針對記夢資料的性質，弗洛伊德早已言明：

> 如果別人不把隱藏在夢背後的潛意識思想告訴我們，我們便無法對
> 它的夢進行解釋。〔註107〕

潛意識思想，當然是自己也未能瞭解的。然而弗洛伊德是要以「聯想」，去逼出那潛在深處的思想。所以夢者的缺乏，便無法取得精神分析最需要的資料，也使得精神分析理論無用武之地。

　　史傳作品經過作者的取材、篩選，甚至是「不在場的補充」，在寫成的當下，很有可能已然背離事件的實際狀況，成為敘事的產物，並非「真實」：

> 歷史學家的論證是對他所認為是真實故事的東西的闡釋，而他的敘
> 述則是對他認為是實際故事的再現。〔註108〕

「沒有敘事，就沒有歷史」，海登‧懷特（Wayden White）認為敘事不僅是說話、記載歷史，把故事作為內容的一種形式，敘事本身就是內容，就是我們所認為的歷史，是由歷史動作者（作者）所製造的故事形式。「歷史」本身就是一個含混不清的術語，一方面包含了試圖維持的事件客觀性，一方面又牽涉作者的主觀性。以往對歷史、對所發生的事件的理解，不過是對「所發生事件的敘述」的理解。所以「任何為真相而著之史書，均不能於其中免除意識形態成分」〔註109〕，應當注意以敘事性的歷史文本為研究對象時，其結論與現實可能有一定的差距。

　　「詳略」與否的書寫策略，不限於史傳類，亦可見於民俗類的記夢資料。民俗類記夢資料所記錄的「夢徵」與「夢占」，事實上就是事件的簡化；這些事

在衛平不斷的勸諫，以及宋元王的推辭之中，後者的「德義」亦不斷地被凸顯。最後宋元王聽取衛平的意見，「向日拜受，殺龜占卜」，保證了宋國的強盛──「元王之時，衛平相宋，宋國最彊，龜之力也。」參〔漢〕司馬遷撰：《史記》，頁3236。

〔註107〕〔奧地利〕弗洛伊德著，呂俊、高申春、侯向群譯：《夢的解析》，頁294。

〔註108〕〔美〕海登‧懷特著，陳永國、張萬娟譯：《後現代歷史敘事學》（北京，中國社會科學出版社，2003年6月），頁127。

〔註109〕〔美〕海登‧懷特著，劉世安譯：《史元──十九世紀歐洲的歷史意象》（臺北，麥田出版社，1999年12月），頁24。

件必然是「發生過」的，只是在中國早期的書寫是以貴族、士人爲主，對庶民的事件多有忽略之虞，故多不爲人所知。

夢徵、夢占皆爲事件，只是史傳類記夢資料強調「人」（夢者）在事件中的作爲、對事件以及受事件的影響；民俗類記夢資料則強調事件之間的神秘性。這是原邏輯思維的特徵，它對神秘性的關心較多，但並非忽略了「人」的主體性，此可從少部分的夢例，仍略爲提及「人」對夢占的影響一點看出：

簡號	簡　　　文	夢　　者
17	夢巢中產毛者，丈夫得資，女子得鷺。	丈夫、女子
34	女子而夢以亓（其）帬被（披）邦門及游渡江河，亓（其）占大貴人。	女子
35	冬以衣被（披）邦門、市門、城門，貴人知邦端（政），賤人爲笥，女子爲邦巫。	貴人、賤人、女子
16	夢見獌、豚、狐生（腥）臬（臊），在丈夫娶妻，女子家（嫁）。	丈夫、女子

雖然提及「夢者」，但嶽麓簡《占夢書》對夢者的狀況仍只提供了簡略的訊息，如以「丈夫、女子」表明「性別」，以及用「貴人、賤人、女子」區分「地位」。因爲夢者訊息的不同，故相同的夢徵，因人而有不同的夢占結果，這是占夢理論趨向細緻化、精確化發展的特徵。

然而夢者的「性別」、「地位」仍不足以滿足精神分析理論的需求，它僅能說明嶽麓簡《占夢書》對夢者的狀況有初步的注意，或者是有辨別的必要。因爲夢者的資料並非嶽麓簡《占夢書》的重點，其焦點仍在「夢徵」與「夢占」的關係上，加之偶而透露出的「時間」、「五行」與各項事物的神秘互滲。

記夢資料，決定了精神分析理論的適用與否。這不僅由文本的「性質」所致，更與文本的「詳略」有關。

史傳類記夢資料多有「人爲造夢」的嫌疑，企圖以此表示家國意識、道德價值，雖有當事人（夢者）的詳細資料，但所載夢徵與夢占皆成爲當事人，或是作者宣達理念之工具，已然非純粹的夢；而民俗類記夢資料雖然忠於社會、文化意義，而無神道設教之意圖，或許可以視爲純粹的夢，但其多省略當事人（夢者）的在場，強調夢徵、夢占的神秘性——雖偶有例外，也只是一種較空泛、無限制的指涉、稱呼。

故此，「夢者的缺席」與否，是記夢資料「性質」及「詳略」的關鍵處，這

是中國早期夢占資料的特點，也是利用「精神分析理論」所不足處〔註110〕。以此對中國早期的紀夢資料（史傳類、民俗類）進行解釋、研究，令人未安。

「精神分析無法完全解夢」〔註111〕，所以要將夢的研究提升到文化層面上，因爲「夢與解夢皆爲文化之展現」，夢是經過文化包裝的再生產物，呈現了豐富的文化價值。

「精神分析理論」雖不適用，並不表示西方理論毫無借鏡、援引之處。強烈的神秘性、與各項事物的互滲，一直是中國早期記夢資料的特徵，若能認識、利用列維－布留爾的「原始思維」、弗洛伊德的「移置作用」，以及此榮格的「原型理論」，與這些富含文化、社會意義的記夢資料，互相參照、琢磨，必能多所發揮。

〔註110〕弗洛伊德、榮格等研究者根據對病人的臨床記錄所得相關夢的資料，以「聯想」的方式進行夢的自我分析，進而解答有關夢的本質、解釋方法等重要問題。然以其理論詮釋中國早期的記夢資料，恐助益甚小。

〔註111〕熊道麟：《先秦夢文化探微》，頁10～17。

附錄一：引用資料 [註1]

壹、專　書

一、傳世文獻

1. 〔周〕尹喜著：《文始眞經》，四部叢刊三編景明本。
2. 〔周〕老聃撰，〔晉〕王弼注：《道德眞經註》，古逸叢書景唐寫本。
3. 〔戰國〕呂不韋編，陳奇猷校注：《呂氏春秋》，臺北，華正書局，1988 年 8 月。
4. 〔戰國〕韓非子撰，陳奇猷校注：《韓非子集釋》，北京，中華書局，1958 年。
5. 〔漢〕司馬遷撰：《史記》，北京，中華書局，2009 年 6 月。
6. 〔漢〕王充著，黃暉撰：《論衡校釋》，北京，中華書局，1990 年。
7. 〔漢〕王符撰，〔清〕汪繼培箋：《潛夫論箋校正》，北京，中華書局，1985 年 9 月。
8. 〔漢〕班固纂集：《白虎通德論》，四部叢刊景元大德覆宋監本。
9. 〔漢〕班固撰，〔唐〕顏師古注：《漢書》，北京，中華書局，2007 年 10 月。
10. 〔漢〕揚雄撰，〔晉〕郭璞注：《方言》，四部叢刊景宋本。
11. 〔漢〕賈誼撰：《新書》，臺北，臺灣中華書局，1981 年。
12. 〔漢〕劉安，劉文典撰：《淮南子》，北京，中華書局，1989 年。
13. 〔晉〕干寶撰：《搜神記》，北京，中華書局，1979 年 9 月。

〔註 1〕本書引用之專書，依「作品之年代」、「作者姓氏筆畫」之順序排列。

14. 〔晉〕皇甫謐等撰：《帝王世紀・世本・逸周書・古本竹書紀年》，山東，齊魯書社，2010 年 1 月。

15. 〔晉〕袁宏撰：《後漢紀》，四部叢刊景明嘉靖刻本。

16. 〔晉〕陳壽撰，〔南朝宋〕裴松之注：《三國志》，北京，中華書局，2010 年 4 月。

17. 〔北朝齊〕魏收撰：《魏書》，臺北，鼎文書局，1980 年。

18. 〔南朝宋〕范曄撰，〔唐〕李賢等注，〔晉〕司馬彪補志：《後漢書》，臺北，鼎文書局，1981 年。

19. 〔南朝梁〕沈約撰：《宋書》，臺北，鼎文書局，1980 年 8 月。

20. 〔南朝梁〕劉勰著，周振輔注：《文心雕龍注釋》，臺北，里仁書局，1994 年 7 月。

21. 〔南朝梁〕蕭統編，〔唐〕李善注：《文選》，上海，上海古籍出版社，1986 年。

22. 〔南朝梁〕顧野王撰，〔宋〕陳彭年修：《重修玉篇》，清文淵閣四庫全書本。

23. 〔唐〕王冰注：《黃帝素問靈樞經》，四部叢刊景明趙府居敬堂本。

24. 〔唐〕王冰注：《黃帝素問內經》，四部叢刊景明翻北宋本。

25. 〔唐〕房玄齡等撰：《晉書》，臺北，鼎文書局，1980 年。

26. 〔隋〕姚察，〔唐〕魏徵，姚思廉合撰：《陳書》，臺北，鼎文書局，1980 年。

27. 〔唐〕劉知幾著，〔清〕浦起龍通釋，王煦華整理：《史通通釋》，上海，上海古籍出版社，2009 年 12 月。

28. 〔唐〕歐陽詢撰，汪紹楹校：《藝文類聚》，上海，上海古籍出版社，1999 年。

29. 〔五代〕王朴撰：《太清神鑒》，清刻守山閣叢書本。

30. 〔宋〕丁度撰：《集韻》，清文淵閣四庫全書本。

31. 〔宋〕王昭禹撰：《周禮詳解》，清文淵閣四庫全書本。

32. 〔宋〕司馬光編著，〔元〕胡三省音註標點，資治通鑑小組校點：《資治通鑑》，北京，古籍出版社，1956 年。

33. 〔宋〕朱申撰：《周禮句解》，清文淵閣四庫全書本。

34. 〔宋〕李昉等編：《太平廣記》，北京，中華書局，1961 年。

35. 〔宋〕李昉等奉敕編：《太平御覽》，臺灣，商務印書館，1975 年。

36. 〔宋〕周密撰：《齊東野語》明正德刻本。

37. 〔宋〕周密撰，張茂彭點校：《齊東野語》，北京，中華書局，1983 年。

38. 〔宋〕洪邁撰：《夷堅支志》，清景宋鈔本。

39. 〔宋〕洪邁撰：《夷堅丁志》，清光緒十萬卷樓叢書本。

40. 〔宋〕洪邁：《夷堅志》，北京，中華書局，1985 年。

41. 〔宋〕洪興祖撰，白化文等點校：《楚辭補注》，北京，中華書局，1983 年。

42. 〔宋〕邵雍撰：《夢林玄解》，明崇禎刻本。

43. 〔宋〕歐陽修撰，〔宋〕徐無黨注：《新五代史》，臺北，鼎文書局，1980 年。

44. 〔宋〕歐陽修、宋祈撰：《新唐書》，臺北，鼎文書局，1981 年。

45.〔宋〕陳摶撰：《河洛眞數》，明萬曆刻本。

46.〔宋〕蔡正孫編：《詩林廣記》，清文淵閣四庫全書本。

47.〔宋〕戴侗撰：《六書故》，清文淵閣四庫全書本。

48.〔宋〕羅願撰：《爾雅翼》，清文淵閣四庫全書本，

49.〔元〕佚名撰：《居家必用事類全集》，明刻本。

50.〔明〕王廷相著：《雅述》，明嘉靖十七年謝鑾刻本。

51.〔明〕徐春甫編輯，崔仲平等主校：《古今醫統大全》，北京，人民衛生出版社，
1991 年。

52.〔明〕張自烈撰：《正字通》，清康熙二十四年清畏堂刻本。

53.〔明〕馮夢龍輯：《智囊補》，明積秀堂刻本。

54.〔清〕方苞撰：《周官集注》，清文淵閣四庫全書本。

55.〔清〕王念孫撰：《廣雅疏證》，清嘉慶元年刻本。

56.〔清〕朱駿聲撰：《說文通訓定聲》，清道光二十八年刻本。

57.〔清〕姚際恆：《古今偽書考》，臺北，華聯出版社，1968 年 5 月。

58.〔清〕傅恆等奉敕編：《通鑑輯覽》，清文淵閣四庫全書本。

59.〔清〕趙翼撰：《陔餘叢考》，清乾隆五十五年湛貽堂刻本。

60.〔清〕陳夢雷撰：《松鶴山房詩文集》，清康熙銅活字印本。

61.〔清〕嘉慶敕撰：《全唐文》，清嘉慶內府刻本。

62.〔清〕阮元用文選樓藏本校勘嘉慶二十年重刊宋本：《十三經注疏附校勘記‧周
易》，京都，中文出版社，1972 年 9 月。

63.〔清〕阮元用文選樓藏本校勘嘉慶二十年重刊宋本：《十三經注疏附校勘記‧尚
書》，京都，中文出版社，1972 年 9 月。

64.〔清〕阮元用文選樓藏本校勘嘉慶二十年重刊宋本：《十三經注疏附校勘記‧詩
經》，京都，中文出版社，1972 年 9 月。

65.〔清〕阮元用文選樓藏本校勘嘉慶二十年重刊宋本：《十三經注疏附校勘記‧儀
禮》，京都，中文出版社，1972 年 9 月。

66.〔清〕阮元用文選樓藏本校勘嘉慶二十年重刊宋本：《十三經注疏附校勘記‧禮
記》，京都，中文出版社，1972 年 9 月。

67.〔清〕阮元用文選樓藏本校勘嘉慶二十年重刊宋本：《十三經注疏附校勘記‧周
禮》，京都，中文出版社，1972 年 9 月。

68.〔清〕阮元用文選樓藏本校勘嘉慶二十年重刊宋本：《十三經注疏附校勘記‧左
傳》，京都，中文出版社，1972 年 9 月。

69.〔清〕阮元用文選樓藏本校勘嘉慶二十年重刊宋本：《十三經注疏附校勘記‧公羊
傳》，京都，中文出版社，1972 年 9 月。

70.〔清〕阮元用文選樓藏本校勘嘉慶二十年重刊宋本：《十三經注疏附校勘記‧爾
雅》，京都，中文出版社，1972 年 9 月。

71. 〔清〕阮元用文選樓藏本校勘嘉慶二十年重刊宋本：《十三經注疏附校勘記‧論語》，京都，中文出版社，1972 年 9 月。

72. 〔清〕阮元用文選樓藏本校勘嘉慶二十年重刊宋本：《十三經注疏附校勘記‧孟子》，京都，中文出版社，1972 年 9 月。

73. 〔清〕朱右曾：《逸周書集訓校釋》，臺北，漢京文化，1980 年。

74. 〔清〕王聘珍撰，王文錦點校：《大戴禮記解詁》，北京，中華書局，1983 年 3 月。

75. 〔清〕王先謙撰：《莊子集解》，北京，中華書局，1987 年。

76. 〔清〕孫詒讓著，孫以楷點校：《墨子閒詁》，臺北，華正書局，1987 年。

77. 〔清〕孫詒讓撰，王文錦、陳玉霞點校：《周禮正義》，北京，中華書局，1987 年 12 月。

78. 〔清〕陳夢雷等編：《醫部全錄》，北京，人民衛生出版社，1988～1991 年。

79. 〔清〕孫希旦撰，沈嘯寰、王星賢點校：《禮記集解》，北京，中華書局，1989 年 2 月。

80. 〔清〕嚴可均校輯：《全上古三代秦漢三國六朝文》，北京，中華書局，1991 年。

81. 〔清〕郭慶藩撰，王孝魚點校：《莊子集釋》，北京，中華書局，1995 年。

82. 〔清〕段玉裁著：《說文解字注》，臺北，藝文印書館，2005 年 10 月。

二、今人著作

1. 孟元老撰，鄧之誠注：《東京夢華錄著》，香港，商務印書館，1961 年。

2. 吳則虞編著：《晏子春秋》，北京，中華書局，1962 年 1 月。

3. 孫作雲：《詩經與周代社會研究》，北京，中華書局，1966 年 4 月。

4. 徐復觀：《周秦政治社會結構之研究》，臺北，臺灣學生書局，1975 年 3 月。

5. 上海師範大學古籍整理組校點：《國語》，上海，上海古籍出版社，1978 年 3 月。

6. 李滌生：《荀子集釋》，臺北，臺灣學生書局，1979 年。

7. 楊伯峻：《列子集釋》，北京，中華書局，1979 年。

8. 楊伯竣撰：《列子集釋》，北京，中華書局，1979 年 10 月。

9. 國家文物局古文獻研究室編：《馬王堆漢墓帛書（壹）》，北京，文物出版社，1980 年 3 月。

10. 雲夢睡虎地秦墓編寫組：《雲夢睡虎地秦墓》，北京，文物出版社，1981 年 9 月。

11. 袁珂：《山海經校注》，臺北，里仁書局，1982 年 8 月。

12. 銀雀山漢墓竹簡整理小組編：《銀雀山漢墓竹簡（壹）》，北京，文物出版社，1985

13. 年 9 月。

14. 朱謙之撰：《老子校釋》，北京，中華書局，1987 年，頁 122。

15. 周次吉：《左傳雜考》，臺北，文津出版社，1986 年 11 月。

16. 牟宗三：《歷史哲學》，臺北，臺灣學生書局，1988 年 8 月。

17. 顧頡剛：《中國上古史研究講義》，北京，中華書局，1988 年 11 月。

18. 李勉註譯：《管子》，臺灣，商務印書館，1990 年。

19. 錢鍾書：《管錐編》，北京，中華書局，1990 年 4 月。

20. 張高評師：《左傳之文學價值》，臺北，文史哲出版社，1990 年 8 月。

21. 趙國華：《生殖崇拜文化》，北京，中國社會科學出版社，1990 年 8 月。

22. 雲夢睡虎地秦墓編寫組編：《睡虎地秦墓竹簡》，北京，文物出版社，1990 年 9 月。

23. 中國青銅器全集編輯委員會編：《中國青銅器全集》，北京，文物出版社，1993～1998 年。

24. 傅正谷：《中國夢文化》，北京，中國社會科學出版社，1993 年 9 月。

25. 葛榮晉：《中國哲學範疇導論》，臺北，萬卷樓，1993 年 4 月。

26. 丕謨、姜玉珍：《夢與生活》，北京，新華書店，1993 年 6 月。

27. 劉文英：《夢的迷信與夢的探索》，臺北，曉園出版社，1993 年 7 月。

28. 袁仲一、劉鈺：《秦文字類編》，西安，陝西人民教育出版社，1993 年 11 月。

29. 張守中：《睡虎地秦簡文字編》，北京，文物出版社，1994 年 2 月。

30. 劉樂賢：《睡虎地秦簡日書研究》，臺北，文津出版社，1994 年 7 月。

31. 嚴靈峰：《《列子》辯証及其中心思想》，臺北，文史哲出版社，1994 年 8 月。

32. 王國維：《古史新証——王國維最後的講義》，北京，清華大學出版社，1994 年 12 月。

33. 王維堤：《神遊華胥——中國夢文化》，上海，上海古籍出版社，1994 年 12 月。

34. 魯兆麟主校、黃作陣點校：《馬王堆醫書》，瀋陽，遼寧科學技術出版社，1995 年。

35. 廖名春：《馬王堆帛書周易經傳釋文》，上海，上海古籍出版社，1995 年。

36. 李湘：《詩經特定名物應用系列新編》，臺北，萬卷樓，1995 年 12 月。

37. 劉信芳、梁柱編著：《雲夢龍崗秦簡》，北京，科學出版社，1997 年 7 月。

38. 荊門市博物館：《郭店楚墓竹簡》，北京，文物出版社，1998 年 5 月。

39. 連雲港市博物館、中國文物研究所編：《尹灣漢墓簡牘綜論》，北京，文物出版社，1999 年 2 月。

40. 于省吾主編：《甲骨文字詁林》，北京，中華書局，1999 年 12 月。

41. 湖北省文物考古研究所、北京大學中文系編：《九店楚簡》，北京，文物出版社，2000 年 5 月。

42. 吳小強：《秦簡日書集釋》，長沙，嶽麓書社，2000 年 7 月。

43. 何茲全：《中國古代社會》，北京，師範大學出版社，2001 年。

44. 中國文物研究所、湖北省文物考古研究所編：《龍崗秦簡》，北京，中華書局，2001 年 8 月。

45. 李零：《中國方術考（修訂本）》，北京，東方出版社，2001 年 8 月。

46. 湖北省荊州市周梁玉橋遺址博物館：《關沮秦漢墓簡牘》，北京，中華書局，2001

年 8 月。

47. 馬承源主編：《上海博物館藏戰國楚竹書（一）》，上海，上海古籍出版社，2001 年 11 月。

48. 魏慈德：《中國古代風神崇拜》，臺北，臺灣古籍出版有限公司，2002 年 4 月。

49. 李家浩：《著名中年語言學家自選集‧李家浩卷》，合肥，安徽教育出版社，2002 年 12 月。

50. 馬承源主編：《上海博物館藏戰國楚竹書（二）》，上海，上海古籍出版社，2002 年 12 月。

51. 王子今：《睡虎地秦簡《日書》甲種疏證》，武漢，湖北教育出版社，2003 年 2 月。

52. 劉文英、曹田玉著：《夢與中國文化》，北京，人民出版社，2003 年 10 月。

53. 馬承源主編：《上海博物館藏戰國楚竹書（三）》，上海，上海古籍出版社，2003 年 12 月。

54. 熊道麟：《先秦夢文化探微》（臺北，學海出版社，2004 年 3 月）。

55. 何琳儀：《戰國古文字典——戰國文字聲系》，北京，中華書局，2004 年 9 月。

56. 馬承源主編：《上海博物館藏戰國楚竹書（四）》，上海，上海古籍出版社，2004 年 12 月。

57. 劉釗：《郭店楚簡校釋》，福州，福建人民出版社，2005 年 1 月。

58. 鄭炳林：《敦煌寫本解夢書校錄研究》，北京，民族出版社，2005 年 1 月。

59. 許倬雲：《西周史》，臺北，聯經，2005 年 10 月。

60. 馬承源主編：《上海博物館藏戰國楚竹書（五）》，上海，上海古籍出版社，2005 年 12 月。

61. 鄭毓瑜：《文本風景：自我與空間的相互定義》，臺北，麥田出版社，2005 年 12 月。

62. 楊樹達：《詞詮》，上海，上海古籍出版社，2006 年 12 月。

63. 王化平：《帛書《易傳》研究》，成都，巴蜀書社，2007 年 7 月。

64. 王輝編著：《古文字通假字典》，北京，中華書局，2008 年 2 月。

65. 杜正勝：《編戶齊民》，臺北，聯經，2008 年 4 月。

66. 諸祖耿編撰：《戰國策集注匯考：增補本》，南京，鳳凰出版社，2008 年 12 月。

67. 馬昌儀：《古本山海經圖說》，桂林，廣西師範大學出版社，2009 年 3 月。

68. 陳偉等著：《楚地出土戰國簡冊〔十四種〕》，北京，經濟科學出版社，2009 年 9 月。

69. 馬敘倫：《列子偽書考》，林慶彰主編：《民國時期學思想叢書　第一編 50》，臺中，文昕閣圖書，2010 年 5 月。

70. 宋鎮豪：《商代社會生活與禮俗》，北京，中國社會科學出版社，2010 年 10 月。

71. 徐少華：《荊楚歷史地理與考古探研》，北京，商務印書館，2010 年 11 月。

72. 朱漢民、陳松長主編：《嶽麓書院藏秦簡（壹）》，上海辭書出版社，2010 年 12 月。

73. 季旭昇：《說文新證》，福州，福建人民出版社，2010 年 12 月。

74. 清華大學出土文獻研究與保護中心編，李學勤主編，《清華大學藏戰國竹簡（壹）》，上海：中西書局，2010 年 12 月。

75. 顧頡剛：《顧頡剛古史論文集》，北京，中華書局 2011 年 1 月。

76. 張顯成、周羣麗：《尹灣漢墓簡牘校理》，天津，天津古籍出版社，2011 年 3 月。

77. 林素娟：《美好與醜惡的文化論述：先秦兩漢觀人、論相中的禮儀、性別與身體觀》，臺北，臺灣學生書局，2011 年 8 月。

78. 于大海、豈檳：《到夢空間——説出你的秘密》，武漢，華中科技大學出版社，2012 年 2 月。

79. 張政烺：《論易叢稿》，北京，中華書局，2012 年 4 月。

80. 北京大學出土文獻研究所編：《北京大學藏西漢竹書（參）》，上海，上海古籍出版社，2015 年 9 月。

三、外文譯著

1. 〔美〕艾倫·西格爾著，鄧文華譯：《夢解人生——改變一生的夢》，臺北，卓越文化，1991 年 10 月。

2. 〔德〕埃利希·諾伊曼著，李以洪譯：《大母神》，北京，東方出版社，1998 年 10 月。

3. 〔美〕海登·懷特著，劉世安譯：《史元——十九世紀歐洲的歷史意象》，臺北，麥田出版社，1999 年 12 月。

4. 〔英〕安東尼·史帝芬斯：《夢：私我的神話》，臺北，立緒文化，2000 年 4 月。〔法〕路先·列維—布留爾著，丁由譯：《原始思維》，臺北，臺灣商務印書館，2001 年 2 月。

5. 〔美〕海登·懷特著，陳永國、張萬娟譯：《後現代歷史敘事學》，北京，中國社會科學出版社，2003 年 6 月。

6. 〔奧地利〕弗洛伊德著，呂俊、高申春、侯向群譯：《夢的解析》，臺北，胡桃木文化，2008 年 6 月。

7. 〔瑞士〕卡爾·古斯塔夫·榮格著，謝曉健、王永生、張曉華、賈辰陽譯：《弗洛伊德與精神分析》，北京，國際文化，2011 年 5 月。

8. 〔瑞士〕卡爾·古斯塔夫·榮格著，徐德林譯：《原型與集體無意識》，北京，國際文化，2011 年 8 月。

9. 〔瑞士〕卡爾·古斯塔夫·榮格著，陳國鵬、黃麗麗譯：《夢·記憶·思想：榮格自傳》，北京，國際文化，2011 年 8 月。

四、外文著作

1. *The Native Races of the Pacific States of North American*, iii.

2. Charlevoix,1721, *Journal d'un Voyage dans L'Amerique Septentrionale*, iii.

3. Catlin, *The North American Indians*, i.

4. C. Lumholtz, *Symbolism of the Huichol Indians*,.

5. James Owen Dorsey,2011, *A Study of Siouan Cults*, Kessinger Publishing.

6. James Mooney,1992, *The Sacred Formulas of the Cherokee*, N.C.

7. A. Gatschet, *The Klamath Language*,.

8. Charles Hose,1901, *The Relations between Men and Animals in Sarawak*, London, n. p.

9. Johann Georg Kohl,1985, *Kitchi-Gami: Wanderings round Lake Superior*, Minnesota Historical Society Press.

10. Bosman, Willem,2005, *Voyage de Guinée*, Farmington Hills, Mich. 頁 164。

貳、學位論文

1. 陳熾彬：《左傳之巫術研究》，臺北，政治大學博士學位論文，1989 年 6 月。

2. 江蓮碧：《先秦夢徵研究》，臺北，中國文化大學碩士學位論文，1991 年 7 月。

3. 黃銘亮：《先秦兩漢間夢的類型與意義——中國古代夢的迷思》，臺北，臺灣大學碩士學位論文，1993 年 6 月。

4. 黃文成：《六朝志怪小說夢象之研究》，臺北，中國文化大學碩士學位論文，2000 年 6 月。

5. 賴素玫：《解釋的有效性——六朝志怪小說夢故事研究》，臺中，中興大學碩士學位論文，2001 年。

6. 黃儒宣：《《日書》圖象研究》，臺北，臺灣大學博士學位論文，2009 年。

7. 李孟芳：《家國徵兆與理想寄託——兩漢夢喻研究》，臺中，中興大學碩士學位論文，2010 年 6 月。

8. 簡欣儀：《尹灣漢簡〈神烏傳〉綜合研究》，高雄，中山大學碩士學位論文，2010 年 6 月。

9. 高一致：《嶽麓書院藏秦簡（壹）集釋》，武漢，武漢大學碩士學位論文，2011 年 4 月。

10. 賴怡璇：《《楚地出土戰國簡冊〔十四種〕》校訂》，臺中，中興大學碩士學位論文，2011 年 6 月。

11. 黃家榮：《睡簡《日書》夢文化研究》，花蓮，東華大學碩士學位論文，2011 年 7 月。

12. 葉湄：《《嶽麓書院藏秦簡（壹）》文字編》，廣州，中山大學碩士學位論文，2012 年 5 月。

13. 彭慧賢：《殷商至秦代出土文獻中的紀日時稱研究》，臺南，成功大學博士學位論文，2012 年 6 月。

參、論　文

一、網路論文

1. 陳劍：〈上博竹書〈曹沫之陳〉新編釋文〉，簡帛研究網，
   http://www.jianbo.org/admin3/2005/chenjian001.htm，2005 年 2 月 12 日。

2. 廖名春：〈讀《上博五・融師有成氏》篇箚記四則〉，孔子 2000 網，
   http://www.confucius2000.com/admin/list.asp?id=2252，2006 年 2 月 19 日。

3. 秦曉華：〈上博五《三德》釋讀一則〉，武漢簡帛網，
   http://www.bsm.org.cn/show_article.php?id=245，2006 年 2 月 27 日。

4. 季旭昇師：〈〈簡大王泊旱〉解題〉，武漢簡帛網，
   http://www.bsm.org.cn/show_article.php?id=515，2007 年 2 月 3 日。

5. 蕭燦：〈《嶽麓書院藏秦簡（壹）》出版〉，復旦網，
   http://www.gwz.fudan.edu.cn/srcShow_NewsStyle.asp?Src_ID=1362，2011 年 1 月 8 日。

6. 袁瑩：〈清華簡《程寤》校讀〉，復旦網，
   http://www.gwz.fudan.edu.cn/SrcShow.asp?Src_ID=1376，2011 年 1 月 11 日。

7. 王寧：〈讀清華簡《程寤》偶記一則〉，復旦網，
   http://www.gwz.fudan.edu.cn/SrcShow.asp?Src_ID=1389，2011 年 1 月 18 日。

8. 復旦大學出土文獻與古文字研究中心研究生讀書會：〈讀《嶽麓書院藏秦簡（壹）》〉，復旦網，
   http://www.gwz.fudan.edu.cn/SrcShow.asp?Src_ID=1416，2011 年 2 月 28 日。

9. 小草：〈《嶽麓書院藏秦簡》（壹）考釋一則〉，復旦網，
   http://www.gwz.fudan.edu.cn/SrcShow.asp?Src_ID=1426，2011 年 3 月 7 日。

10. 沈寶春師：〈論清華簡《程寤》篇太姒夢占五木的象徵意涵〉，武漢簡帛網，
    http://www.bsm.org.cn/show_article.php?id=1412#_edn4，2011 年 3 月 14 日。

11. 魯家亮：〈讀嶽麓秦簡《占夢書》筆記（一）〉，武漢簡帛網，
    http://www.bsm.org.cn/show_article.php?id=1429，2011 年 4 月 1 日。

12. 高一致：〈嶽麓秦簡《占夢書》補釋四則〉，武漢簡帛網，
    http://www.bsm.org.cn/show_article.php?id=1430#_edn2，2011 年 4 月 2 日。

13. 凡國棟：〈嶽麓秦簡《占夢書》校讀六則〉，武漢簡帛網，
    http://www.bsm.org.cn/show_article.php?id=1435，2011 年 4 月 8 日。

14. 苦行僧：〈關於《占夢書》中的「豫」字〉，武漢簡帛網，
    http://www.bsm.org.cn/bbs/read.php?tid=2670&fpage=4，2011 年 4 月 9 日。

15. 高一致：〈讀嶽麓秦簡《占夢書》札記四則〉，武漢簡帛網，
    http://www.bsm.org.cn/show_article.php?id=1439，2011 年 4 月 9 日。

16. 陳偉：〈嶽麓秦簡《占夢書》1525 號等簡的編連問題〉，武漢簡帛網，
    http://www.bsm.org.cn/show_article.php?id=1436，2011 年 4 月 9 日。

17. 陳偉：〈嶽麓秦簡《占夢書》臆說（三則）〉，武漢簡帛網，
   http://www.bsm.org.cn/show_article.php?id=1440，2011 年 4 月 10 日。

18. 魯家亮：〈嶽麓秦簡《占夢書》「必順四時而豫其類」補議〉，武漢簡帛網，
   http://www.bsm.org.cn/show_article.php?id=1442，2011 年 4 月 10 日。

19. 魯家亮：〈小議嶽麓秦簡《占夢書》44 號簡背面文字〉，武漢簡帛網，
   http://www.bsm.org.cn/show_article.php?id=1446，2011 年 4 月 12 日。

20. 方勇：〈讀嶽麓秦簡箚記（三）〉，武漢簡帛網，
   http://www.bsm.org.cn/show_article.php?id=1456，2011 年 4 月 16 日。

21. 夔一：〈讀嶽麓簡《占夢書》小札五則〉，復旦網，
   http://www.gwz.fudan.edu.cn/SrcShow.asp?Src_ID=1472，2011 年 4 月 19 日。

22. 孟蓬生：〈《楚居》所見楚王「宵囂」之名音釋〉，復旦網，
   http://www.gwz.fudan.edu.cn/SrcShow.asp?Src_ID=1503，2011 年 5 月 21。

23. 高一致：〈讀嶽麓秦簡《占夢書》筆記四則〉，武漢簡帛網，
   http://www.bsm.org.cn/show_article.php?id=1505，2011 年 7 月 8 日。

24. 譚競男：〈嶽麓書院藏秦簡《占夢書》拾遺〉，武漢簡帛網，
   http://www.bsm.org.cn/show_article.php?id=1547，2011 年 9 月 15 日。

25. 陳劍：〈嶽麓簡《占夢書》校讀札記三則〉，復旦網，
   http://www.gwz.fudan.edu.cn/SrcShow.asp?Src_ID=1677，2011 年 10 月 5 日。

26. 方勇：〈嶽麓秦簡《占夢書》補釋一則〉，復旦網，
   http://www.gwz.fudan.edu.cn/SrcShow.asp?Src_ID=1682，2011 年 10 月 12 日。

27. 袁瑩：〈嶽麓秦簡《占夢書》補釋二則〉，復旦網，
   http://www.gwz.fudan.edu.cn/SrcShow.asp?Src_ID=1686#_edn4，2011 年 10 月 23 日。

二、單篇論文

1. 顧頡剛：〈周易卦爻辭中的故事〉，《燕京學報》，第 6 期單行本，1929 年 12 月。

2. 丁山：〈說夢〉，《中央研究院歷史語言研究所集刊》，一本二分，1930 年。

3. 唐蘭：〈智君子鑑考〉，《輔仁學志》，1938 年 12 月。

4. 胡厚宣：〈殷人占夢考〉，胡厚宣著：《甲骨學商史論叢（初集）》，山東，齊魯大學國學研究所，1944 年 3 月。

5. 胡厚宣：〈釋殷代求年於四方和四方風的祭祀〉，《復旦學報——人文學科》，1956 年第 1 期。

6. 楊寬：〈馬王堆帛書《戰國縱橫家書》的史料價值〉，馬王堆漢墓帛書整理小組編：《馬王堆漢墓帛書《戰國縱橫家書》》，北京，文物出版社，1976 年 12 月。

7. 黃盛璋：〈雲夢秦墓兩封家信中有關歷史地理的問題〉，《文物》，1980 年第 8 期。

8. 曾憲通：〈楚月名新探——兼論昭固墓竹簡的年代問題〉，《古文字研究》，第五輯，北京，中華書局，1981 年 5 月。

9. 四川省博物館、青川縣文化館：〈青川縣出土秦更修田律木牘——四川青川縣戰

國墓發掘簡報〉，《文物》，1982 年第 1 期。

10. 于豪亮：〈秦簡《日書》記時記月諸問題〉，《雲夢秦簡研究》，帛書出版社，1986年 7 月。

11. 林翎：〈中國的占夢書〉，《中央日報·長河版》，1988 年 7 月 2 日。

12. 甘肅省文物考古研究所、天水市北道區文化館：〈甘肅天水放馬灘戰國秦漢墓群的發掘〉，《文物》，1989 年第 2 期。

13. 湖北省考古研究所等：〈雲夢龍崗秦漢墓地第一次發掘簡報〉，《江漢考古》，1990年 3 月。

14. 劉信芳、梁柱：〈雲夢龍崗秦簡綜述〉，《江漢考古》，1990 年 3 月。

15. 毛惠明：〈從天水秦簡看秦統一前的文字及其書法藝術〉，《書法》，1990 年第 4 期。

16. 楊健民：〈《左傳》記夢的夢象類型及占夢特點〉，《福建論壇》，1992 年 6 月第 3期。

17. 林澐：〈讀包山楚簡札記七則〉，《江漢考古》，1992 年第 4 期。

18. 何琳儀：〈包山楚簡選釋〉，《江漢考古》，1992 年第 4 期。

19. 黃錫全：〈《包山楚簡》部分釋文校釋〉，《湖北出土商周文字輯證》，武漢，武漢大學出版社，1992 年 10 月。

20. 湖北省文物考古研究所等：〈雲夢龍崗 6 號墓及出土簡牘〉，《考古學集刊》，第八集，北京，科學出版社，1994 年。

21. 馮時：〈殷卜辭四方風研究〉，《考古學報》，1994 年第 2 期。

22. 裘錫圭：〈神鳥傳（賦）初探〉，連雲港市博物館、中國文物研究所編：《尹灣漢墓簡牘綜論》，北京，文物出版社，1999 年 2 月。

23. 湖北省荊州市周梁玉橋遺址博物館：〈關沮秦漢墓清理簡報〉，《文物》，1999 年第6 期。

24. 于省吾：〈釋四方和四方的兩個問題〉，《甲骨文字釋林》，北京，中華書局，1999年 11 月。

25. 湖南省文物考古研究所：〈湖南龍山里耶戰國——秦代古城一號井發掘簡報〉，《文物》，2003 年，第 1 期。

26. 馮勝君：〈釋戰國文字中的怨〉，《古文字研究》，第二十五輯，北京，中華書局，2004 年 10 月。

27. 邴尚白：〈上博楚竹書《曹沫之陣》注釋〉，《中國文學研究》，第二十一期，臺北，臺灣大學，2006 年 1 月。

28. 程地宇：〈高唐夢非白日夢——關於晝寢、晝夢與白日夢的文化解讀〉，《重慶社會科學》，2006 年第 1 期。

29. 蘇培：〈「匕首」考釋〉，《現代語文》，2009 年 1 期，頁 149～150。

30. 王勇：〈五行與夢占——嶽麓書院藏秦簡《占夢書》的占夢術〉，《史學集刊》，第4 期，2010 年 7 月。

三、會議論文

1. 林宏明：〈殷墟甲骨文字綴合四十例〉，國立政治大學八十九年度研究生研究成果發表會，2001 年 5 月 26 日。

2. 劉釗：〈《嶽麓書院藏秦簡》（壹）考釋一則──兼談「育」字〉，第 22 屆中國文字學國際學術研討會，臺中，逢甲大學中國文學系，2011 年 4 月 29～31 日。

3. 陳伯适：〈清華簡《程寤》文義初釋與占夢視域下有關問題試析〉，國立政治大學中國文學系 2011 年出土文獻研究視野與方法研討會，2011 年 6 月 11 日。

4. 陳松長：〈嶽麓秦簡《占夢書》的篇題及結構小識〉，甘肅省第二屆簡牘學國際學術研討會，2011 年 8 月 25～26 日。

5. 魯家亮：〈嶽麓秦簡〈占夢書〉拾零之二〉，甘肅省第二屆簡牘學國際學術研討會，2011 年 8 月 25～26 日。

6. 凡國棟：〈嶽麓秦簡《占夢書》校讀拾補〉，甘肅省第二屆簡牘學國際學術研討會，2011 年 8 月 25～26 日。

7. 賴錫三：〈《莊子》的五重夢寓與養生宗主〉，《第八屆詮釋學與中國經典詮釋國際學術研討會會議論文集》，臺南，成功大學中國文學系，2011 年 11 月 4～5 日。

8. 譚競男：〈嶽麓書院藏秦簡《占夢書》拾遺〉，西南大學 2011 全國博士生學術論壇，2011 年 11 月 5～6 日。

9. 蔡哲茂：〈說甲骨文北方風名〉，第四屆國際漢學會議，臺北，中央研究院，2012 年 6 月 20～6 月 22 日。

附錄二：《嶽麓書院藏秦簡（壹）· 占夢書》總釋文（原釋）〔註1〕

占夢理論

□□□□□始□□之時，亞令夢先，春曰發時，夏曰陽，秋曰閉，多曰臧，占夢之道，必順四時而豫。【2】亓（其）類，毋失四時之所宜，五分日、三分日夕，吉凶有節，善義有故。甲乙夢開贓事也，丙丁夢憂也，【3】戊己夢語言也，庚辛夢喜也，壬癸夢生事也。甲乙夢伐木，吉。丙丁夢失火高陽，吉。戊己【夢】【4】宮事，吉。庚辛夢□山鑄（？）鐘，吉。壬癸夢行川爲橋，吉。晦而夢三年至，夜半夢者二年而至，雞鳴夢者。【5】若晝夢亞發，不得其日，以來爲日；不得其時，以來爲時；醉飽而夢雨、變氣不占。晝言而莫（暮）夢之，有☒【1】不占。【48】

夢徵與夢占（一）

春夢飛登丘陵，緣木生長燔（繁）華，吉。夢僑＝（人爲）丈，勞心。【6】夢

〔註1〕 此釋文引自朱漢民、陳松長主編：《嶽麓書院藏秦簡（壹）》，頁38～44（彩色圖版）、150～173（紅外線圖版）、192～194（釋文連讀）。依前文而調整簡序，並分爲「占夢理論」、「夢徵與夢占」。

登高山及居大石上及見……【7】【夢見】汙淵，有明名來者。夢井洫者，出財。【29】春夏夢亡上者，兇。夢夫妻相反負者，妻若夫必有死者。【9】夢亡下者，吉。夢身柀枯，妻若女必有死者，丈夫吉。【10】秋冬夢亡於上者，吉；亡於下者，兇；是謂□兇。夢爲女子，必有失也，婢子兇。【15】夢天雨□，歲大襄（穰）。吏夢企匕上，亓（其）占☑□【8】【夢】見□雲，有□□□□□乃弟。夢歌於宮中，乃有內資。【11】□□叟盡操簽陰（蔭）於木下，有資。春憂（夏）夢之，禺辱。夢歌於宮中，乃有內資。【12】夢歌帶轃玄，有憂，不然有疾。夢有夬去魚身者，乃有內資。【13】夢□中產毛者，丈夫得資，女子得鬻。☑……。【17】【夢】□產毛者，有□也。夢蛇入人口，肙不出，丈夫爲祝，女子爲巫。【18】夢燔亓（其）席蓐，入湯中，吉。夢蛇則螫蠚赫之，有芮者。【19】夢燔洛遂（墜）隋（墜）至手，彀囚，吉。夢人謁門去者，有新薗未塞。【20】□□□者，□入寒秋。夢見雞鳴（？）者，有薗又塞。【21】☑……。夢新（薪）夫焦（樵），乃大旱。【25】【夢】市人出亓（其）腹，其中產子，男女食力傅死。夢見□□，爲大寒。【24】【夢】□亓（其）腹，見其肺肝賜（腸）胃者，必有親去之。夢見肉，憂腸。【23】夢見項者，有親道遠所來者。夢身生草者，死溝渠中。【22】夢亡其鉤帶備掇（綴）好器，必去其所愛。夢引腸，必弟兄相去也。【26】夢乘舟船，爲遠行。夢見大反兵、黍、粟，亓（其）占自當也。【28】☑□□中有五□爲。☑……。【47】

夢徵與夢占（二）

□□□□□□爲大壽。夢見五幣，皆爲苛憂。【30】夢以弱（溺）灑人，得亓（其）亡奴婢。夢見桃，爲有苛憂。【31】夢以泣灑人，得亓（其）亡子。夢見李，爲復故吏。【32】夢繩外剈（劖）爲外憂，內剈（劖）爲中憂。夢見豆，不出三日家（嫁）。【33】女子而夢以其帬被邦門及游渡江河，其占大貴人。夢見棗，得君子好言。【34】夢見□□□□□□及市（？）□，乃有雨，冬以衣被邦門、市門、城門，貴人知邦端，賤人爲笞，女子爲邦巫。【35】夢伐鼓聲必長，眾有司必知邦端。【36】夢一臠五變氣，不占。夢見豤豚狐生（腥）臭臊，在丈夫娶妻，女子家（嫁）。【16】亓（其）兵卒不占。夢見眾羊，有行乙里。【37】夢□入井菁（溝）中及沒淵，居室而毋戶，封死，大吉。夢見

虎豹者，見貴人。【38】夢衣新衣，乃傷於兵。夢見熊者，見官長。【39】夢見飲酒，不出三日必有雨。夢見蚰者，魁君（群）爲祟。【40】□□□□將發，故憂未已，新憂有（又）發，門、行爲奈（祟）。‧夏夢之，禺辱。【14】

夢徵與夢占（三）

☑……。夢死者復起，更爲官（棺）郭（槨）。死者食，欲求衣常（裳）。【27】夢見羊者，傷欲食。夢見豕者，明欲食。【41】【夢】見犬者，行欲食。夢見汲者，癘、租欲食。【42】【夢】見□□，竈欲食。夢見斬足者，天閬欲食。【43】☑……。【夢見】彭者，兵死、傷（殤）欲食。【44】【夢見】□□，大父欲食。夢見貴（？）人者，遂欲食。【45】【夢】見馬者，父欲食。【46】

附錄三：《嶽麓書院藏秦簡（壹）‧ 占夢書》總釋文（改釋）

簡數	隸文	釋義
2	□□□□□□□始□□之時，	此句殘字甚多，正確字形及解釋尚待更進研究。
2	敄令夢先，	以夢徵爲占卜之最優先依據。
2	春日發時，夏日陽，秋日閉，多日臧。	春季可稱爲發時，夏季稱爲陽時，秋季稱爲閉時，冬季稱爲藏時。
2	占夢之道，	占夢之道理、原則。
2、3	必順四時而豫（舍）【2】亓（其）類，毋失四時之所宜。	（占夢的道理、原則）必須要合乎四時，而捨棄其夢徵之分類，切勿違背各時節所適宜之占卜方式。
3	五分日，三分日夕，	以「天干」區分「日」，而以「晦」、「夜半」、「雞鳴」區分「夜」。
3	吉兇（凶）有節，善羛（義）有故。	（占夢之結果）吉凶之發生是能徵驗的，而結果的好壞是有原因的。
3	甲乙夢，開臧事也。	在以甲、乙爲天干之日所作的夢，當有善事。
3	丙丁夢，憂【也】。【3】	在以丙、丁爲天干之日所作的夢，當有憂事。
4	戊己夢，語言也。	在以戊、己爲天干之日所作的夢，當有語言、口舌一類的事情發生。

4	庚辛夢，喜也。	在以庚、辛爲天干之日所作的夢，當有喜事。
4	壬癸夢，生事也。	在以壬、癸爲天干之日所作的夢，表示將發生事端。
4	甲乙夢伐木，吉。	在甲、乙日夢見伐木，則爲吉兆。
4	丙丁夢失火高陽，吉。	在丙、丁日夢見在高且向陽處失火，則爲吉兆。
4、5	戊己【夢】【4】宮事，吉。	在戊、己日夢見建築工程之類的事情，則爲吉兆。
5	庚辛夢反山鑄鐘，吉。	在庚、辛日夢見翻覆山石，尋找礦物，用來鑄鐘，則爲吉兆。
5	壬癸夢行川、爲橋，吉。	在壬、癸日夢見渡水、造橋，則爲吉兆。
5	晦而夢【者】，三年至；	在夜晚開始時睡眠所作的夢，其占卜之結果當在三年內實現。
5	夜半夢者，二年而至；	在夜半開始時睡眠所作的夢，其占卜之結果當在二年內實現。
5	雞鳴夢者【，一年而至。】【5】	在雞鳴開始時睡眠所作的夢，其占卜之結果當在一年內實現。
1	若晝夢亟發，不得其日，以來爲日；不得亓（其）時，以來爲時。	如果白日所作之夢，是因爲已發生之事物導致快速產生者，若不知道作夢的時辰、日子，則以前來占夢的日、時，當作夢的時辰、日子。
1	醉飽而夢雨、變氣不占。	酒足飯飽後，若夢見雨或不正常的氣候現象，不占卜此夢。
1	晝言而莫（暮）夢之。	白日所言、所思，夜晚便夢見。
1	有☒【1】	此句缺字，所以無法得知。
48	不占。【48】	不進行占卜。
6	春，夢飛登丘陵，緣木生長燔（繁）華（花），吉。	在春季夢見飛翔而登於丘陵之上，看見攀爬樹木生長之繁盛花朵，是吉利的。
6	夢僞＝（爲人）丈（丈／杖），勞心。【6】	夢見替人製作丈尺、儀式之器，將憂勞心思。
7	夢登高山及居大石上及見☒☒……。【7】	夢見登上了高山並在大石上看見了某些事物。
29	【夢見】☒（或☒☒）汙淵，有明名來者。	夢見某於骯髒之水潭，將有盛名者來。
29	夢井泏（溢）者，出財。【29】	夢見井水溢出的人，將喪失財物。

9	春夏夢亡上者，兇（凶）。	春、夏季節中，夢見年長者死亡的人，必將有凶事發生。
9	夢夫妻相反負者，妻若夫必有死者。【9】	夢見夫妻二人相互背德忘恩，妻子與丈夫之間必有一人將會死去。
10	夢亡下者，吉。	夢見年幼者死亡，必將有吉事發生。
10	夢身披（疲）枯（苦），妻若女必有死者，丈夫吉。【10】	夢見身體疲勞匱乏，妻子或女兒將死亡，丈夫則吉利。
15	秋冬夢亡於上者，吉。亡於下者，兇（凶），是謂□兇（凶）。	秋、冬季節中，夢見年長者死亡之人，必將有吉事發生，夢見年幼者死亡，必將有凶事發生，此爲□凶。
15	夢爲女子，必有失也，女子兇（凶）。【15】	夢見化身爲女子，必有過失，因爲女子是凶兆的象徵。
8	夢天雨□，歲大襄（穰）。	夢見天降下了某物，今年農作必然豐收。
8	吏夢企匕上，亓（其）占□……。【8】	官吏夢見站立在匕首一類的武器上，此夢占爲……。
11	【夢】見□雲，有□□□□□乃弟。	簡文殘缺，所以無法得知其夢徵與夢占。
11	夢歌於宮中，乃有內（納）資。【11】	夢見於宮殿內歌唱，當進財納貨。
12	夢□█（？）盡操簦陰（蔭）於木下，有資。春憂〈夏〉夢之，禺（遇）辱。	夢見某持拿雨傘遮蔽於木下，則可納貨進財。如果是在春、夏二季作此夢，則當有恥辱，或凶險之事發生。
12	夢歌於宮中，乃有內（納）資。【12】	夢見於宮殿內歌唱，當進財納貨。
13	夢歌帶軫玄（弦），有憂，不然有疾。	夢見在歌唱時調整弦樂器，夢者當有憂慮，或有疾病。
13	夢有夬（喙）去（卻）魚身者，乃有內（納）資。【13】	夢見魚類卻有鳥嘴，則可納貨進財。
17	夢巢中產毛者，丈夫得資，女子得鬵。	夢見巢穴中生出了毛髮，男子得財，女子得炊具（姻緣）。
17	☑……。【17】	缺下半部，所以無法得知其夢徵與夢占。
18	【夢】□有毛者，有□也。	夢到某有毛髮，則會有某發生。
18	夢蛇入人口，肓（抽）不出（育（育），不出），丈夫爲祝，女子爲巫。【18】	夢見蛇類進入人的口中，抽不出來（繁殖，而不出來），如此則男子爲祝，女子爲巫。

19	夢燔亓（其）席蓐，入湯中，吉。	夢見焚燒草蓆、草墊，後加灰燼於熱水中，爲吉兆。
19	夢蛇則螫（蜂）蠆赫（蝎）之，有芮（退）者。【19】	夢見蛇，而遭蜂、蠍類的毒物所螫，夢者將遭受毀謗，職位有廢退之殃。
20	夢燔洛（絡）遂隋（墜）至手，骰（繫）囚吉。	夢見燒斷捆縛繩索，而後掉落於手上，於犯人爲吉。
20	夢人謁門去者，有新萬（禱）未賽（塞）。【20】	夢見有人求見而後離去，此因有新出之禱祠尚未酬神。
21	【夢】□亓（其）者，□入寒秋。	夢見某，將入寒冷之秋天。
21	夢見雞鳴者，有萬（禱）未賽（塞）。【21】	夢見雞鳴，表示有禱祠尚未酬神。
25	☑……。	缺上半部，所以無法得知其夢徵與夢占。
25	夢新（薪）夫焦（樵），乃大旱。【25】	夢見樵夫採薪伐木，則有大旱災。
24	【夢】市人出亓（其）腹，其中產子，男女食力傅死。	夢見市井之人露出其腹部，而其腹部產子，夢者若爲男、女性勞動者將會瀕臨死亡。
24	夢見□，亓（其）爲大寒。【24】	夢見某，則天氣將爲大寒。
23	【夢】▓（潰）亓（其）腹，見亓（其）肺肝賜（腸）胃者，必有親去之。	夢見剖腹，而見其肺肝腸胃等內臟者，將有親戚背離。
23	夢見肉，憂腸。【23】	夢見肉，腸胃將有不適。
22	夢見項者，有親道遠所來者。	夢見頸後、脖子者，當有親戚遠道而來。
22	夢身生草者，死溝渠中。【22】	夢見身上長出草的人，將會死於溝渠之中。
26	夢亡亓（其）鉤帶備（服）掇（綴）好器，必去亓（其）所愛。	夢見喪失衣帶服飾所繫的貴重物品，夢者必會失去所愛。
26	夢引腸，必弟兄相去也。【26】	夢見拉長腸道，兄弟必相互背離。
28	夢乘周〈舟〉船，爲遠行。	夢見搭乘舟船類交通工具者，將會遠行。
28	夢見大、反兵、黍、粟，亓（其）占自當也。【28】	夢見大、持取兵器（或復仇）、黍、粟，其夢占當由夢者自行判斷。
47	☑□□中有五□爲。	簡文殘缺，所以無法得知其夢徵與夢占。

47	☐……。【47】	或缺上下部分，所以無法得知其夢徵與夢占。
30	□□□□□爲大壽。	缺上半部，所以無法得知其夢徵與夢占。
30	夢見五幣，皆爲苛憂。【30】	夢見祭祀的五種供品，將有瑣碎的憂慮。
31	夢以弱（溺）灑人，得亓（其）亡奴婢。	夢見以屎尿潑灑人，將會得到其逃亡的奴隸。
31	夢見桃，爲有苛憂。【31】	夢見桃子或是桃樹，將有瑣碎的憂慮。
32	夢以泣灑人，得亓（其）亡子。	夢以淚水灑人，將會得到其逃亡的兒子。
32	夢見李，爲復故吏。【32】	夢見李子或李樹，將再次被任命原官職。
33	夢繩外劕（劙）爲外憂。內劕（劙）爲中憂。	夢見繩索從外斷裂，則有外來的憂患。夢見繩索從內斷裂，則有內隱的憂患。
33	夢見豆，不出三日家（嫁）。【33】	夢見豆類器皿，三日內將有婚嫁的事情發生。
34	女子而夢以亓（其）帬被（披）邦門及游渡江河，亓（其）占大貴人。	若夢者爲女子，而夢見以其繞領衣物披於邦門，後游泳過江，將爲身分高貴的人或後宮嬪妃。
34	夢見棗，得君子好言。【34】	夢見棗或棗樹，將會得到有德者的美言。
35	夢見□□□□□□及市，乃有雨。 冬以衣被（披）邦門、市門、城門，貴人知邦端（政），賤人爲筍，女子爲邦巫。【35】	夢見某至市，將有雨。 夢見於冬天而以衣物披於邦門、市門、城門之上，若夢者爲尊貴者，將主持國政；夢者爲卑微者，將有盛裝食物類的基層工作；若夢者爲女，將爲邦國之巫。
36	夢伐鼓，聲必長。 眾有司，必知邦端（政）。【36】	夢見伐鼓聲，聲勢必漲大。 夢見祭祀伐鼓，聲譽必有所增加。 夢見有司百工，夢者將主持國政。
36	從原釋，故以下半部爲缺簡。	缺上半部，所以無法得知其夢徵與夢占。
16	夢一腊（臘）五變氣，不占。	夢見七日內有五次不正常的氣候現象，便不占此夢。
16	夢見貋、豚、狐生（腥）橾（臊），在丈夫娶妻，女子家（嫁）。【16】	夢見味臊的貋、豚、狐，若爲男子則娶妻，爲女子則嫁人。
37	【夢】亓（其）兵卒，不占。	夢見兵卒，則不占此夢。
37	夢見眾羊，有行千里。【37】	夢見羊群，將出嫁至遙遠的地方。

38	【夢】入井菁（溝）中及沒淵，居室而毋戶，坁死，大吉。	夢見掉落井溝淹，沒於深淵，或居處室內而無任何門戶，堵塞而死，此爲大吉之兆。
38	夢見虎、豹者，見貴人。【38】	夢見虎、豹一類的猛獸，將會遇見身分地位較高的人。
39	夢衣新衣，乃傷於兵。	夢見穿著新衣裳，會有兵刃之傷。
39	夢見熊者，見官長。【39】	夢見熊一類的猛獸，將會遇見官員一類的人物。
40	夢見飲酒，不出三日必有雨。	夢見飲酒，三日之內必下雨。
40	夢見蚰者，�君（群）爲祟。【40】	夢見蟲類，此因鬼群作祟所致。
14	夢見□樂將發，故憂未已，新憂有（又）發，門行爲祟。	夢見某將發生，表示舊的憂慮尚未停止，新的憂慮又將發生，而門、道路之神作祟所致。
14	·夏夢之，禺（遇）辱。【14】	夏季夢見，當有恥辱，或凶險的事情發生。
27	☑……。	缺上半部，所以無法得知其夢徵與夢占。
27	夢死者復起，更爲官（棺）郭（槨）。死者食，欲求衣常（裳）。【27】	夢見死者復生活動，表示死者需要更換棺槨。夢見死者飲食，表示死者需要衣裳。
41	夢見羊者，傷（殤／禓）欲食。	夢見羊，這是因爲無主之鬼（未成年而死者、強鬼）索取祭祀所致。
41	夢見豕者，明欲食。【41】	夢見豬，這是因爲盟詛之神（明神）索取祭祀所致。
42	【夢】見犬者，行欲食。	夢見狗，這是因爲道路神索取祭祀所致。
42	夢見汲者，癘（厲／癘）、租（詛）欲食。【42】	夢見汲水，這是因爲厲神（或癘鬼）、詛神索取祭祀所致。
43	【夢】見□，竈欲食。	夢見某，這是因爲竈神索取祭祀所致。
43	夢見斬足者，天�（閾）欲食。【43】	夢見被斬去足，這是因爲掌管刑罰的天閾星索取祭祀所致。
44	☑……。	缺上半部，所以無法得知其夢徵與夢占。
44	夢見彭者，兵死、傷（殤／禓）欲食。【44】	夢見笪擊（鼓聲、軍備），這是因爲兵死、無主之鬼（未成年而死者、強鬼）索取祭祀所致。
45	【夢見】□□，大父欲食。	夢見某，這是因爲逝世的祖父索取祭祀所致。

45	夢見貴人者，遂(堅)欲食。【45】	夢見身分尊貴之人，這是因爲土地神索取祭祀所致。
46	【夢】見馬者，父欲食。【46】	夢見馬，這是因爲逝世的父親索取祭祀所致。